KB126052

누가 울어

# 누가 울어

초판 1쇄 인쇄일 2016년 4월 04일
초판 1쇄 발행일 2016년 4월 07일

**지은이** 김혁
**펴낸이** 양옥매
**디자인** 황순하
**교정** 조준경

**펴낸곳** 도서출판 책과나무
**출판등록** 제2012-000376
**주소** 서울특별시 마포구 방울내로 79 이노빌딩 302호
**대표전화** 02.372.1537   **팩스** 02.372.1538
**이메일** booknamu2007@naver.com
**홈페이지** www.booknamu.com
ISBN 979-11-5776-179-1(03800)

이 도서의 국립중앙도서관 출판시도서목록(CIP)은 서지정보유통지원 시스템
홈페이지(http://seoji.nl.go.kr)와 국가자료공동목록시스템
(http://www.nl.go.kr/kolisnet)에서 이용하실 수 있습니다.
(CIP제어번호 : CIP2016008557)

# 누가
# 울어

김혁 지음

책과나무

프롤로그

　　　　　　　　　　최근에 한 이상한 아이가 찾아왔다.

　역사의 수레바퀴가 수십 년 전으로 되돌아가 도처에서 어처구니
없는 일들이 벌어지고, 애써 잊고 있던 과거의 망령들이 살아나 좀
비처럼 우리 주위를 배회하던 어느 날 밤에, 불현듯 그 아이가 나
를 찾아왔다.

　어찌 보면 소설 속의 어린 왕자 같기도 하고, 어찌 보면 여기저기
떠돌고 있는 꼬마 유령 같기도 한 그 아이는 내 앞에 불쑥 나타나서
는, 마치 내가 자기를 부르기라도 한 듯이 내 눈을 뚫어져라 쳐다
보는 것이었다.

　'너, 너 누구냐?'

　나는 공포감으로 머리칼이 곤두서고, 온몸에 소름이 돋았다.

　'나 모르겠어?'

　아이는 천진난만한 표정으로 빙긋이 웃었다. 하지만 나는 그 아

이를 알 수가 없었다. 꿈인지 생시인지조차도 분간이 잘 되지 않았다.

'잘 봐! 정말로 날 모르겠어?'

그 아이는 마치 옛날 친구처럼 친근하게 굴었다. 그 바람에 나도 긴장을 풀고 잠시 머리를 갸웃거리다가 곧 기억을 해냈다.

'그래, 그 아이다!'

나는 탄성을 내지르며 반갑게 얼싸안았다.

그러나 이내 부끄러움이 홍수처럼 밀려와 얼굴을 심하게 붉혔다. 그동안 세상이 아무리 바뀌었다고는 해도, 어찌 그리 까맣게 잊고 지냈는지 참으로 부끄러운 일이었다. 어쩌면 세상과 끊임없이 술래잡기를 하면서, 마음속으로 그 아이의 존재를 지워 온 것인지도 몰랐다.

나는 눈빛만 보고도 그 아이가 오랜만에 다시 찾아온 이유를 알 수 있었다. 아니, 너무나 잘 알았기에 가슴이 한없이 먹먹해져 왔다. 그리고 조난자가 한곳을 계속 맴돌 듯, 지난 시절 그 아이를 중심으로 무수히 피어났다 사라진 바람장미 속으로 깊이 빨려 들어갔다….

2016년

저자  김 혁

목 차 ◆◆◆

# 01

# 기적 소리

"빼…액! 빼애……액!"

해질 무렵, 힘찬 몸부림과 함께 서울을 향해 천천히 떠나가는 증기기관차의 기적 소리는 언제나 정겹고도 구슬펐다. 나만 홀로 남겨둔 채 온통 미지의 세계로 떠나는 듯한 그 소리를 들을 때마다, 노을 진 하늘이 더욱 아득해지면서 까닭 모를 서러움과 안타까움이 와락 밀려들곤 했다.

산봉우리를 둘러싼 붉은 노을을 뒤로한 채 기차가 기적 소리를 길게 울리며 떠나고 나면, 긴 철둑길을 따라 검은 연기가 무성하게 머리를 풀어 헤치며 하늘 가득 수를 놓았다. 때로는 바람결에 매캐한 냄새가 날아오기도 했다.

모든 게 부족하고 가난하던 시절, 남루한 일상 속에서도 씩씩하게 뛰어놀던 아이들은 그걸 볼 때마다 신기한 꿈이라도 꾸는 듯 가슴이 설레곤 했다. 고단한 하루 일과를 마치고 동료들과 대폿집으로 향하거나 집으로 돌아가던 어른들도 잠시 시름을 잊고 멍하니 바라보기 일쑤였다.

하지만 그토록 무성하던 연기는 순식간에 거짓말처럼 사라져 버리고, 텅 빈 하늘에 저녁노을만 더욱 붉게 타오르곤 했다.

♦♦♦

그때 우리의 어니스트 존은 무얼 하고 있었을까?

아마도 그 또한 미지의 땅에 비밀리에 정착한 뒤, 부푼 마음으로 새로운 꿈을 꾸고 있었을 것이다. 그런데 58년 개띠와 동갑내기인 어니스트 존은 혹시 가짜거나 헛소문은 아니었을까? 아니다. 그는 언제나 거기에 굳게 지켜 서서 주어진 임무를 완수하였을 것이다. 바람만이 알고 있었겠지만.

# 02

# 닥터 개부슨

집집마다 나지막한 굴뚝에서 저녁밥 짓는 연기가 솔솔 피어오르고, 매큼한 연기 내음과 함께 된장국 끓이는 냄새가 마을 전체에 아련히 풍길 때쯤이면, 보물찾기라도 하듯 하릴없이 산과 들을 누비던 동네 아이들은 누가 말하지 않아도 하나 둘 집으로 돌아갔다. 새들도 저마다 짧은 울음소리를 내면서 산등성이 넘어 노을 속으로 아득히 사라졌다.

나도 친구들과 헤어진 뒤, 동생들을 불러 모아 집으로 향했다. 짙어가는 땅거미가 뒤에서 자꾸 쫓아오는 것만 같아서, 나도 몰래 발걸음이 다급해졌다.

"늬들은 집안일 거들 생각은 안하고, 어찌 그리 밖으로만 싸돌아 댕기냐!"

대문으로 들어서기가 무섭게 우리는 마당에서 일하던 어머니한테 혼꾸멍이 났다.

"아부지 벌써 오셨다. 얼른 씻고 들어가서 밥 먹어라!"

"예!"

우리는 등짝을 두어 대씩 얻어맞은 뒤, 펌프질을 요란하게 해서 막 길어 올린 시원한 물로 얼굴과 발을 씻고는, 방으로 들어가 개다리소반에 독상으로 저녁을 먹고 있는 아버지한테 고개를 쑥 빼고 인사를 했다.

"다녀왔시유….."

"그래, 어여 와서 밥 먹어라!"

여간해서는 역정을 내는 법이 없는 아버지는 평소와 다름없이 무덤덤한 표정으로 다시 밥 먹는 일에 몰두했다. 홀로 말없이 밥을 먹는 모습은 언제나 소중한 의식이라도 치르듯 진지하고 경건해 보였다. 목수인 아버지의 몸에서는 늘 땀과 톱밥과 탁주가 뒤섞인 냄새가 났다.

우리는 까맣게 잊고 있었던 숙제며 내일 학교에 가져갈 돈 걱정 등을 하면서, 아버지를 제외한 식구가 함께 먹는 둥근 밥상 앞으로 슬금슬금 다가갔다. 보리가 절반 이상 섞인 잡곡밥에다 반찬이래야 늘 오르는 신 김치와 무장아찌, 된장찌개가 전부였지만, 그래도 끼니를 거르지 않는 것만도 감지덕지였다.

"성, 오늘 마부리(유리구슬) 얼마나 땄어?"

둘째가 아버지 눈치를 보며 속삭이듯 물었다.

"많이 못 땄어. 넌?"

"난 조금 잃었어. 그래도 딱지는 많이 땄으니께 괜찮혀."

"작은 성, 나 딱지 좀 빌려줘. 낼 따서 주께."

막내가 기회를 놓치지 않고 재빠르게 파고들었다.

"뭐? 늬가 딱지를 쳐서 딴다고?"

"나도 딸 수 있다니께…."

"늬 코에 붙은 코딱지나 따서 먹어라, 히히히!"

저녁 밥상머리에서 하루 놀이의 평가가 이루어졌다.

"조용히 해라!"

아버지가 무덤덤한 표정으로 우리 쪽을 바라보며 주의를 주었다. 우리는 입을 다물고 밥 먹는데 열중했다.


땅거미가 벌써 스러지고 어스름이 제법 깊은데도 돌아오지 않는 아이들 부르는 소리가 여기저기서 들려오는 가운데, 옆집 아주머니의 질그릇 깨지는 듯한 목소리가 오늘도 골목을 타고 어김없이 들려왔다.

"길수야…! 이 호랭이가 덥석 깨물어 갈 놈아…!"

그 뒤에 들려오는 고함 소리도 언제나 똑같았다.

"베락 맞을 영희 년은 또 워디 가서 여태 안 오는 겨?"

저녁밥을 먹다 말고 나는 동생들과 눈을 맞추며 킬킬거렸다.

"또 시작이다!"

"그러게, 히히!"

옆집에 사는 길수와 영희는 힘도 세고 싸움도 잘해서 동네서도 사납기로 소문난 남매였다. 그래서 시비가 벌어지면 웬만하면 다들 맞서려 하지 않고 슬슬 피했다. 그런 길수와 영희가 조금 있으면 매타작하는 소리와 함께 요란하게 비명을 지를 것이고, 그처럼 신나는 일도 없었다. 특히 골목대장 노릇을 톡톡히 하면서 시시때때로 우리를 괴롭히는 길수가 매 맞는 소리는 그 무엇과도 비교할수 없이 고소한 일이었다.

"길수는 이제 죽었다!"

"그런 놈은 매일매일 맞아도 *싸다니께*!"

우리는 신이 나서 떠들었다.

"어허, 조용히 하라니까!"

아버지가 약간 언성을 높이며 다시 주의를 주었다.

"밥 먹을 땐 쓸데없는 말을 하거나 장난치지 마라."

우리는 움찔했다. 밥상 앞에서 아버지가 하는 말이 곧 법이었다. 동생들과 나는 애써 웃음을 참으며 밥을 억지로 목구멍으로 밀어 넣었다. 하지만 신경은 온통 옆집으로 향했고, 기대감에 부풀어 귀를 잔뜩 기울였다.

아니나 다를까, 얼마 지나지 않아서 둔탁한 매타작 소리와 함께 길수의 호들갑스러운 비명 소리가 들려오기 시작했다.

"에구구…! 에구구구…!"

"이 썩을 놈아!"

"에구구…! 나 죽네…!"

"어딜 쳐다니다 이제사 집구석이라고 기어들어 오는 겨, 응?"

"어머이, 잘못했시요!"

"잘못한 줄은 알아? 이 깨물어 갈 놈아!"

매타작은 한동안 계속되었고, 이윽고 길수의 요란한 비명 소리가 병든 개의 흐느낌처럼 구슬프게 잦아들면서 끝이 났다. 그제야 우리는 가슴을 후련하게 쓸어내리면서 나머지 밥을 먹기 시작했다.

그때 마침 대문 밖에서 안쪽을 빼꼼히 들여다보며 애처로운 목소리로 구걸하는 소리가 들려왔다.

"밥 좀 줘유…!"

"츠녀 그지가 또 왔나 베."

어머니가 밖을 내다보며 심드렁하게 말했다. 워낙 못 살던 시절이라 식사 때만 되면 집집마다 밥을 구걸하러 다니는 거지들이 많았다.

"아줌니…, 밥 좀 줘유…!"

우리 집에 자주 들리는 불쌍한 처녀 거지였다. 그녀는 병약하고 왜소한 데다 유난히 부끄럼을 많이 타서 우리에게 촌닭이라고 놀림을 당하곤 했다. 들리는 소문에 의하면 본디 부잣집 외동딸이었는데, 전쟁 통에 부모를 잃고 떠돌다 병도 얻고 몹쓸 짓을 많이 당해서 정신마저 오락가락한다고 했다.

"쯧쯧쯧!"

어머니는 혀를 차면서 밥을 먹다 말고 일어나, 고개를 외로 꼬고 있는 처녀 거지에게 남은 밥 한 덩이를 갖다 주었다.

　"어이구, 오늘은 재수가 좋은가 베. 밥을 많이 얻었네?"

　어머니가 깡통 안을 들여다보며 말했다.

　"예, 아줌니…. 재수가 아주 좋구만유…."

　거지 처녀는 수줍게 배시시 웃었다.

　"참, 오늘 병원 사택에 양코배기 의사 식구들이 이사를 왔더라."

　밥을 다 먹고 숭늉으로 입가심을 하던 아버지가 문득 입을 열었다. 밥그릇에 코를 박고 있던 우리는 일제히 고개를 들고 아버지를 쳐다봤다.

　"근데 그 냥반 이름이 뭔지, 늬들 아냐?"

　"……?"

　"개부슨이란다, 개부슨!"

　"네? 개부슨요?"

　"그래, 개부슨! 컥컥컥!"

　아버지는 갑자기 목에 가시라도 걸린 듯 컥컥거리며 웃음을 터뜨렸는데, 한 번 터진 웃음은 그칠 줄을 몰랐고, 급기야는 두 손으로 배를 움켜쥔 채 방바닥을 데굴데굴 구르기 시작했다. 웃느라고 숨이 넘어갈 지경이었으며, 얼굴도 술에 잔뜩 취한 것처럼 시뻘겋게 변했다. 그 바람에 우리도 덩달아 웃음보를 터뜨리며 한동안 난리법석을 떨었다. 뭐가 그리 우스운지는 몰라도 아버지가 그렇게 웃는 모습을 보는 건 난생 처음이었다.

"원 세상에, 아무리 양코배기라 캐도 그렇지, 컥컥컥! 이름이 개부슨이 뭐냐 개부슨이, 컥컥컥!"

"헤헤헤! 정말로 웃기네요!"

아버지의 웃음보에 전염된 우리도 계속해서 따라 웃었다.

"개부슨이 있으면 소부슨도 있고, 말부슨도 있겠네! 컥컥컥!"

"닭부슨도 있어요!"

막내 동생이 톡 튀어나오며 참견을 했다.

"차라리 개부랄이라고 하지! 컥컥컥!"

잠시 진정하며 애써 평소의 위엄을 되찾았던 아버지는 또 다시 웃음보를 터뜨리며 정신없이 웃어댔다.

"진호 아부지도 참, 애들 앞에서 할 소리가 따로 있지…."

어머니가 아버지를 향해 듣기 민망하다는 듯이 눈총을 주었다. 하지만 아버지는 아랑곳하지 않고 계속 양코배기 이름을 가지고 이리저리 놀려대며 웃었다. 그렇게 아버지와 우리는 모처럼만에 실컷 웃으며 묘한 가족애를 맛보았다.


우리 동네 근처에 느닷없이 대규모 건축 공사가 시작된 것은 대략 1년 전, 내가 초등학교 5학년 때의 일이었다. 어른들 말로는 군청과 맞먹는 커다란 건물을 짓는다고 하는데, 생뚱맞게도 미국 병원을 짓는다는 것이었다. 조그만 시골 마을에다 미국 사람들이 왜 그처럼 커다란 병원을 짓는다는 건지 도무지 모를 일이었다. 다들 무엇에 홀린 듯 어리둥절해 했고, 자연히 이런저런 소문들이 무성하게 퍼져나갔다.

"이게 도대체 워찌 된 심판이랴?"

"금메 말여!"

"아, 육이오 때, 미군들이 거 뭐시냐, 죄 읎는 민간인들을 집단으로다 학살한 일이 있었잖여?"

"노근리 말여? 새천 빠지게 그 얘긴 왜 또 끄집어내는 겨. 재수 없이 경찰서에 끌려가서 경을 칠라고…."

"경을 칠 땐 치더라도 얘기나 들어보자구. 그게 시방 어쨌다는 겨?"

"아, 그래서 거기에 대해 사죄하기 위해서 병원을 짓는다는구먼."

"그려? 그렇다면 참말로 병 주고 약 주는 꼴이네."

"어허! 그게 아니고, 무신 종교 단체에서 순수한 봉사 차원으루다 짓는 병원이랴. 뭘 알고나 떠들든가 해야지, 원!"

"아무리 그래도 이상하단 말여. 이번에도 혹시 우리를 도와주는 척 하믄서 뭔가 음모를 꾸미려는 수작 아닐까?"

"그럴지도 몰라. 그놈의 속셈을 우리가 어찌 알것는가."

"아—니, 순수한 목적으루다 우릴 도와주려고 저렇게 큰 병원까정 짓는다는데, 왜들 그렇게 까꼬롬하게만 생각하는 겨?"

"암튼 옛날부터 미국 놈들 너무 믿지 말라고 하잖어? 조심해야 혀."

"암만, 암만!"

어쨌거나 공사는 예정대로 착착 진행되었고, 나날이 조금씩 변해가는 모습을 보며, 알지 못할 자부심과 함께 마을 사람들의 의문도 점차 커져만 갔다.

공사 현장에서 목수 일을 하게 된 아버지는 모처럼 안정적인 수입을 보장받으며 가장으로서의 위엄을 한껏 높일 수 있었다. 게다가 무뚝뚝한 성품에 어울리지 않게, 공사 현장에서 남는 못이며 자투리 나무토막 등을 수시로 주워다가 책상도 만들고 찬장도 만드는 등 손재주를 발휘하여 온 식구의 환심을 크게 샀다.

"시상에나! 시상에나!"

가장 놀란 이는 역시 어머니였다.

"평생 재미 꼬챙이라고는 없던 냥반이, 이게 어찌된 심판이랴?"

어머니는 아버지가 새로운 물건을 만들어 낼 때마다 완전히 감동을 먹은 표정으로 환하게 웃으며, 이렇게 감탄을 되풀이했다.

하지만 모범 가장 노릇도 결코 쉬운 일은 아니었던 모양이다. 겉으로 표현을 안 해서 그렇지, 열 살도 더 차이가 나는 새파란 십장 아래서 일일이 지시받고 잔소리를 들어가며 받은 수모와 멸시가 몹시 컸던 것 같다. 그래서 동료들과 선술집에서 막걸리에 얼큰하게 취해 유행가를 신나게 불러재끼거나, 시뻘건 얼굴을 하고 돌아와 십장 욕을 한바탕 해대고는 코를 요란하게 골며 쓰러져 자거나, 미국인 의사 이름을 가지고 그렇게라도 놀리지 않으면 달리

가슴 속의 응어리를 풀 길이 없었던 것 같다.

♦♦♦

그때 우리의 어니스트 존은 무얼 하고 있었을까?

아마도 그 또한 이런저런 수상한 소문에 시달리며 신경을 바짝 곤두세우고 있었을 것이다. 그런데 추하면서도 아름다운 두 얼굴을 가진 어니스트 존은 혹시 천사를 가장한 깡패나 날강도는 아니었을까? 아니다. 그는 언제나 스스로를 수호천사로 여기며 주어진 임무를 완수하였을 것이다. 바람만이 알고 있었겠지만.

# 03

# 미국병원

나지막한 야산 아래 자리 잡은 공사장에서는 머리에 흰 수건을 둘러 쓴 어른들이 곡괭이로 열심히 땅을 팠다. 그리고는 시멘트와 모래와 자갈을 걸쭉하게 반죽한 뒤 철근과 함께 구덩이에 부어 기초공사를 했다. 다른 쪽에서는 나무를 자르고 대패질을 하느라 부산했다. 건축자재를 잔뜩 실은 도라꾸(트럭)가 먼지를 날리며 수시로 오가고, 그때마다 동네 조무래기들과 강아지들도 덩달아 뛰어 다니는 등 조용하던 마을 전체가 날마다 북적대며 들썩였다.

가끔 땅속에서는 사람의 해골과 뼈다귀가 무더기로 나왔다. 그 때마다 큰 사고라도 난 듯이 공사장 전체가 술렁였다. 그리고 경찰서에서 형사들이 나와서 조사를 했다. 어른들은 죄라도 지은 양 서로 눈치를 보며 조사가 끝날 때까지 공사를 멈추고는, 무덤보다 훨씬 더 깊은 구덩이 주변에 둘러앉아서 담배를 태우거나 한숨을 길게 내쉬며 막소주를 마셨다.

"허허! 영영 묻혀버릴 줄 알았는디, 이렇게 백일하에 드러나는구면….”

"금메 말여!"

"따지고 보면 이 사람들만큼 억울한 사람들도 읎어.”

"다 세월을 잘못 만난 죄지, 뭐.”

"근디 미국 사람들은 하필 왜 이런 데다 병원을 짓는다는 겨?”

"어쩌다 보니께 그리 된 거지, 일부러 그랬을라구.”

"아무리 그래도 참말로 요상한 일이구만.”

"자, 자! 쓸데읎는 소리들 말고, 술이나 마셔!”

겉으로는 다들 무덤덤한 표정을 짓고 있었지만, 어른들은 속에서 끓어오르는 무언가를 애써 참으며 수군거렸다.

"저리 가라! 아들은 이런 거 보는 기 아니다!”

어른들은 우리가 가까이 가면 멀리 내쫓았다. 하지만 호기심이 발동한 우리는 어른들이 없는 틈을 타서 재빨리 다가가 구경하곤 했다.

햇볕 아래 드러난 해골들은 보기만 해도 섬찟하였다. 어른들의 수군거림 때문에 유난히 더 그렇게 보이는 것 같았다. 움푹 들어간 눈구덩이에는 저마다 짙은 그림자가 깔려 있었다. 그건 한낮의 햇살 아래서도 가시지 않는 그런 이상한 어둠이었다. 그리고 아래턱이 크게 벌어져 있어서 하나같이 무언가를 간절하게 외치고 있는 것처럼 보였다.

해골과 뼈다귀가 무더기로 나온 구덩이에서는 이상한 냄새가 풍겼다. 그 냄새는 너무나 역겹고 음습하고 끈적끈적해서, 아무리 떨쳐버리려고 애를 써도 떨쳐버릴 수가 없었다. 얼마나 지독했던지 며칠 동안이나 구역질을 심하게 했고, 꿈속에까지 따라왔다. 뼈와 함께 썩다 만 옷가지나 신발, 녹슨 깡통 같은 것도 나왔다. 왜 그런 것이 우리 마을에 묻혀 있는지 너무나 무서웠다.

"이건 국가적으로 매우 중대한 비밀이니, 여기에 대해서 그 누구도 절대 입도 뻥긋하지 마시오!"

조사 나온 형사들은 사람들에게 절대 말하지 말라고 엄포를 놓았다. 그리고는 미국 성조기 아래 악수하는 두 손이 크게 그려진 누런 시멘트 포대 속에 뼈 무더기를 넣어 가지고 돌아갔다.

어른들이 쉬쉬하며 주고받는 말에 의하면, 6.25 전쟁 때 인민군이 북쪽으로 후퇴하면서 학살한 사람들의 유해와, 경찰이 남쪽으로 후퇴하면서 학살한 사람들의 유해가 차례차례 나왔는데, 서로 마구 뒤섞여 있는 데다 푹푹 썩어서 이제는 누가 누군지 정확하게 분간하기가 어렵다고 했다.

아버지는 목수라서 목재를 톱질하고 매끈하게 대패질하는 작업을 열심히 했다. 아버지가 힘차게 대패질을 할 때마다 하얀 대패밥이 구름처럼 끊임없이 생겨났다. 나와 동생은 다른 아이들이 얼씬거리지 못하게 하고는 대패밥을 삼태기에 가득 모아서 집으로 날랐다. 그건 아주 좋은 불쏘시개였다.

건물이 조금씩 올라갈 때마다 공중에 매단 사다리도 높아만 갔고, 그 사이에 놓인 좁은 발판 위를 아슬아슬하게 오가는 작업은 서커스를 보는 것처럼 신기하기만 했다. 우리는 현장 주위를 맴돌다 땅바닥에 떨어진 못이 보이기만 하면 열심히 주워 날랐다. 녹슬고 구부러진 못만 보다가 반짝반짝 빛나는 새 못을 보니 너무 좋았다. 우리는 그걸로 스케이트 창도 만들고, 철로 위에 몰래 올려놓았다가 기차가 지나간 뒤 납작하게 갈린 걸 가지고 칼을 만들기도 했다.

워낙 큰 공사라서 안전사고도 끊이지 않았다. 동네 사람들 다수가 공사 현장에서 인부로 일을 했기 때문에, 사고가 날 때마다 동네가 발칵 뒤집어졌다.

"이번엔 떡배 아부지가 사다리에서 떨어져서 허리를 크게 다쳤댜!"

"거 참, 큰일 났네! 근디 하필이면 허리를 다쳤댜, 그래?"

"금메 말여! 척추뼈가 몽창 내려앉았다는구먼."

"그 항우장사가 앞으로 힘쓰기는 다 틀렸네."

"쯧쯧쯧! 떡배 아부지도 아부지지만, 떡배 엄마는 인제 어떡한댜?"

"아, 그거야 우리가 걱정할 일이 아니지만서두, 정 그렇게 걱정이 되면 자네가 한번 찾아가 보든가!"

"그럼 어디 한번 그래 볼까? 어허허!"

"근디 점방집(구멍가게) 총각은 월남 가서 베트콩한테 총을 맞고도 안 죽고 멀쩡하게 살아서 돌아왔는디, 저렇게 다쳐서 어쩐댜?”

“금메 말여! 한쪽 팔 못쓰는 것도 서러운디, 참말로 안됐구만.”

이렇게 몇 명의 인부가 떨어져서 크게 다치는 등 우여곡절 끝에 드디어 병원 건물이 완공되었고, 닥터 개부슨네 가족이 이사를 오면서 병원이 본격적으로 문을 열었다. 그제야 자세한 내막이 밝혀졌는데, 미국에 본거지를 둔 모 종교 단체에서 우리나라 사람들을 상대로 선교 활동도 할 겸, 낙후된 지역 주민들을 위한 봉사 차원에서 건립한 병원이었다.

병원은 개원하자마자 커다란 화제를 모으며 우리 지역의 명물이 되었다. 작은 시골에 온갖 첨단 장비를 갖춘 3층짜리 준 종합병원이 들어서다니 그야말로 꿈같은 일이었다. 최신식으로 지은 건물 자체만으로도 커다란 구경거리여서, 시내는 물론 멀리 떨어진 면에서도 일부러 구경을 올 정도였다.

“허허, 처음에 얘길 들었을 땐 긴가 민가 했는디, 드디어 문을 여는구만!”

“시설이 서울에 있는 큰 병원하고 맞먹는댜!”

“아, 미국에서 최신식으로다 세운 병원인디, 여부가 있겠는가?”

“그라고 약이 좋아서 무슨 병이든지 아주 귀신처럼 낫군댜!”

“다른 병원들은 이제 다 문 닫게 생겼어!”

“금메 말여!”

소문이 꼬리에 꼬리를 물었다.

시내에서 조금 떨어진 우리 마을에 그처럼 커다란 병원이 건립된 사실에 우리는 고무되었다. 그래서 시간만 나면 괜히 어깨를 우쭐대며 달려가 병원 근처를 맴돌곤 했다. 별다른 오락거리도 없던 당시에 그곳은 우리에게 더없이 좋은 놀이터였다. 가끔은 병원 안으로 슬쩍 들어가 지독한 소독약 냄새에 넌더리를 내면서도 여기저기 기웃거리며 훔쳐보다가 쫓겨나기도 했다.

닥터 개부슨은 큰 키에 머리칼이 노랗고, 흰 얼굴에 눈동자가 파란 전형적인 미국인의 모습이었다. 그리고 우리를 보면 뭐가 그리 좋은지 언제나 싱글싱글 웃었다. 때로는 이런저런 말을 걸기도 하고, 가벼운 장난을 치기도 했다.

병원 건물 옆에는 동화책에서나 봄직한 멋진 사택이 몇 채 있었는데, 그 중 한 채가 바로 닥터 개부슨 가족이 사는 집이었다. 빨간 지붕을 한 그 집은 너무 예쁘고 이국적이어서 각 학교 미술반 학생들이 종종 그림을 그리러 찾아오기도 했다. 나는 그 집 주변을 지날 때면 종종 동화책에 나오는 이야기를 떠올리곤 했다.

경비원 겸 집사로 취직이 된 아버지는 공사가 끝난 뒤에도 병원과 사택을 드나들면서 이런저런 잡일을 도맡아 했다. 난생 처음 번듯한 직장에 취직을 한 아버지는 병원에서 근무한다는 사실에 대해 자부심이 대단하였다. 닥터 개부슨에 대한 믿음 또한 절대적이었다. 그래서 누구든 병원에 대해 조금이라도 험담을 늘어놓았다간 면전에서 혼쭐이 나기 일쑤였다.

그리고 우리는 아버지로부터 닥터 개부슨 가족이 사는 자세한 이야기와 함께, 멋진 자가용 승용차와 TV, 냉장고, 세탁기, 청소기 등 당시에는 듣도 보도 못한 물건들에 대한 이야기를 수시로 들을 수 있었다. 학교에 가서 그런 얘기를 하면 친구들은 아무도 믿지 않고, 오히려 나를 거짓말쟁이로 몰았다.

"뭐? 청소도 하고 빨래도 해주는 기계가 다 있다고?"

"그래. 힘든 일을 알아서 척척 다 해 준댜!"

"에이, 세상에 그런 기계가 어딨냐?"

"아녀, 우리 아부지가 두 눈으로 똑똑히 봤댜….."

"이런 순 거짓말쟁이!"

"참말이라니까!"

우리는 종종 이렇게 말씨름을 하곤 했다. 그리고 우리 또래인 닥터 개부슨의 딸을 먼발치에서 보거나 몇 마디 말이라도 주고받은 날이면, 학교에 가서 친구들한테 입에 침이 마르도록 자랑하기 바빴다.

"걔도 머리칼이 아주 샛노란 데다 눈동자가 그렇게 새파랄 수가 없다니께!"

"늬들하고 같이 놀았냐?"

"아니, 걘 사택에서 잘 안 나와. 근디 걔 이름이 뭔 줄 아냐?"

"뭔데?"

"매기랴, 매기!"

"뭐, 매기?"

"히히히! 정말로 웃긴다!"

우리는 입이 넓적하고 수염이 달린 메기 흉내를 내며 한바탕 웃곤 했다.

매기는 동화책에 나오는 백설공주같이 생겨서 볼수록 신기하기만 했다. 그 애는 병원과 사택 주변을 벗어나는 일이 별로 없었다. 당연히 동네 아이들하고 어울리는 일은 거의 없었다. 하지만 매기 엄마의 배려로 또래 여자애들 몇 몇은 사택을 자주 드나들었다. 그래서 동네 아이들의 부러움을 한껏 샀다. 매기는 그 여자애들하고 함께 숨바꼭질도 하고 소꿉놀이도 하며 놀았다. 그런 모습을 나는 먼발치에서 몰래 훔쳐보곤 했다.

**♦♦♦**

그때 우리의 어니스트 존은 무얼 하고 있었을까?

아마도 그 또한 세상의 판을 새로 짤 전략을 구상하느라 무척 바쁘고 분주했을 것이다. 그런데 사랑과 평화의 전도사로 알려진 어니스트 존은 혹시 전쟁과 싸움의 전도사는 아니었을까? 아니다. 그는 언제나 뜨거운 불세례로 사랑과 평화를 강요하면서 주어진 임무를 완수하였을 것이다. 바람만이 알고 있었겠지만.

# 04

# 매기의 추억

나는 전보다 부쩍 빈번하게 병원 주위를 맴돌았다. 특별히 볼 일이 있어서가 아니라, 괜히 이런저런 것들이 궁금했다. 솔직히 말하면 매기 때문이었다. 감히 가까이 다가갈 엄두는 내지 못하고, 먼발치에서나마 한 번이라도 더 보려는 심산이었다. 눈부시게 하얀 원피스에 노랑머리를 나풀거리는 매기가 자꾸만 보고 싶었다. 어쩌다 그런 모습을 보기라도 하면 가슴이 마구 두근거렸다. 그런 내 자신이 몹시 창피하기도 했지만, 발걸음이 나도 몰래 병원 쪽으로 향하곤 했다.

한번은 저녁 무렵에 혼자 병원 뒷산을 쏘다니다가, 그날따라 길도 없는 사택 쪽으로 내려오게 되었다. 바위와 굴참나무 등걸을 잡고 가팔막진 비탈을 겨우 기다시피해서 내려오다 잠시 멈추고 숨을 돌리던 나는 공교롭게도 닥터 개부슨 가족이 식사하는 걸 엿보게 되었다. 마침 무더운 여름이라서 창문을 활짝 열

어젓히고, 환하게 불이 켜진 방에서 닥터 개부슨과 부인 그리고 매기가 식탁에 둘러앉아 음식을 맛있게 먹고 있었다.

'아-니!'

그야말로 외국영화의 한 장면이나 다름이 없었다. 나는 눈앞에 펼쳐진 광경을 정신없이 바라보았다. 주위는 이미 어두컴컴해지기 시작했고, 바위 뒤에 몸을 숨겼기 때문에 들킬 염려는 없었다. 그래도 나는 몸을 최대한 낮추고 계속 훔쳐보았다. 도둑질이라도 하다 들킨 것처럼 가슴이 마구 콩닥거렸다.

마른 침을 삼키며 한참 넋을 잃고 바라보고 있는데, 옆에서 갑자기 '후다닥-!' 하는 소리가 들렸다. 너무 놀라서 하마터면 비명을 내지를 뻔 했으나 가까스로 참았다. 머리칼이 온통 곤두서고, 간이 콩알만 해졌다. 알고 보니 근처에 숨어 있던 산토끼가 도망가는 소리였다. 나는 안도의 한숨을 내쉬며 놀란 가슴을 쓸어내렸다. 그리고 비탈을 천천히 내려왔다. 나도 몰래 다리가 후들거렸다.

어느덧 산을 다 내려온 나는 집을 향해 터덜터덜 걸어가다가, 잠시 발걸음을 멈추고 망설였다.

'그냥 갈까? 아니면 좀 더 훔쳐볼까?'

'이대로 그냥 돌아가기엔 너무 아쉬운데….'

결국 나는 사택 담 근처에 있는 커다란 감나무로 살금살금 다가갔다. 나무 타기에는 어느 정도 자신이 있던 나는 도둑고양이처럼 재빨리 위로 올라가서 튼튼한 가지에 걸터앉은 뒤, 본격적으로 훔

쳐보기 시작했다. 오래된 감나무인지라 잎사귀가 무성해서 몸을
완벽하게 가려 주었다.

워낙 가까운 거리라서 얼굴 표정이며 말하는 소리까지 다 들렸
다. 닥터 개부슨은 실로 유쾌한 사람이었다. 음식을 먹으면서도
연신 영어로 뭐라고 떠들며 웃어댔다. 그때마다 하얀 원피스를 차
려입은 매기도 깔깔대며 따라 웃었다. 장미꽃 문양이 그려진 앞치
마를 두른 매기 엄마는 무슨 요리를 하는지 음식을 먹다 말고 커다
란 그릇과 국자를 들고 연신 들락거렸다. 얼핏 낯선 음식 냄새가
나는 것도 같았다. 방안에 켜 놓은 라디오에서는 경쾌하고 신나는
음악이 흘러나오고 있었다.

'저게 무슨 음식일까? 무슨 음식인데 저리도 맛나게 먹을까?'

'나도 나중에 커서 꼭 저렇게 살아야지…!'

나는 커다란 비밀을 간직한 자의 은밀하고도 뿌듯한 심정으로
집으로 돌아왔다. 그리고 잠자리에 누워서도 영화의 한 장면 같은
광경이 자꾸만 눈앞에 어른거려 잠이 쉽게 오지 않았다. 그날 밤
나는 매기에 대한 꿈을 꾸었다. 지금껏 경험해 보지 못한 '총천연
색 시네마스코프 영화'와도 같은 꿈이었다.


…나는 무척이나 미국 사람이 되고 싶었다. 나만 그런 게 아니
라 주변 사람들 모두가 그랬다. 사람들은 콧대를 높이고, 쌍꺼풀
수술을 하고, 머리칼을 노랗게 물들였다. 그렇게 얼굴을 완벽하게

뜯어고치고 닥터 개부슨의 검사를 받았다. 하지만 얼굴 색깔이 문제였다. 아무리 색칠을 해도 미국 사람으로 인정을 받는 건 쉽지가 않았다. 많은 사람들이 검사를 통과하지 못하고 쫓겨났다.

나도 미국 사람이 되기 위해 무던히 애를 썼다. 그리고 마침내 파란 눈에 얼굴이 하얗고 머리칼이 샛노란 도깨비 가면을 쓰고 변신하는 데 성공했다. 누가 봐도 놀랄 만큼 미국 사람과 똑같았다. 닥터 개부슨도 감쪽같이 속아 넘어갔다. 나는 속으로 쾌재를 부르며 매기에게 다가갔다. 그리고 친구가 되어 이런저런 놀이를 하며 재미나게 놀았다. 닥터 개부슨과 매기 엄마도 나를 따뜻하게 맞아주었다. 매기는 나를 전혀 의심하지 않았다. 매기는 말도 잘 통했고, 나를 좋아하는 것 같아서 더욱 신이 났다.

그렇게 매기와 내가 뒷산 여기저기를 뛰어다니며 한창 놀고 있는데 어디선가 갑자기 먹구름이 몰려와 하늘이 캄캄해졌다. 그리고 요란하게 천둥이 치더니 소낙비가 쏟아졌다. 그 바람에 내가 쓰고 있던 가면이 빗물에 녹으면서 벗겨졌고, 내 본래 얼굴이 드러나고 말았다. 그러자 매기는 마구 화를 냈다. 그리고 예쁘장한 얼굴이 문득 무시무시한 마녀처럼 변하더니 나를 잡아먹으려고 달려들었다. 나는 무서워서 필사적으로 도망을 치다 겨우 잠에서 깨어났다…

그날 이후, 나는 무엇에 단단히 홀리기라도 한 듯 기회만 있으면 몰래 나무 위로 올라가 매기네 방을 훔쳐보았다. 그건 명백한 사생활 침해였고 어린 마음에도 죄책감이 들었지만, 호기심을 참을 수가 없어서 나도 몰래 발걸음이 그쪽으로 향하곤 했다. 도둑고양이가 따로 없었다. 실제로 도둑고양이 몇 마리가 내 근처를 배회하며, 공범자를 만나 반갑다는 듯이 청승맞게 울기도 했다.

미국 가정 속으로 순간 이동하는 기묘한 경험! 그것은 영화 구경보다 훨씬 더 흥미진진하고 스릴이 넘쳤다. 나는 점점 거기에 빠져들었다. 그럴수록 죄의식도 차츰 없어지고, 그들의 일상과 행동 하나하나가 다 친숙하게 되었다. 얼마나 훔쳐보기에 몰입을 했는지, 나중에는 매기네 가족과 내가 마치 하나가 된 듯한 느낌마저 들었다.

신기하게도 나는 그들의 대화를 거의 다 알아들을 수 있었다. 영어는 전혀 몰랐지만, 그때그때 대화 내용이 나름대로 자연스럽게 머릿속에 떠올랐다. 물론 터무니없는 오해나 착각이었을 테지만, 그건 그리 중요한 문제가 아니었다. 그들의 대화에 몰래 참여하고 있다는 사실만으로도 흡족했다.

매기네 식탁에는 언제나 먹음직스러운 음식들이 넘쳐났다. 당연히 내가 모르는 다양한 요리들이 올라왔다. 매기네 식구는 고기를 자주 먹었다. 번쩍번쩍 빛나는 오븐에 구운 고기를 포크와 나이프로 능숙하게 썰어서 맛있게 먹었다. 우리는 1년에 서너 번 명절이나 잔치 때, 그것도 기껏해야 몇 점 밖에 먹지 못하는 고기를 수시로 큼지막하게 썰어 먹는 그들이 몹시도 부러웠다. 미국 사람들이 키가 크고 힘이 센 이유를 알 것 같았다.

한번은 매기네 가족이 이상하게 생긴 국수를 포크로 돌돌 말아서 먹으면서 〈이상한 나라의 앨리스〉에 대한 얘기를 나누는 것 같았다. 내 귀에 앨리스라는 말이 유난히 크게 들려왔다. 그 동화라면 나도 잘 알고 있는 내용이라서 더욱 호기심과 흥미가 일었다. 나는 그 어느 때보다 더 깊이 세 사람의 대화에 몰입하였다. 어찌나 깊이 몰입했던지 하마터면 소리를 지르며 대화에 끼어들 뻔하였다.

"아빠, 〈이상한 나라의 앨리스〉 정말 재미있어요."

"너 요즘 그 책을 읽고 있니?"

"네, 근데 그 책에 나오는 모험들은 사실이 아니죠?"

"당연하지. 그건 동화 속의 이야기일 뿐이야, 핫핫핫!"

"하지만 실제로 그런 일들이 일어날 수도 있단 생각이 자꾸 들어요."

"그래? 왜 그렇게 생각하니?"

"모르겠어요. 나도 지금 꼭 이상한 나라에 와 있는 것만 같아요."

"매기야, 여기가 그렇게도 이상하니?"

"네."

"뭐가?"

"하늘도, 땅도, 사람도, 풍경도, 모든 게 다."

"여보, 나도 그렇게 생각해요."

"당신도? 하긴 여기가 이상한 나라는 이상한 나라지, 핫핫핫!"

"그리고 지금 내가 꼭 앨리스가 된 기분이에요."

"그래, 매기야. 넌 지금 엄청난 모험을 하고 있는 중이야."

"무슨 모험?"

"처음 보는 낯선 나라에 와서 이렇게 사는 것 자체가 커다란 모험이지."

"맞아요, 난 지금 꿈을 꾸고 있는 것 같아요. 그리고 돌아가면 여기서 보고 들은 걸 재미있게 이야기로 쓸 거야."

"그래, 엄마도 도와줄 테니까 꼭 그렇게 해 보려무나."

"그럼 책 이름이 〈이상한 나라의 매기〉가 되겠네? 핫핫핫!"

"그런가요? 헤헤헤!"

순간 얼마 전 학교 도서실에서 읽은 〈이상한 나라의 앨리스〉 내용이 머릿속에 또렷하게 떠올랐다. 그러고 보니 나도 이상한 나라에 와 있는 것만 같았다.

동화 속에서 앨리스는 숱한 모험을 겪으며, 심각한 혼란에 빠진다. 주위의 모든 게 이상하게 변해버렸고, 자기 자신도 변했음을 깨달은 그녀는 '원래의 나는 누구인가?' 하고 자신에게 묻는다. 매기네 방을 훔쳐보면서, 나도 가끔 앨리스 흉내를 내어 괜히 심각한 척하며 똑같이 묻곤 하였다.

'모든 게 이상하게 변해버린 것 같아. 그리고 나도 변했어.'

'그럼 예전의 나는 어디로 간 것일까…?'

혼돈에 빠진 나는 점차 식욕을 잃고 말았다. 깨끗하고 예쁜 매기네 방을 엿보다 집으로 돌아와 둥근 앉은뱅이 상에 앉아서 밥을 먹을라치면, 나도 몰래 한숨이 나왔다. 무심코 늘 대하던 투박하고 군데군데 이빨이 빠진 사기 국그릇과 밥그릇, 거무튀튀한 된장찌개 오지그릇, 볼품없는 스텐 숟가락과 젓가락이 너무나 보기 싫었다. 대신 금방 보고 온 크고 작은 예쁜 그릇과 접시들, 번쩍이는 은색 나이프와 포크, 레이스가 달린 하얀 식탁보에 덮인 갈색 나무 식탁, 그 위에 놓인 푸짐하고 먹음직스런 음식들이 눈에 선했다.

그토록 맛있던 보리밥과 된장찌개도 왠지 먹기가 싫어서, 식사 때만 되면 나는 숟가락을 슬그머니 내려놓고 찬물만 자꾸 들이켰다. 그리고 걸신들린 듯이 밥을 먹고 있는 동생들에게 짜증을 내곤 했다.

"야, 늬들 뱃속에는 그지가 얼마나 많이 들었냐!"

"성, 왜 그리 짜증을 내고 그랴?"

"알 거 없어."

"밥 더 안 먹을 거야?"

"그래!"

"그럼 나머지는 내가 다 먹는다?"

"나도 좀 줘!"

둘째와 막내는 내가 남긴 밥을 서로 차지하려고 다퉜다.

매기는 막 사춘기에 접어든 내게 적지 않은 변화를 일으켰다. 우선 나도 몰래 거울을 보는 횟수가 부쩍 늘었다. 그리고 입는 옷이라고 해 봐야 맨날 같은 옷이었지만, 먼지도 털고 매무새도 고치는 등 신경을 썼다. 가끔은 식구들 몰래 아버지의 헐렁한 와이셔츠와 넥타이를 매고 단벌 신사복을 입은 뒤, 머리에 물을 발라서 뒤로 빗어 넘기고 거울에 이리저리 비춰보기도 했다.

"너 요새 참말로 수상허다?"

어느 날 어머니가 작심을 하고 나를 몰아세웠다.

"뭐, 뭐가유?"

"저녁 밥때가 돼도 냉큼 안 들어오고, 어딜 쏘다니다 늦게사 오냐?"

"학교에 남아서 글짓기 연습 좀 하느라고 그랬슈."

나는 시치미를 뚝 떼고 둘러댔다.

"글짓기? 새천 빠지게 그건 왜?"

"담임 선생님이 글짓기에 소질이 있다고 해 보라고 해서유."

"그렁 거 다 쓸데읎다. 공부를 잘해야 나중에 밥이래도 안 굶고 살지. 글짓기가 워디 밥 멕여 준다냐?"

"……."

"그라고 지지배들처럼 뭔 놈의 색경을 그리 자주 들이다보냐?"

어머니가 의미심장한 표정으로 바라보았다.

"내가 언제 거울을 봤다구 그래유?"

나는 펄쩍 뛰었다.

"내가 모를 줄 아냐? 어디서 쪼그만 것이 벌써부텀 멋을 부릴려고 그러냐?"

"그런 거 아니유!"

"아니긴 뭐시가 아녀!"

"얼굴에 뭐가 자꾸 날려고 해서 그랬슈."

"쓸데읎는 데 신경 쓰덜 말구, 공부나 좀 해라. 알것냐? 에미 말 안 듣구 자꾸 색경만 들이다보면 확 깨버릴 테니께, 그런 줄 알어!" 어머니는 짐짓 야단을 치면서도 알 듯 모를 듯한 미소를 지었다.


한번은 훔쳐보기를 하다가 기절할 정도로 놀란 적도 있었다.

그날따라 방에는 아무도 없고, 매기만 혼자 있었다. 닥터 개부슨과 매기 엄마는 함께 외출하고 없는 모양이었다. 그래서 그냥 내려갈까 하던 참이었는데, 그때 예기치 못한 일이 벌어졌다. 커다란 거울 앞에서 몸을 이리저리 비춰보던 매기가 블라우스 단추를 천천히 풀기 시작한 것이었다.

'아니, 이게 무슨 일일까?'

순간 심장이 무섭게 쿵쾅거리고, 입이 말랐다. 나는 마른 침을 삼키며 간신히 마음을 가라앉히고, 눈앞에서 펼쳐지는 진기한 광경을 지켜보았다. 매기는 드디어 입고 있던 하얀 블라우스를 벗어던지고는, 브래지어만 걸친 채 거울 앞에 섰다. 뽀얀 피부에다 적당히 균형 잡힌 몸매가 어린 눈에도 몹시 아름답게 보였다.

'헉-!'

나는 놀라서 숨을 크게 들이마셨다. 콧구멍이 화끈거리면서 입 안이 바짝바짝 타들어 갔다. 매기는 긴 금발을 풀어 헤치고 모델 처럼 다양한 포즈를 취하기 시작했다. 두 팔을 벌리고 활짝 웃는 가 하면, 화가 난 듯 얼굴을 잔뜩 찡그리기도 했다.

그러다가 마침내 브래지어마저 풀어버리자, 흘러내린 머리칼 사 이로 봉긋한 가슴과 젖꼭지가 그대로 드러났다. 비록 십대 초반의 나이였지만, 미국 여자아이라서 그런지 나이보다 훨씬 성숙한 몸 이었다. 동네 누나들이 냇가에서 목욕하는 모습을 어스름 속에서 얼핏 훔쳐본 적은 있지만, 여자의 알몸을 이렇게 가까이서 보기는 처음이었다.

'아, 아…!'

나는 숨이 막혀 죽을 것만 같았다. 머릿속이 하얗게 변하면서 정 신이 아득해졌다. 그리고 온몸에 힘이 빠져서 하마터면 나무에서 떨어질 뻔 했다. 더 이상 지켜보다가는 무슨 큰일이라도 벌어질 것만 같았다. 나는 부들부들 떨면서 간신히 나무에서 내려와 집으 로 향했다. 심장이 계속 무섭게 쿵쾅거리고, 다리가 술 취한 사람 처럼 휘청거렸다.

그날 밤 나는 잠을 거의 이루지 못했다. 마치 망막에 불도장이라 도 찍힌 듯, 아까 훔쳐보았던 광경이 눈앞에서 끊임없이 어른거렸 다. 잠시 눈을 붙였다가도, 매기가 벌거벗은 몸으로 가까이 다가 와 내 몸을 누르는 바람에 가위에 눌려 소리를 지르며 깨어났다.

그리고 꿈속에서 아랫도리가 아리아리하면서 무언가가 급격하게 부풀어 오르다가, 급기야 고추에 짜릿하면서 이상한 쾌감이 찾아왔다. 처음으로 경험한 몽정이었다.

그 후 나는 충격에서 헤어나지 못하고 며칠 동안이나 넋이 나간 사람처럼 병원 주위를 배회하며 지냈다. 밤마다 잠을 제대로 못잔 탓인지, 눈앞이 노랗고, 귀에서 이상한 소리가 들리기도 했다. 학교에 가면 수업 시간에 선생님 얘기가 한 마디도 귀에 들어오지 않았다. 노는 시간에도 친구들과 어울리지 않고 멍하니 허공을 바라보기 일쑤였다. 그러다가 마치 세상의 비밀을 다 알아버리기라도 한 듯 괜히 헛웃음을 짓기도 했다.

'난 이제 너희들과 달라, 히힛!'

어느덧 여름이 가고, 가을이 되었다.

우리 고장에는 감나무가 유난히 많았다. 그래서 가을도 감나무에서부터 먼저 왔다. 감이 노랗게 익어가고, 붉게 물든 감나무 잎사귀가 하나 둘 떨어지면서 매기네 방 창문은 더 이상 열리지 않았다. 그래도 나는 가끔 사택 주변을 맴돌며 불빛이 환하게 비치는 방을 한참 동안 쳐다보다가 돌아오곤 했다. 그렇게 나의 훔쳐보기는 끝이 났다.

매기는 약 2년 정도 우리 동네에서 살다가 미국으로 돌아갔다.

어린 시절 매기에 대한 감정은 첫사랑이라고 하기는 어렵고, 괜히 혼자서 좋아했던 짝꿍에 대한 가슴앓이 비슷한 것이라고 하는 게 맞을 것이다. 어쨌거나 그 후로 오랫동안, 뒷동산에 피어 있는 하얀 찔레꽃만 보면 가슴 한 구석이 아릿하게 아파오면서 매기의 얼굴이 떠오르곤 했다. 그리고 동네 누나들이 부르는 〈매기의 추억〉이라는 노래를 들으며 남몰래 눈물을 흘리기도 했다.

옛날의 금잔디 동산에
매기, 같이 앉아서 놀던 곳
물레방아 소리 들린다
매기, 내 사랑하는 매기야
동산 수풀은 우거지고
장미화는 피어 만발하였다
옛날의 노래를 부르자
매기, 내 사랑하는 매기야….

그때 우리의 어니스트 존은 무얼 하고 있었을까?

아마도 그 또한 비밀리에 우리의 내부를 속속들이 들여다보고 있었을 것이다. 그런데 속내를 전혀 짐작할 수 없는 어니스트 존

은 혹시 수시로 말을 바꾸는 거짓말쟁이나 허풍선이는 아니었을
까? 아니다. 그는 언제나 무서울 정도로 정직하고 고지식하게 주
어진 임무를 완수하였을 것이다. 바람만이 알고 있었겠지만.

# 05

# 성장통

시내 번화가인 로타리 옆에는 오포대가 높다랗게 서 있었다. 일제강점기 때 공습을 대비하기 위해 세운 그 철탑에서는 정오만 되면 사이렌을 울려서 시간을 알려주었다. 불이 나거나 그밖에 긴급한 일이 있을 때도 사이렌을 요란하게 울리곤 했다. 가끔 미아를 찾는 방송도 했고, 대통령 선거 때면 밤새도록 개표 방송을 하기도 했다. 그래서 철골로 이루어진 괴상한 형상의 그 탑은 언제나 거대한 감시자 같은 느낌을 주었다.

같은 반 친구 중에 오포대 옆에서 정육점을 하는 집 아이가 있었다. 그는 힘도 세고 성격도 거칠어서 반 아이들을 대부분 휘어잡았다. 그리고 어디서 나는지는 몰라도 언제나 용돈이 넉넉했고 주변 친구들에게 인심도 잘 썼다.

그는 인상도 고약한 데다 몸에서 늘 이상한 냄새가 풍겼다. 꼭 무슨 피비린내 같았다. 그의 옆에는 언제나 따라다니며 수발을 드는 친구가 하나 있었다. 말이 친구지 부하나 다름이 없었다. 나중에 알고 보니 친구들 중에서 하나를 점찍은 뒤 일단 맛있는 걸 잔뜩 사 먹이고는 그걸 미끼로 부하를 삼았다.

미인이라고 소문난 그의 어머니는 언제나 한복을 곱게 차려입었는데, 화장을 진하게 하고 입술을 돼지 피보다 더 새빨갛게 칠하고는 생글생글 웃으며 시퍼런 칼을 재바르게 놀려 고기를 썰어서 팔았다. 그런 때문인지 몰라도 장사가 아주 잘됐고, 지나가던 아저씨들이 실없이 멈춰 서서 구경을 하기도 했다.

그의 아버지도 특이한 사람이었다. 평소에는 지저분한 차림으로 정육점 일을 하다가, 학교 운동장에서 집회만 열리면 양복을 말쑥하게 빼입고 참석했다. 주로 무장공비 침투사건 등 북한 괴뢰도당의 만행을 규탄하는 반공 궐기대회였는데, 엄숙한 표정으로 이마에 띠를 두르고 맨 앞줄에서 구호를 열심히 외치다가, 궐기대회가 절정에 이르면 단상으로 뛰어 올라가서 비장한 표정으로 손가락을 깨물어 혈서를 쓰곤 했다. 그의 아버지는 알아듣기 어려운 이런저런 직함을 여러 개 가지고 있었는데, 혈서 잘 쓰는 덕에 출세했다고 사람들이 수군대기도 했다.

어느 날 그가 나에게 조용히 접근해 왔다. 그리고 주머니에 두둑하게 든 돈을 보여주며 유혹을 하였다.

"야, 오늘 나하고 극장구경 가자!"

"극장구경?"

"그래, 극장구경 끝나고 짜장면도 먹고!"

'이게 웬 횡재냐!'

멋도 모르고 꾐에 빠진 나는 그를 따라서 오포대 주변의 빵집과 극장과 만화방 등등을 전전하기 시작했다. 하루, 이틀, 사흘… 꿈에도 생각지 못했던 그 탈선의 맛은 너무도 달콤했다. 평소 접하기 힘든 음식도 실컷 먹었다. 그때 맛본 찐빵, 왕만두, 통닭, 짜장면 등의 맛은 먼 훗날까지 생각날 만큼 강렬했다.

그러다가 나는 어느덧 그의 부하가 되고 말았다. 그는 학교에서나 방과 후에나 나를 수족처럼 부렸다. 이미 노예가 된 나는 그의 명령을 거역할 수가 없었다. 하루하루가 지옥과 같았고, 학교가기가 정말로 죽기보다도 더 싫었다. 마음은 동네 뒷산에 가 있으면서도, 몸은 어쩔 수 없이 대장을 따라다니며 시내 아이들과 한패가 되어 놀았다. 특히 반 친구들이 나를 바라보는 그 냉담하고도 조소어린 시선들은 정말로 견디기 힘들었다.

당시 읍사무소 부근에 미군들이 관리하는 군사용 통신 중계소가 있었다. 미군들은 가끔 지나가는 아이들에게 미제 껌과 과자 등을 주기도 했다. 대장은 때때로 나를 보내 껌과 과자를 얻어오게 했다. 나는 어쩔 수 없이 미군들을 찾아가서 최대한 불쌍한 표정을 지으며 손을 내밀고 껌이나 과자를 얻어 왔다. 하지만 어떨 때는 마구 소리치며 화를 내는 바람에 빈손으로 허겁지겁 쫓겨나기도 했다.

 나는 그의 덫에서 도저히 빠져나올 수가 없었다. 내 힘으로는 불가능했다. 그렇다고 누구에게 도움을 요청하거나 호소할 수도 없었다. 집에서는 날마다 늦게 온다고 야단을 맞았다. 탈출구는 어디에도 없었고, 희망도 전혀 보이지 않았다. 어린 마음에도 이제 세상이 끝났다는 자포자기적인 생각이 자꾸만 들었다. 밤마다 입술을 새빨갛게 칠한 그의 어머니가 꿈에 나타나, 생글생글 웃으며 시퍼런 칼로 내 몸뚱어리를 썰어서 갈고리에 꿰어 주렁주렁 매다는 악몽에 시달렸다.

 그렇게 몇 개월간 죽음과도 같은 절망과 고통 속에 시달리다가, 다행히도 그에게 새로운 부하가 생기면서 겨우 헤어날 수 있었다. 나보다 더 어리숙하고 행동거지가 굼뜬 친구가 내 대신 희생양이 되었던 것이다. 하지만 그 끔찍했던 기억은 초등학교를 졸업한 뒤에도 가끔 꿈속에 나타날 만큼 오랫동안 나를 괴롭혔다.


 어느 늦은 오후, 나는 혼자서 집으로 터덜터덜 걸어가고 있었다. 그날따라 수업 중에 떠든 벌로 남아서 청소를 하느라 학교에서 늦게 끝났던 것이다. 늘 함께 다니던 친구는 벌써 갔고, 주위에는 아무도 없었다.

 생각할수록 억울했다. 평소에 잘 떠들던 녀석들은 걸리지 않고, 어쩌다 한 번 떠든 나만 걸렸으니 억울할 만도 했다. 더군다나 교실과 유리창을 쓸고 닦은 뒤에, 복도 마룻바닥에 양초로 칠을 하고 반들반들 윤을 내는 일까지 하느라 너무 힘이 들었다. 양 무릎이 까졌는지 걸음을 옮길 때마다 따끔거리고 얼얼했다.

쉬는 시간에 옆자리에 앉은 녀석이 얘기를 해달라고 조른 게 발단이었다. 나는 월남 갔다 온 동네 형한테서 들은 얘기를 그럴 듯하게 꾸며가며 해 주었다. 한참 신나게 얘기하는데 수업이 시작되었다. 옆자리 녀석은 수업 중에도 계속 해달라고 졸랐다. 나도 멈추기가 아쉬워서 계속 얘기하다가 걸린 것이었다.

'오늘은 진짜 여러 가지로 재수가 없는 날이야.'

'도시락도 빵과 바꿔 먹지 못하고….'

당시 도시락을 싸 오지 못하는 아이들에게는 학교 급식소에서 옥분죽(옥수수 가루로 끓인 죽)을 주다가 어느 날부터는 옥수수빵을 구워서 주었다. 그래서 점심시간 무렵이면 빵 굽는 냄새가 구수하게 진동을 했다. 시간이 되면 당번이 양동이를 들고 가서 빵을 담아다 나눠 주었는데, 그게 부러워서 아이들은 들키면 혼나는 줄 알면서도 도시락과 빵을 몰래 바꿔 먹기도 했다. 나도 오늘 바꾸기로 약속을 했는데, 다른 아이한테 그만 차례를 뺏겼던 것이다.

이래저래 속이 상한 데다 무거운 책가방을 들고 억지로 걸어가자니 따분하고 짜증이 났다. 나는 길가의 빈 깡통이나 돌멩이를 걷어차며 분을 달랬다. 앞서 가는 나의 긴 그림자도 함께 움직이며 화풀이를 했다.

그때 어디서 나타났는지 거지 한 명이 내 뒤를 따라왔다. 흘낏 보니 늙수그레하고 몸도 왜소한 게 너무도 볼품이 없어 보였다. 평소 같았으면 그냥 지나쳤겠지만, 한창 짜증이 나 있던 참이라 나도 몰래 심술이 생겼다. 그래서 뒤를 돌아보며 무심코 말을 던졌다.

"야, 이 그지야!"

"뭐? 그지?"

순간 거지의 얼굴이 사납게 일그러졌다.

"아, 아니요, 그게 아니라….."

나는 당황해서 말을 더듬으며 뭐라고 변명을 하려 했다.

"이런 쌍! 존만한 새끼가 죽을라고 환장을 했나!"

얕본 것이 큰 잘못이었다. 거지는 거칠게 욕을 내뱉더니 조금 전까지의 느릿느릿 한 모습과는 달리 재빠른 동작으로 나를 잡으려고 쫓아오기 시작했다. 일은 이제 크게 벌어지고 말았다. 겁이 덜컥 난 나는 무작정 달리기 시작했다.

"거기 서! 이 새끼야!"

"안 설래?"

"너 진짜 잡히면 죽는다?"

거지가 따라오며 계속 소리쳤다.

나는 있는 힘을 다해서 달렸다. 달리기라면 어느 정도 자신이 있었지만, 거지도 만만치 않았다. 숨이 턱까지 차오르고, 심장이 터질 것만 같았다. 얼마나 다급했는지 꽁무니가 다 화끈거렸다. 붙잡히면 정말 큰일이었다. 그러나 손에 든 무거운 책가방 때문에 빨리 달릴 수가 없었다.

　그렇게 다급하게 쫓고 쫓기다가 어느덧 병원 근처까지 왔다. 어떻게든 병원 안으로만 들어가면 안전할 것 같았다. 하지만 이미 지칠 대로 지쳐 발걸음이 잘 떨어지지가 않았고, 거지와의 사이가 점점 좁혀져 왔다. 그 와중에도 매기가 이런 꼴을 본다면 얼마나 창피할까, 하는 생각이 뇌리를 스쳐갔다.

　'아, 안 돼-!'

　드디어 잡힐 듯 말 듯한 위기일발의 순간에, 나는 책가방을 거지의 다리 앞에다 홱 내던져 버렸다. 그러자 거지는 가방에 발이 걸려서 앞으로 퍽 고꾸라졌다. 그 틈에 나는 숨을 헐떡이며 병원 안으로 재빨리 뛰어 들어갔다.

　'휴…, 이제 살았다!'

　아버지가 근무하고 있는 병원은 안전한 피난처나 다름이 없었다. 구석진 곳에 들어가 몸을 숨기고 한동안 가쁜 숨을 몰아쉬며 안정을 되찾은 뒤, 계단을 통해 3층으로 재빠르게 올라갔다. 그리고는 창문 아래를 조심스레 살펴보았다. 다행히 늙은 거지는 병원 안에까지 들어오지는 못하고, 화단 근처를 한참 동안 씩씩거리며 왔다 갔다 하다가 성난 표정으로 돌아갔다.

　그런데 아뿔싸, 그의 손에 내 책가방이 들려 있는 게 아닌가!

'아아, 이걸 어찌하면 좋을까…?'

안도의 한숨을 내쉬기가 무섭게 가슴에 먹구름이 잔뜩 몰려들었다. 거지한테 책가방을 뺏겼으니, 이대로 집에 갈 수도 없는 일이고, 당장 내일부터 학교 갈 일이 큰일이었다.

나는 계단을 내려와 하릴없이 화단 주위를 배회하며 시간을 보냈다. 화단에는 빨간 칸나가 줄지어 피어 있었다. 칸나는 나의 걱정 따위는 전혀 아랑곳하지 않고, 평소와 다름없이 화려한 자태를 뽐내며 흐드러지게 피어 주위에 있는 벌들과 희롱을 하고 있었다. 그래서 부아가 치밀어서 몇 송이를 마구 꺾었다.

"너 여기서 뭐하고 있냐?"

때마침 근처를 지나가던 아버지가 나를 발견하고 물었다.

"아, 아부지!"

도둑이 제 발 저린다고, 나는 깜짝 놀라서 가슴이 철렁하였다.

"뭘 그리 놀라냐? 그라고 여기서 뭐하냐니까?"

아버지가 의아한 표정으로 바라보았다.

"아, 아무것도 아니유. 그냥 칸나를 보고 있었슈…."

나는 애써 담담한 표정을 지으며 변명을 했다.

"칸나를 보고 있었다고? 싱거운 놈 같으니라고. 빨리 집에나 가라."

아버지는 씩 웃으며 일을 보러 갔다.


나는 큰 죄라도 지은 듯 고개를 숙이고 조용히 집으로 들어갔다.

막 저녁을 먹으려던 참이었는지, 둘째와 막내는 밥상 앞에서 평소처럼 아옹다옹 다투고 있었다. 나는 말없이 다가가서 숟가락을 들었지만 걱정 때문에 저녁밥을 먹으면서도 모래알을 씹는 것 같았다. 책가방이 없으니 숙제도 못하고, 빈 도시락도 꺼내 놓을 수가 없었다. 어머니한테는 학교에다 가방을 놓고 왔다고 적당히 둘러댔지만, 금방 탄로 날 게 뻔했다.

'앞으로 어떻게 해야 하나?'

밤이 돼도 이런저런 생각으로 불안해서 좀처럼 잠을 이룰 수가 없었다. 아버지가 이런 사실을 알면 난리가 날 게 틀림없었다. 세상이 끝난 것 같았고, 죽고만 싶은 심정이었다.

그러다 겨우 잠이 들었는데, 꿈속에서 거지가 쫓아왔다. 낮에 본 거지보다 훨씬 더 무섭고 험상궂은 얼굴이었다. 나는 있는 힘을 다해 뛰었다. 하지만 웬일인지 발이 땅에 딱 들어붙어서 떨어지지가 않았다. 입이 바짝바짝 마르고 애가 탔다. 그렇게 한동안 숨이 넘어갈 듯 헐떡이다가, 마침내 거지의 손아귀가 내 목을 우악스럽게 움켜쥐는 순간, 외마디 소리를 지르며 깨어났다.

"아악—!"

내 비명 소리에 놀란 막내가 자다가 벌떡 일어나 몇 번 서성대더니, 다시 이불 위로 푹 고꾸라졌다. 나는 안도의 한숨을 길게 내쉬었다. 몸이 식은땀으로 흠뻑 젖었고, 가슴이 계속 벌렁거렸다.

더 이상 잠도 오지 않아서, 나는 누워서 이리저리 뒤척이며 희끄무레한 방문 창호지만 계속 바라보았다. 꼭 내 마음을 뭉쳐 놓은 것만 같은 짙은 회색빛 창호지는 지겨울 정도로 천천히 밝아 왔다. 그리고 날이 밝을수록 검은 문창살이 더욱 선명해지면서 감옥 창살처럼 느껴져, 답답해서 견딜 수가 없었다.

마침 장닭이 요란하게 울자 어머니가 부엌으로 나가는 기척이 들렸다. 나도 얼른 따라 나가서 부엌으로 들어갔다.

"늬가 잠 안자고 웬일이냐?"

어머니가 졸린 눈을 비비다 말고 놀라서 크게 떴다.

"어머이 불 때는 것 좀 도와드릴라구요."

나는 적당히 둘러대었다.

"시상에나, 별일도 다 보것네! 오늘은 해가 서산에서 뜨것다, 야!"

말은 그리 하면서도 어머니의 얼굴엔 환한 미소가 번졌다.

나는 아궁이 앞에 쪼그리고 앉아서 마른 솔잎 불쏘시개에 불을 붙인 뒤 입김을 후후 불었다. 매콤하고 파란 연기가 몇 줄기 피어오르며 눈물이 핑 돌았다. 순간 나도 모르게 엉엉 울고 싶은 충동이 일었지만, 이를 악물고 꾹 참았다.

이윽고 불씨가 크게 살아나자 그 위에 장작을 몇 개 얼기설기 얹었다. 그리고는 한 손에 부지깽이를 들고 불길이 점차 타오르는 걸 지켜보았다. 장작이 활활 타는 모습을 보고 있노라니, 밤새 쌓였던 마음속의 응어리가 봄눈 녹듯 스르르 풀리는 것 같았다.

"어머이, 오늘 내 도시락은 싸지 말아유."

마음의 평온을 되찾은 나는 덤덤하게 말했다.

"왜? 도시락이 없어서?"

"예."

"도시락 없으믄 밥사발에다 싸가면 되지, 멀 그래."

어머니가 도마에다 애호박을 썰면서 퉁명스레 받았다.

"챙피하게 거기다 어떻게 싸 가유. 애들이 놀린단 말이유."

"굶는 것보단 났지. 별 걸 다 따지네. 그러게 누가 가방을 핵교
에 놓고 오랴?"

"……."

"그럼 이렇게 하면 워떠냐?"

아침 준비로 손을 바쁘게 놀리면서도 어머니가 곰곰이 생각하더
니 한 가지 제안을 했다.

"둘째 도시락에다 밥을 꽉꽉 눌러서 담고, 반찬도 많이 넣어 줄
테니께, 점심때 둘이 만나서 나눠 먹어라, 알았지?"

"히히! 알았슈!"

어머니와 나는 공범처럼 웃음을 주고받았다.

책가방도 없이 맨손으로 학교를 가자니 몹시 쑥스러웠다. 다들
나만 쳐다보는 것 같았다. 수업 시간에도 옆자리에 앉은 친구 책
을 함께 보며 선생님한테 들킬까 봐 조마조마했다. 그렇게 버티고
버티다 숙제 검사 때 드디어 걸리고야 말았다. 숙제를 안 해 온 아
이들 틈에 끼어서 앞으로 불려 나가 회초리로 종아리를 몇 대 맞고

들어오면서도 그리 아픈 줄도 몰랐다. 내일이 또 걱정되었다.

이윽고 점심시간이 되자 나는 운동장 가에 서 있는 커다란 플라타너스 나무 아래서 둘째와 만나 도시락을 나눠 먹었다. 밥은 꽉 눌리고 딱딱하게 굳어서 먹기도 힘들고 맛도 없었다. 그래도 둘째는 마늘장아찌와 김치 반찬에다 꾸역꾸역 잘도 먹었다.

나는 밥을 씹으면서도 온통 딴 생각 뿐이었다. 그러다 마침내 실토를 했다.

"성, 아부지한테 솔직하게 얘기하고 용서를 빌어!"

둘째는 평소와 달리 진지하게 말했다. 딴에는 꽤나 걱정이 되는 모양이었다.

"나도 그러고 싶지만, 용기가 안 나."

"그럼 내가 얘기할까?"

"아녀, 얘길 하더라도 내가 해야지…."

나는 검정고무신으로 땅바닥에 기어가고 있는 개미 새끼들만 자꾸 눌러댔다.


저녁 식사가 끝나고, 나는 아버지 앞으로 슬금슬금 다가가서 무릎을 꿇었다. 그리고 기어들어가는 목소리로 겨우 자초지종을 털어놓았다.

"뭐? 이런 시원찮은 놈!"

내 얘기를 듣자마자 아버지는 고래고래 고함을 질렀다. 그리고 아버지의 두껍고 커다란 손이 대번에 뺨 위로 날아들었다. 일순 눈앞에서 왕별들이 반짝거리더니 뺨이 얼얼해 왔다.

"하라는 공부는 안 하고, 거지한테 책가방이나 뺏기고, 참 잘 하는 짓이다! 도대체 너 뭐하고 댕기는 놈이냐!"

"……."

"그라고, 그런 일이 있으면 바로 얘기를 해야지, 왜 인제사 얘기 하는 거냐!"

아버지는 계속 노발대발 화를 냈다.

온 집안이 쥐 죽은 듯 조용하였다. 나는 고개를 푹 숙이고 겁에 질려 벌벌 떨었다. 아버지는 한동안 방안에 앉아서 담배를 피우며 한숨을 길게 내쉬었다. 그러다가 문득 무슨 생각이 들었는지 자리에서 벌떡 일어나, 선반에 올려놓은 종이 꾸러미 한 개를 들고 방문을 힘차게 열고 나가 마루를 내려서며 나에게 말했다

"빨리 나와! 그리고 날 따라와!"

"예."

나는 주춤주춤 일어나서 아버지를 따라 나갔다.

"시방 야를 델꼬 어딜 갈라고 그래유?"

어머니가 아버지 눈치를 살피며 물었다.

"알 거 없어!"

아버지는 무뚝뚝하게 말을 던지고는 대문을 나섰다.

어둑어둑해진 길을 아버지는 앞장서서 묵묵히 걸었다. 나는 그

뒤를 풀 죽은 망아지처럼 쫄래쫄래 따라갔다. 무거운 침묵이 함께 걸었다. 아버지와 나는 개부슨 병원을 지나고 기다란 철둑길을 넘어 불이 환하게 켜진 시내 중심가로 들어가서도 말없이 계속 나아갔다. 그리고 시내에서 좀 떨어진 외진 곳으로 향했다. 거지촌으로 가는 게 틀림없었다. 겁이 덜컥 났지만 애써 마음을 가다듬었다.

아버지와 단 둘이 이렇게 길을 오래 걷는 것은 처음이었다. 그렇지 않아도 아버지 곁에만 있으면 어려운 데다, 상황이 상황인지라 갈수록 마음이 무거워졌다. 어둠 속에서 과수원을 몇 개 지나고, 작은 언덕으로 향하는 좁다란 비탈길을 오르자 아니나 다를까 흐릿한 불빛이 새어 나오는 움막집 여러 채가 어렴풋이 보였다. 나는 호랑이 굴에 들어가는 심정으로 이를 악물었다.

"사령관 계시우?"

입구에 도착한 아버지는 목소리를 두어 번 가다듬더니 큰 소리로 말했다.

"뉘시우?"

웬 사내가 거칠게 내뱉으며 나오더니, 인상을 쓰며 우리를 유심히 살폈다.

"나는 딱터 개부슨 선상님 병원에서 일하는 사람이우!"

아버지가 어깨와 목에 힘을 잔뜩 주고 큰 소리로 말했다.

"닥털 선상 병원? 그래서유?"

아버지의 당찬 모습에 상대방의 기세가 약간 누그러졌다.

"사령관 좀 만나러 왔소."

"사령관님은 지금 안기신데, 무슨 일이우? 급하지 않으먼 낼 오시우."

"아주 급한 일이우. 일단 좀 들어갑시다!"

"알았소. 그럼 들어오시우!"

나는 아버지 뒤에 바짝 붙어서 움막집 안으로 들어갔다.

전깃불이 아니고 남폿불이라서 실내는 어둠침침했다. 우리가 들어가자 안에 있던 사람들이 우르르 몰려들었다. 지저분한 차림새도 차림새지만 선입견 때문에 다들 험상궂게만 보였다. 일순 실내에 긴장감이 감돌았다. 흐릿한 불빛에 눈이 익숙해지자 밥상이며 반쯤 부서진 장롱 등 이런저런 가재도구들이 보였다. 거지들이 집단으로 공동생활을 하는 공간이지만, 예상과는 달리 나름대로 잘 정돈되어 있었다. 그리고 뭐라 형언키 어려운 고린내가 코를 찔렀다. 거지들한테서 나는 특유의 냄새였다.

"병원에서 나왔다구유?"

사내가 따지듯이 물었다.

"그렇소!"

"근디 무신 일이유? 우린 병원하고는 볼 일이 없는디?"

"아니, 뭐, 공식적으루다 나온 건 아니고, 상의 좀 할 게 있어서리…."

"뭔 상의를?"

"자, 자, 얘기는 천천히 하고, 우선 담배나 한 대씩 태우슈!"

아버지가 들고 온 종이 꾸러미를 풀더니 담배를 꺼내서 한 갑씩 돌렸다.

"허허, 이게 웬 담배유?"

뜻밖의 횡재에 다들 입이 찢어질 듯이 좋아하며 넙죽 받았다. 그리고는 즉석에서 한 대씩 나눠 피우며 희희낙락거렸다. 딱딱하던 움막집 안 분위기가 대번에 누그러졌다. 담배 한 갑도 괜찮은 선물로 여기던 시절이었으니 그럴 만도 했다.

"그래, 저녁들은 먹었수?"

아버지가 주위를 둘러보며 친근한 말투로 물었다.

"그러지 않아도 막 먹으려던 참이우."

사내가 얻어 온 밥 깡통을 한데 모아서 큰 함지박에다 쏟아 넣고 열심히 쓱쓱 비비더니, 공평하게 나누어 주고는 나머지를 자기 깡통에 담아 가지고 왔다.

"저녁이 많이 늦는구만유."

"예, 밥 얻으러 나갔던 식구들이 다 돌아와서 함께 먹으니께, 노상 늦어유."

"질서가 엄하다더니, 참말이네…."

"그런 편이우. 같이 좀 드실라우?"

사내가 때가 까맣게 묻은 숟가락 하나를 내밀었다.

"그럽시다. 거 참, 맛있게 생겼네!"

아버지가 스스럼없이 숟가락을 받아서 밥을 한 술 크게 떠먹었다.

"애, 너도 좀 먹어라."

사내가 나한테도 밥을 권했다.

"아, 아니유!"

나는 기겁을 하며 손사래를 쳤다.

"허허! 참말로 별미로세, 별미야!"

아버지는 주위를 둘러보며 너스레를 떨었다. 하지만 나는 속에서 올라오는 구역질을 참느라 혼이 났다.

"그거야 당연하지유. 여러 집에서 모은 맛있는 밥과 반찬들이 골고루 섞였으니 별미일 수 밖에요."

"아, 그런가유?"

"그럼유! 이런 맛에 거지 생활도 한다니께요, 하하하!"

사내도 너스레를 떨며 과장된 웃음을 터뜨렸다.

"그리 맛있으면 더 드시우!"

"아니오, 난 방금 저녁밥을 먹고 왔으니께, 형씨나 많이 먹으슈!"

아버지는 한 술 뜨고는 극구 사양했다.

"근디 사령관은 어디 갔수?"

"예, 어디 좀 가셔서 늦게나 오실 거유."

밥을 다 먹은 후, 아버지는 찾아 온 이유를 자세하게 말했다. 그리고 사령관과 당사자를 만나 사과하겠다고 하자, 다들 중구난방으로 떠들기 시작했다.

"뭘 그만 일을 가지고 이 밤중에 찾아 왔슈, 그래!"

"누가 갖고 있는지 모르지만, 책가방이나 빨리 돌려주라고!"

"고럼! 그래야 야가 낼 부터라도 핵교를 갈 거 아녀?"

그때 나를 쫓아왔던 바로 그 거지가 구석에서 불쑥 나타났다. 그리고는 주먹을 불끈 쥐고 다가오며 소리쳤다. 손에는 내 책가방이 들려 있었다.

"너, 이 노무 자슥!"

나는 겁에 질려서 아버지 바지를 움켜쥐고 착 달라붙었다. 등골이 오싹하면서 꽁무니가 화끈거렸다.

"이리로 썩 나오지 못하것냐?"

그는 아버지와 나를 번갈아 바라보면서 계속 소리쳤다. 떠들던 사람들도 모두 입을 다물고 우리를 빠히 바라보았다.

"저분한테 가서 빨리 용서를 빌어라!"

아버지가 나를 매정하게 떠밀었다.

나는 어쩔 수 없이 주춤주춤 다가가서 고개를 숙이고 인사를 했다.

"잘못했습니다. 용서해주세유….."

"옛다, 이놈! 꿀밤이나 한 대 먹어라!"

그가 활짝 웃으면서 내 이마에 꿀밤을 세게 먹였다. 순간 눈물이 핑 돌면서 무겁게 뭉쳤던 마음이 확 풀어졌다.

"책가방 여기 있다. 앞으로 어른들 놀리지 말고, 공부나 열심히 해라. 알것냐?"

"예!"

나는 두 손으로 가방을 얼른 받았다.

"아하, 김 씨가 저 아한테 그지라고 놀림을 당했구만?"

사내가 김씨라는 사람을 놀렸다.

"그지한테 그지라고 한 게 틀린 말은 아니지, 뭐!"

"사람이 얼매나 칠칠치 못하면, 저런 아들한테도 놀림을 당하고
그러능겨?"

"금메 말여, 하하하!"

주변 사람들도 다들 농담을 주고받으며 와자하게 웃었다.

고린내가 진동하는 거지촌 밖으로 나오니 밤공기가 너무나 상쾌
했다. 나는 여러 차례 숨을 크게 들이마셨다가 내뿜으며, 몸에 밴
고약한 냄새를 떨쳐버리려고 애를 썼다. 아버지도 담배를 길게 내
뿜으며 한숨을 쉬었다.

아직 달이 뜨기 전이라 캄캄했다. 가까운 산에서 소쩍새 우는 소
리가 크게 들리고, 어디선가 분꽃 냄새가 진하게 풍겨왔다. 어쨌
거나 사건을 해결하고 나니 마음이 날아갈 듯 홀가분했다. 아까와
달리 돌아오는 길은 발걸음이 가볍기만 했다. 갑자기 아버지와 많
이 친해진 느낌도 들었다. 그래서 이것저것 자꾸 캐물었다.

"아부지, 사령관이 누구유?"

"그지대장을 사람들이 사령관이라고 부르는데, 똑똑하고 당찬

인물이라드라."

"그런 사람이 왜 그지를 해유?"

"낸들 알것냐. 참으로 알다가도 모를 것이 사람 팔자니께…."

"아부지, 그지들도 생각보단 잘 해놓고 사네유?"

나는 기분이 좋아서 입이 간질간질 했다.

"허허! 이눔아, 그 사람들도 우리하고 똑같은 사람여!"

아버지도 기분이 그리 나쁘지는 않은 모양이었다.

"근데 왜 그지가 됐대유?"

"처음부터 그지가 되고 싶은 사람이 어디 있것냐. 살다 보니께 어렵고 힘들어서 어쩔 수 없이 그리 된 거지. 그러니 너무 무시하면 안 된다, 이 말여. 알것냐?"

"예, 알겠슈."

"어두우니께 앞을 잘 보고 가라. 희끄무레한 게 물웅덩이니께 피해서 가고!"

"예."

나는 조심조심 발걸음을 내디뎠다. 마침 저 앞쪽 하늘에 삼태성이 높이 떠서 밝게 빛나고 있었다.

"저기 별 셋이 반짝이는 게 보이지, 응?"

아버지가 하늘을 가리키며 말했다.

"예, 근데요?"

"저게 바로 삼태성이다. 참 사이가 좋아 보이지, 응? 늬들 삼형

제도 저 삼태성처럼 사이좋게 살아야 한다, 알것냐?"

"예."

그때 아버지가 물웅덩이를 밟아서 '철퍼덕-!' 하는 소리가 크게 났다.

"아이고! 이런 제길, 하하하!"

"헤헤헤!"

아버지와 나는 어둠 속에서 길을 걸으며 마음껏 웃었다.

♦♦♦

그때 우리의 어니스트 존은 무얼 하고 있었을까?

아마도 그 또한 몸집을 더욱 불리기 위해 부단히 노력하고 있었을 것이다. 그런데 다중인격을 지닌 걸로 알려진 어니스트 존은 혹시 자기를 부정하거나 다른 존재를 부러워한 적은 없었을까? 아니다. 그는 언제나 자기 자신만을 지나치게 사랑하며 주어진 임무를 완수하였을 것이다. 바람만이 알고 있었겠지만.

# 06

# 노근리

주민들이 별명삼아 사령관이라고 부르는 거지대장은 우리 고장 출신의 사나이였다. 기철이라는 이름으로만 알려진 그는 어릴 적부터 머리가 좋다고 인근에 소문이 자자했다. 비록 집안이 가난해서 독학을 했지만 워낙 똑똑해서 모르는 게 없었고, 고등고시만 패스하고 나면 틀림없이 큰 인물이 될 거라고 주위의 기대를 한 몸에 받았다.

해방이 되자 다들 새 세상에 대한 기대로 가슴이 부풀었고, 한창 피가 끓던 20대 초반의 그도 예외는 아니었다. 하지만 6.25 전쟁이 그의 모든 꿈을 송두리째 앗아가 버리고, 팔자를 완전히 바꿔놓았다.

…전쟁이 터지고 한 달이 되어갈 무렵, 기철이 살고 있는 농촌마을 주곡리에 드디어 미군 지프 한 대가 나타났다. 지프에는 미

군 2명과 함께, 과거 식민지 시절에 정보기관에서 일했던 일본인 통역관 1명이 타고 있었다.

"이 마을이 곧 전투지역이 될 위험성이 있으니, 모두 마을을 비우시오!"

그들은 동네 사람들에게 느닷없이 피난 명령을 내리고는 휑하니 떠났다. 그렇지 않아도 국도변을 따라 남쪽으로 향하는 숱한 피난민 행렬을 보면서, 곧 인민군들이 쳐들어 올 것만 같은 불안감에 분위기가 뒤숭숭하던 차에, 마을 전체가 벌집을 쑤신 듯하였다.

"허허, 드디어 올 거시 오고야 말았구먼! 근디 피난을 어디로 가야 하능겨?"

"정한 곳은 없지만, 어쨌거나 한 발짝이래도 남쪽으로 가야지."

"아, 가긴 어딜 간다고 그랴. 여기 그냥 있다가 죽게 되믄 죽는 거지."

"그려, 까짓 거 나도 여기 남을 텨!"

"암만 그래도 떠나는 시늉이래도 해야지, 안 그랬다가 낭중에 빨갱이로 몰려서 무신 경을 칠라고 그랴?"

"고럼, 고럼!"

"피난 안가고 남아 있으면, 인민군들이 이쁘다고 떡이라도 줄지 누가 아는감?"

"아따, 떡은 고사하고, 따발총이나 안 주면 다행이지."

입으로는 이런저런 씨름을 하면서도, 마을 사람들은 미리 싸 놓은 양식과 옷가지 보따리를 잽싸게 챙겨 가지고 남쪽으로 약 2킬로미터 정도 떨어진 이웃 마을 임계리로 향했다. 다들 '한 며칠 동안만 갔다 오면 되겠지.'하고 가볍게 생각하였다. 그리고 '인민군들이 쳐들어온다 해도, 설마하니 우리 같이 별 볼 일 없는 농투산이들한테 뭔 일이 생기기야 하랴?' 하는 마음도 조금씩은 있었다.

기철이도 형들과 함께 세간을 넣은 광에 못질을 하고, 지게끈을 단단히 조이고, 어머니를 도와서 크고 작은 보따리를 여러 개 싸가지고 대열에 합류하였다. 아버지는 그 와중에도 논에 나가서 물꼬에 손을 보고 왔다.

피난을 온다고 오기는 했지만, 전혀 실감이 나지 않았다. 물론 내 집이 아니라서 이것저것 불편하기는 했지만 이웃 마을 사람들과는 평소에 잘 알고 지내던 터라, 밥도 함께 지어 먹고, 일도 거들어 주면서 사이좋게 지냈다. 그래도 언제 무슨 일이 터질지 몰라서 불안 불안했다. 몇몇 사람은 밤에 몰래 집에 다녀오기도 했다.

그렇게 이틀이 지난 늦은 오후, 마을에 무장을 한 한 무리의 미군들이 통역관과 함께 나타났다. 그들을 보자 무슨 불길한 소식이라도 있나 해서 다들 가슴이 철렁했다.

"상황이 매우 심각해서 부산, 대구 방면으로 피난을 시켜 줄 테니까, 지금 즉시 모두 따라오시오!"

미군들은 다짜고짜 따라오라고 명령을 했다.

보아하니 분위기가 심상치 않았다. 무슨 이유 때문인지는 몰라도 그들은 매우 화가 나 있는 것처럼 보였고, 무엇엔가 다급하게 쫓기는 것 같았다. 겁에 질린 마을 주민들은 감히 뭐라 반박할 엄두도 못 내고, 짐 보따리를 급히 챙겨가지고 미군들을 따라 길을 나섰다. 두 마을 주민에다가 다른 곳에서 내려온 피난민들까지 더하게 되자, 대열은 금세 500여 명으로 불어났다.

일단의 사람들은 포로 아닌 포로가 되어 국도변을 따라 천천히 걸었다. 저녁 무렵이었지만, 도로에서는 열기가 훅훅 올라왔다. 대부분 짐을 등에 지거나 머리에 이고 가느라 땀을 뻘뻘 흘렸다. 간혹 소달구지를 끌고 가는 사람도 있었다. 대열의 선두와 후미에는 무장한 미군들이 단단히 지키면서 사람들이 대열에서 이탈하는 것을 막았다. 마치 적군을 대하는 듯한 태도였다.

다들 말이 없었다. 특히 일행 중 누군가가 통역관에게 다가가서 뭔가 아는 체하며 말을 걸려다가 미군으로부터 개머리판으로 얼굴을 호되게 얻어맞은 뒤로는, 아무도 말할 엄두조차 내지 못했다. 모두가 커다란 죄라도 지은 죄인들처럼 고개를 숙인 채 말이 없었다.

정체를 알 수 없는 무겁고 침울한 분위기만 일행 전체를 짓누르고 있었다. 무언가 상황이 이상하게 돌아간다는 느낌이 들기도 했지만, 애써 무시하며 마음의 평정을 찾으려고 노력하였다. 어쩌다 아이들이 보채거나 칭얼대는 소리와, 이를 달래는 소리만이 정적을 깨뜨릴 뿐이었다.

"어머이, 다리 아파유…."

"조금만 참어. 조금만 참으면 미군 아자씨들이 도라꾸를 보내 준다니께!"

"도라꾸유? 그게 참말이유?"

"그럼, 참말이잖구."

가끔 주위에서 사람들이 불안한 목소리로 속삭였다.

"시방 우리한테 왜 이러능겨?"

"금메 말여."

"미군들이 뭔가 오해를 단단히 하고 있능 거 아녀?"

"그렇다면 정말로 큰일인디⋯."

"아니, 아무리 그래도 설마 우릴 죽이기야 할라고."

"설마가 사람 잡는다는 말도 모르능가?"

산으로 둘러싸인 농촌 지역이라서 해가 일찍 떨어졌다. 그날따라 유난히 곱게 물들었던 저녁노을도 사라지고, 어스름이 깔리기 시작했다. 초저녁 하늘에는 어느덧 샛별이 나와 영롱하게 반짝이고 있었다. 가까운 논에서는 개구리 우는 소리가 들리고, 산들바람이 불어올 때마다 향긋한 벼 냄새가 풍겨 왔다. 너무나 익숙한 풍경이었지만 상황이 상황인지라 왠지 낯설고 생소하게만 느껴졌다.

밤은 점점 깊어 가고, 희미한 달빛 속에서 행군은 계속되었다. 가끔 쉬면서 용변을 볼 때도 대열에서 탈출하는 사람이 있을 까봐 감시가 삼엄했다. 아주 먼 거리는 아니었지만, 노약자들에게는 힘이 들었다. 그리고 밤새 걸어야 할지도 모른다는 불안감이 어둠과 함께 깊어만 갔다.

한밤중이 돼서야 미군들은 대열을 멈추게 하고는, 모두 길 옆에 있는 하천 바닥으로 내려가서 하룻밤 숙영을 하라고 명령했다. 그리고 절대 장소를 이탈하지 말라고 엄포를 놓았다. 하가리 부근이었다.

어둠 속에서 사람들이 조심조심 비탈을 내려갔다. 소달구지를 끌던 사람들이 잠시 머뭇거리자, 미군들이 달려들어 아래로 거칠게 끌어내렸다. 그 바람에 달구지 위에 타고 있던 몇 사람이 날카롭게 비명을 내지르며, 소달구지와 함께 나뒹굴었다.

"아이고-!"

"사, 사람 살려!"

비명 소리를 듣고 주위에 있던 사람들이 다급하게 달려갔다. 그리고는 쓰러진 사람들과 버둥거리는 소를 일으키려고 한동안 부산스럽게 움직였다. 사람들이 참았던 불만을 터뜨리며 웅성거리자 미군들은 총을 마구 쏘며 위협을 했다. 그 바람에 몇 사람이 즉사하고 어린 아이도 두 명이나 죽었다. 하지만 곁에 있던 식구들은 가족의 시신을 끌어안고도 겁에 질려 울음소리조차 제대로 내지 못했다.

"대체 이게 무신 짓이랴!"

"금메 말여!"

"이거 우릴 다 죽이려는 수작 아녀?"

"서씨네 며느리는 만삭이던데, 괜찮을랑가….."

어둠 속에서 사람들이 더욱 불안한 눈빛으로 수군거렸다. 그리고는 서둘러서 하천 바닥으로 내려왔다.

"휴, 이거야 원! 세상이 워찌 돌아가는 판국인지 모르것네."

"설마하니 밤새 인민군 놈들이 여기까정 쳐들어오는 건 아니것지."

"근디 돌멩이가 천지인 이런 바닥에서 잠을 어떻게 잔다?"

"아, 불안해서 어디 잠이나 오것능가….."

사람들은 비로소 짐을 내려놓으며 무거운 한숨을 내쉬었다. 그리고 여기저기 흩어져서 용변도 보고, 늦게나마 요기를 하느라 부지런히 움직였다. 불을 절대 피우지 못하게 했기 때문에, 대부분 짐 속에 넣어가지고 온 주먹밥이나 생쌀을 씹어 먹었다. 그러면서도 혹시나 심기를 건드릴까봐 미군들의 눈치를 힐끗힐끗 보았다.

기철이도 가족들과 간단하게 주먹밥을 먹은 뒤, 보따리를 베개 삼아 자갈 바닥에 누웠다. 하지만 잠이 쉬 올 것 같지 않았다.

"빨리 집에 돌아가서 논에 피를 뽑아야 하는디….."

아버지가 누운 채로 한숨을 내쉬며 말했다.

"아, 시방 난리가 나서 사람이 죽느냐 사느냐 하는 판국에, 그깟 노무 농사가 그리도 중요헌감요?"

곁에서 어머니가 역정을 들고 나섰다.

"암만 난리가 나더라도 농사는 져야지."

"평생 죽어라고 일해도 남 존 일만 시키는 놈의 농사가 뭐 그리

대수라고….”

“허허, 그래도 그렇기 아녀.”

“아니긴 뭐시가 아뇨.”

그는 두 분의 얘기를 조용히 듣고만 있었다. 하늘에 총총히 떠 있는 별들을 보며 이런저런 생각을 하고 있자니, 별의별 상념들이 다 머릿속에 떠올랐다.

‘이놈의 전쟁은 언제나 끝이 날까. 앞으로 한 달? 두 달? 지금 같은 추세라면 인민군이 부산까지 밀고 내려가는 것은 시간문제인데, 이러다 인민군 치하가 되면 어떻게 되나?’

‘해방 후에 농사를 지으며 어렵게 우리 글도 익히고, 고등고시 준비도 해 왔는데 이게 도대체 뭔 난리랴? 사람 팔자는 정말 알 수가 없어. 하긴 나라가 결딴이 난 마당에 그런 걱정할 때가 아니지….’

‘그동안 해 온 고시공부도 앞으로는 다 소용이 없을 테고, 이제 난 인민군 치하에서 뭘 해야 좋을까? 들리는 말로는, 북한은 노동자 농민을 위한 정권이라서 농민들에게 토지도 무상으로 나눠 준다는데, 그게 정말 사실일까?’

‘우리 같은 사람들이야 좌익도 아니고 우익도 아니고 아무것도 아니니까, 세상이 뒤바뀐다 해도 별 탈이야 없겠지….’

그러다 깜빡 잠이 들었는데, 아버지의 밭은기침 소리에 깨어 보니 어느덧 새벽이었다. 공기가 제법 서늘했다. 옷이 이슬에 흠뻑 젖어서 축축하고, 온몸이 두드려 맞은 듯 뻐근하였다. 어슴푸레한 새벽빛 가운데 여기저기서 노인네들의 기침 소리와 어린 아이들 우는 소리가 들리고, 사람들 움직이는 기척이 났다.

그가 몸을 잔뜩 웅크리고 누워서 다시 잠을 청하고 있는데, 누군가가 소리쳤다.

"미군들이 하나도 안 보인다! 다 도망갔다!"

그는 자리에서 벌떡 일어나 소리가 난 곳으로 가보았다. 큰 형과 친구 몇 사람이 모여서 무언가 상의를 하고 있었다.

"성님들, 무슨 일이유?"

"아, 기철이구나. 미군들이 다 워디 가고, 하나도 안 보인다, 야!"

"그려유? 후퇴한 건가유?"

"글쎄다. 잘은 모르것다만, 일단은 그렁 거 같다, 야."

"그럼 잘 된 거지유, 뭐! 하지만 그만큼 사정이 급한 모냥이유."

"그렁개벼!"

"우리도 서둘러서 남쪽으로 내리가야 돼유. 인민군이 곧 쳐들어 온다는디, 집으로 되돌아갈 수는 없잖아유?"

"그려, 그려!"

피난민들 사이에 해방감과도 비슷한 기운이 급속히 번져갔다. 다들 정체를 알 수 없는 무겁고 침울한 분위기에서 벗어나, 홀가분한 기분으로 새 아침을 맞이하였다. 그리고 서둘러서 남쪽으로 떠날 채비를 했다. 그도 가족들하고 간단하게 아침 식사를 한 뒤,

보따리를 새로 꾸려 짊어지고는 다른 사람들과 함께 길을 떠났다.

그러나 그 해방감은 그리 오래 가지 못했다. 정오 무렵, 그들이 노근리에서 4,5리쯤 못 미친 곳을 지나고 있을 때, 사라졌던 한 떼의 미군들이 어디선가 느닷없이 나타났다. 그리고는 탱크를 앞세우고 길을 가로막았다.

"모두 정지!"

그들의 표정과 태도는 어제 보다 훨씬 더 거칠고 험악했다. 특히 요란한 바퀴 소리와 함께 금방이라도 깔아뭉갤 듯한 기세로 다가오는 탱크를 본 주민들은 순식간에 불길한 예감에 사로잡혔다.

"다들 철로 위로 올라가!"

미군들은 총부리로 사람들의 등을 마구 치면서 빨리 올라가라고 다그쳤다. 철둑은 그리 높지는 않았지만 제법 가팔랐다. 사람들은 한 손에는 보따리를 들고, 다른 한 손으로 허겁지겁 기어서 올라갔다. 노인과 아이들은 손으로 잡아서 끌어올렸다. 그리고는 다들 겁에 질려 벌벌 떨었다.

"철길을 따라 걸어라!"

미군들의 명령에 500여 명이나 되는 피난민 대열은 뜨거운 땡볕 아래서 남쪽을 향해 느릿느릿 걷기 시작했다. 기철이도 아버지의 손을 잡고, 사람들 틈에 끼어서 걸으며 신경을 바짝 곤두세웠다. 옆에서는 어머니가 누이동생의 손을 꼭 잡은 채 소리 없이 흐느꼈다. 혹시 기차에 태우려는 건 아닌가 하는 생각도 들었지만, 기차는 운행을 멈춘 지 이미 오래였다. 왜 이런 곳으로 올라오라고 하는지 도무지 이유를 알 수가 없었다. 하지만 뭔가 엄청난 일이 다가오고 있음이 분명했다. 입 안이 바짝바짝 타들어 갔고, 숨이 막혀 질식할 것만 같았다.

"모두 정지! 그리고 짐을 풀어라!"

일행이 노근리 쌍굴다리 부근에 도달했을 때, 미군들은 정지 명령을 내리고는 갑자기 주민들의 짐과 옷 속을 일일이 검사하기 시작했다. 피난민들 가운데 인민군 스파이가 다수 섞여 있다는 첩보를 입수했다는 것이었다. 빨갱이하고는 전혀 상관이 없는 사람들은 약간 안도의 한숨을 내쉬며 명령에 고분고분 따랐다. 그 자리에 주저앉아서 잠시 눈을 붙이거나 허기를 달래느라 주먹밥을 먹는 사람들도 있었다.

"위, 위, 아 낫 스파이(We are not spy)!"

기철의 차례가 되자, 그는 두 팔을 벌린 채 억지로 미소를 지으며 떨리는 목소리로 더듬더듬 말했다.

"낫 스파이?"

몸수색을 하던 미군이 눈을 둥그렇게 뜨고는 반문했다.

"예쓰! 예쓰!"

기철은 억지로 미소를 지었다. 그리고 커다란 죄라도 지은 것처럼 머리를 연방 굽신거리며 한 마디 덧붙였다.

"위 아 어니스트(We are honest)!"

그러자 그는 옆에 있는 동료와 킬킬대고 웃으면서 무슨 말인가를 빠르게 주고받았는데, 기철은 전혀 알아들을 수가 없었다. 눈치를 보아하니, 피난민 가운데서 초보 영어라도 몇 마디 할 수 있는 사람을 만난 게 신기한 모양이었다. 가까이서 보니 그들은 자신과 나이가 같아 보였다.

그가 다시 진지한 얼굴을 하고 기철을 바라보면서 뭐라고 몇 번을 물었다. 하지만 기철은 대답을 하지 못하고, 그저 비굴하게 웃으며 무조건 "예쓰! 예쓰!"만 연발하였다.

"깟 뎀!"

미군은 그를 거칠게 밀치고는 옆에 있는 아버지를 수색하기 시작했다.

숨이 막힐 듯한 긴장된 시간이 지루하게 계속되었다. 뜨겁게 내리쬐는 햇살 아래서 피난민들은 갈증과 피로에 지쳐 다들 헐떡거렸다. 그렇게 한 시간가량 지난 뒤, 마침내 조사가 다 끝난 것 같았다. 하지만 그 누구한테서도 총이나 무기로 의심할 만한 것은 나오지 않았다.

검사가 끝나자 미군들은 예정된 수순을 밟기라도 하듯, 무전기로 어디론가 연락을 취하는 것 같았다. 그리고는 웬일인지 주민들을 철둑에 그대로 둔 채, 자기들끼리 뭐라고 큰 소리로 외치며 철둑 아래로 허겁지겁 몸을 피했다. 그런 광경을 주민들은 그저 어리둥절한 채 멍하니 바라다 볼 뿐이었다.

미군들이 몸을 피하자마자 어느새 하늘에 비행기가 두 대 나타났다. 쌕쌕이라고 부르는 미군 전투기였다. 전투기는 은빛 날개를 반짝이며 눈 깜짝할 새 주민들 머리 위로 날아오더니, 한 치의 망설임도 없이 폭탄을 투하했다.

"콰-! 콰-! 콰-! 쾅-!"

곧이어 이곳저곳에서 폭탄이 터지는 소리가 천지를 진동했다. 철로 위는 순식간에 아비규환의 현장으로 변했다.

"아악-!" "헉-!" "으윽!" 주민들은 저마다 단말마의 비명을 내지르며, 태풍에 벼들이 쓰러지듯 힘없이 무더기로 쓰러졌다. 여기저기서 머리통이 날아가고, 피가 분수처럼 치솟고, 살점들이 마구 튀었다. 철로도 엿가락처럼 크게 휘었다. 사람들은 볏단처럼 서로 뒤엉켜서 나뒹굴었고, 입고 있던 하얀 옷들이 금방 붉게 물들었다. 그리고 그들은 죽어 가면서도 미군이 왜 자신들에게 이러는지 이유를 전혀 몰라서 어안이 벙벙하였다.

"빨리 철둑 아래로 피해라!"

누군가가 다급하게 외쳤다. 사람들은 혼비백산하여 구르다시피 철둑을 내려온 뒤 근처의 배수로나 조그만 수풀 더미 속에 몸을 숨겼다. 기철도 논두렁 사이에 죽은 듯이 엎어져 꼼짝하지 않았다. 한바탕 폭탄 투하를 마친 전투기는 아직도 살아서 움직이거나 도망가는 사람들을 향해 기총소사를 시작했다.

"타! 타! 타! 타! 타…!"

그것은 마치 땅 위의 하찮은 벌레들을 싹쓸이하는 소리처럼 들렸다. 그렇게 무차별 공격이 20여 분 동안이나 계속되었다. 많은 사람들이 또다시 쓰러져 갔다. 조금 후 전투기가 사라지자, 미군들이 즉시 나타나서 총을 마구 쏘며 사람들을 쌍굴다리 안으로 몰아넣었다. 토끼몰이 사냥이 따로 없었다.

기철도 아버지의 손을 꽉 잡은 채 정신없이 굴다리 안으로 뛰어들었다. 조그만 쌍굴다리 안은 사람들로 금세 꽉 찼다. 그들은 서로 부둥켜안고 부들부들 떨었다. 다들 정신이 나간 상태였다.

조금 숨을 가라앉힌 뒤, 주위가 잠잠해지자 몇몇 사람들이 바깥 동정을 살펴보기 위해 주춤주춤 굴 밖으로 나갔다. 무슨 일이 또 벌어질지 모르는 긴박한 상황이라 한시바삐 이곳을 벗어나고 싶었다. 주변 지형을 잘 아는 기철과 아버지도 따라 나섰다. 그러자 이번에는 굴다리 앞쪽에서 기관총알이 날아오기 시작했다.

"뜨르륵! 뜨르르르륵…!"

여기저기서 사람들이 또 비명을 지르며 쓰러져 갔다. 아비규환의 와중에 아버지는 앞에서 반사적으로 팔을 벌리고 총알을 막다가 기철의 몸 위로 쓰러졌다. 그는 아버지와 함께 바닥에 나뒹굴며 밑으로 깔렸다.

"헉-! 헉-!"

아버지가 피를 흘리며 단말마의 신음 소리를 냈다. 하지만 어떻게 손을 써 볼 도리가 없었다. 총알이 계속 날아오고 있어서 꼼짝도 할 수 없었다. 사방에서 피 비린내가 진동을 했다. 그는 얼굴을 아버지 등 밑에 더욱 깊이 파묻은 채 누워서 죽은 척하며 위기를 모면하기 바빴다.

아버지의 몸에서는 뜨뜻하면서 비릿하고 찝찔한 피가 콸콸 흘러나왔다. 피는 그의 얼굴을 온통 적시고, 콧구멍을 막고 자꾸만 목구멍 속으로 넘어갔다. 그는 아버지의 피를 계속 마실 수밖에 없었다. 비쩍 마른 몸 어디에서 그토록 많은 피가 나오는지 알 수가 없었다. 이윽고 아버지는 몇 번 거칠게 숨을 몰아쉬더니 잠잠해졌다. 숨이 끊어진 것 같았다.

순간 무언가가 그의 가슴 속에서 울컥, 하고 올라왔다. 그리고 곧바로 뛰쳐나가서 싸우고 싶은 충동이 강하게 일었지만 가까스로 눌러 참았다. 그는 아버지의 시신을 방패삼아 한동안 이를 악물고 버티면서 총질이 멈추기를 기다렸다가, 기회를 봐서 겨우 굴다리 안으로 기어들어 왔다. 얼굴에 온통 피 칠갑을 한 그의 모습에 사람들은 다들 몸서리를 쳤다.

'살았다…!'

가까스로 안도의 한숨을 내쉬자마자 왼쪽 넓적다리에 엄청난 통증이 엄습하였다. 피도 흥건하게 젖어 있었다. 하도 경황이 없어서 총 맞은 줄도 몰랐던 것이다. 기철은 옷을 찢어서 다리를 묶고, 손으로 눌러서 지혈을 하였다. 그제야 어마어마한 공포가 엄습하였다. 숨이 곧 넘어갈 것처럼 가슴이 답답하고, 정신이 가물가물해지면서 온 몸이 초학(유사 말라리아)을 하듯 마구 떨렸다. 이 모든 것이 현실이 아니라 꼭 악몽 같았다.

미군들은 쌍굴다리 양쪽 언덕배기에 기관총을 거치해 놓고 굴다리 안에 모여 있는 사람들을 감시했다. 이제 더 이상 피할 곳도 없었고, 독 안에 든 쥐나 다름이 없었다. 그리고 사람들이 조금이라도 수상한 행동을 하거나 밖으로 나가려는 기미만 보이면 기다렸다는 듯이 총을 쏘아댔다.

"피융…! 피융…!"

그때마다 몇 사람이 총에 맞아 쓰러졌고, 총알이 콘크리트 벽에 부딪쳤다 튕겨져 나가는 소리가 요란하게 들려왔다. 마치 우리 안에 몰아넣은 짐승들이 도망가지 못하도록 조준 사격을 하는 것 같았다. 겁에 질린 사람들이 궁여지책으로 죽은 사람들의 시체와 옷가방 같은 짐을 모아서 방패삼아 입구에 쌓아 놓았지만 별 소용이 없었다.

그렇게 엄중하게 감시를 하면서도 그들은 교대로 돌아가면서 휴식을 취했다. 철부지 어린 병사들은 껌을 씹고 담배를 피우며 잡담을 하거나, 풀밭에 벌렁 드러누워 태평스레 낮잠을 잤다. 때로는 근처 밭에서 따온 호박을 가지고 축구를 하기도 했고, 바지를 내리고 킬킬거리면서 사람들을 향해 소변을 갈기기도 했다.

"저, 저런 죽일 놈들을 봤나…."

"뭔가 오해를 단단히 하고 있는 개벼, 누가 가서 말 좀 잘혀 봐."

"아, 이러케 된 마당에 더 이상 무신 놈의 말을 햐?"

"금메 말여. 이제 볼 장 다 본 겨!"

"아, 하늘이 무너져도 솟아날 구멍이 있다고, 남아 있는 사람들만이라도 살아야 할 거 아녀?"

"그리 살고 싶으면 자네가 가서 얘기해 보든가…."

"허허, 이거야 원…, 어디 영어 잘 하는 학상 좀 읎나?"

그때 마침 서울에서 대학을 다니다가 내려왔다는 한 청년이 나서서 가까이 다가온 미군에게 말을 걸고 대화를 시도했다. 그는 한참 동안이나 손짓 발짓 해 가며 얘기를 하더니 고개를 절레절레 내저으며 돌아섰다.

"젊은이, 그래 머라카든가?"

"저, 그게 말이지유. 방어선을 넘으면 피난민도 다 적으로 간주하고 사살하라는 명령을 상부로부터 받았다네유."

"방어선? 무신 방어선?"

"글쎄유, 잘은 모르겠지만 여기가 미군들이 쳐 놓은 방어선이라네유."

"허허, 참! 멀쩡한 사람들을 피난시켜 준다고 여기까지 소 돼지처럼 끌고 와 놓고, 이제 와서는 지들이 맘대로 쳐 놓은 방어선을 넘었다고 무고한 사람들을 이렇게 마구 죽이다니, 세상에 이런 법도 다 있는가?"

"아, 미국 놈들이 명령하면 그게 곧 법이지, 어디 법이 따로 있던가?"

"우리들 가운데 빨갱이가 있어서 그런대유."

"뭐, 빨갱이?"

"허허, 멀쩡한 우리보고 빨갱이라니, 참말로 환장하것네!"

"금메 말여!"

사람들은 어이없어 하면서도 혹시나 하는 시선으로 서로를 미심쩍게 바라보았다. 그리고 그런 의심 아닌 의심은 며칠 후 쌍굴다리에서 풀려날 때까지 계속되었다.

더 이해할 수 없는 것은 몇몇 병사들의 생뚱맞은 행동이었다. 그들은 휴식 시간에 부상당한 주민들에게 다가와서 약을 발라 주고 붕대를 감아 주는 등 정성껏 돌보았다. 마치 전투 중에 다친 동료 병사를 치료하는 위생병 같았다. 그들의 표정에는 미안함과 연민과 동정의 빛이 역력했다. 어떤 병사는 연신 고개를 조아리며 "아이 엠 쏘리!"를 연발하기도 했다.

"도대체 언제까지 이럴 작정이유, 응?"

"우린 아무 잘못도 읎다고 지발 말 좀 잘해 주시요, 지발!"

"이러다 참말로 여기 남은 사람들도 다 죽게 생겼수."

"여기 그냥 가둬놔도 좋으니께 지발이지 총만 좀 쏘덜 마시요!"

공포에 떨던 주민들은 이제야 학살이 끝났나 보다 하고 안도를 하면서, 아들뻘밖에 안 되는 그들의 바짓가랑이를 붙잡고 늘어지며 간곡하게 애원을 했다. 하지만 구세주처럼 생각했던 그들이 돌아가고 나면 또 다시 사격이 시작되어 일말의 희망을 기대했던 사람들을 더욱 더 깊은 절망으로 빠트리곤 했다.

"저런 천하의 호로자슥들을 봤나!"

"미국 놈들은 언제나 병 주고 약 주고 한다 카드니, 꼭 그 짝이구만!"

"이게 다 우리를 사람이 아니라 원숭이로 보기 때문이여…."

이제 사람들은 총을 맞기도 전에 공포에 질려서 죽을 판이었다. 공포감을 이기지 못하고 히스테리 발작을 일으키거나 실성한 사람들도 여러 명 있었다. 어떤 이는 갑자기 자리에서 일어나 히죽히죽 웃으며 노래를 하고 덩실덩실 춤을 추며 미군들에게 다가가다가 집중 사격을 받고 쓰러졌고, 또 어떤 이는 "이 짐승만도 못한 놈들아! 차라리 죽는 게 낫다! 어서 죽여라!" 하고 고함을 지르며 굴다리 밖으로 뛰쳐나가다가 집중 사격을 받고 쓰러지기도 했다. 얼마나 감시가 철저했는지 한밤중에 야음을 틈타서 몰래 탈출하려다 총에 맞아 죽은 이들도 여럿 되었다.

목숨이 붙어 있는 사람들은 이럴 수도 없고 저럴 수도 없어서 운명을 그저 하늘에 내맡긴 채 바닥에 웅크리고 앉아서 고개를 숙이고 살육의 시간이 지나가기만을 간절히 기다렸다. 평소 속절없이 지나가던 시간은 너무도 느리게 흘러갔다. 시간도 그들과 함께 갇혀버린 것만 같았다. 다들 여러 끼니를 굶었지만, 공포감이 너무 커서 배고픈 줄도 몰랐다. 입안이 바짝바짝 타들어 갔지만 마실 물도 없었다. 다행히 굴다리 바닥에는 물이 조금씩 흐르고 있었는데, 시신에서 흘러나온 피로 불그스레하게 물든 그 물을 사람들은 손으로 떠 마시며 겨우 갈증을 달랬다.

쨍쨍 내리쬐는 땡볕 아래서 주변에 방치된 시신들은 금방 시커멓게 썩어들어 갔다. 어떤 시신은 배가 빵빵하게 부풀어 오르기도 했다. 사방에서 시체 썩는 고약한 냄새가 진동을 하고, 파리 떼들이 새까맣게 달려들었다. 시체 냄새를 맡고 날아왔는지 까마귀 울음소리도 가까운 곳에서 간간이 들려왔다.

기철은 아버지의 시신이 바로 앞에서 시시각각 부패해 가는 광경을 차마 바라볼 수가 없어서 눈을 질끈 감고 모로 돌아누웠다. 그리고 삶과 죽음이 뒤죽박죽 엉켜있는 참혹한 상황에서, 그는 살아남기 위해 이런저런 궁리를 했다. 우선 불필요한 동작을 최대한 줄이고, 눈을 감고 누워서 호흡을 깊고 조용히 했다. 온 신경을 호흡에 집중함으로써 공포감과 통증을 이겨내려고 최대한 노력했다. 배가 고프면 호주머니에 들어있는 피 묻은 생쌀을 조금 입에 넣고 가능한 오래 천천히 씹어서 완전히 물처럼 된 뒤에 먹었다.

시간이 흐를수록 기철의 머릿속에서는 현실감이 조금씩 사라지고, 대신 언젠가 꾸었던 악몽 한가운데 들어와 있는 듯한 착시감이 심해져 갔다. 순간순간 다가오는 공포와 고통을 잊기 위해서는 그게 차라리 편한지도 몰랐다. 잠깐씩 제 정신이 돌아올 때마다, 그는 눈앞에서 벌어지고 있는 현실을 정확하게 인식해 보려고 했지만 불가능했다. 생각하면 생각할수록 혼란만 더욱 가중되었다.

그리고 미국이라는 나라를 도저히 이해할 수가 없었다. 막연하게 믿고 의지했던 미국에 대한 깊은 실망과 배신감이 가슴 속에 가득 차올랐다. 동시에 그의 머릿속에서는 몇몇 영어 속담들이 까마귀처럼 빙빙 맴돌았다. 낡은 영어책으로 공부하며 열심히 외웠지만, 이제는 아무런 의미도 없는 문장들이었다.

Heaven helps those who help themselves.

(하늘은 스스로 돕는 자를 돕는다)

Where there is a will, there is a way.

(뜻이 있는 곳에 길이 있다)

Honesty is the best policy.

(정직은 최선의 정책이다)

한창 더울 때라서 날씨는 푹푹 찌고, 가만히 있어도 땀이 줄줄 흘러내렸다. 좁은 공간에 옹기종기 모여 앉은 사람들 몸에서는 역한 쉰내가 강하게 풍겼다. 게다가 대소변도 한쪽 구석으로 기어가 쪼그리고 앉아서 보아야 했기 때문에 참기 어려울 정도로 심한 악취가 났다. 부상의 고통 속에서 신음하던 사람들도 옆에서 하나둘 죽어갔고, 그들한테서도 점차 지독한 냄새가 났다.

"아―악!"

갑자기 무거운 정적을 뚫고 날카로운 비명 소리가 연이어 들려왔다. 용케도 여기까지 피신을 한 뒤, 두 손으로 커다란 배를 감싸고 극도로 몸조심을 하고 있던 한 임신부가 내지르는 비명 소리였다. 보아하니 출산이 임박한 것 같았다.

"어허, 이를 워쩐다?"

"금메 말여."

다들 어찌해야 좋을지 몰라서 멀뚱하게 바라만 보고 있을 때, 나이 지긋한 아주머니 두엇이 혀를 차며 다가가 때 묻은 수건 몇 장을 바닥에 깔고 출산을 도왔다. 그러고 나서도 한참 동안이나 진통이 더 계속되다가, 이윽고 우렁찬 아기 울음소리가 들려왔다.

"아이고, 세상에! 아들이구먼, 아들이야!"

"이 잘생긴 꼬추 좀 봐!"

아주머니들이 갓난아기를 번쩍 치켜들고 기쁜 목소리로 소리치자, 사람들이 활짝 웃으며 덕담을 건네는 등 다들 자신의 일처럼 좋아했다. 극심한 공포와 고통에 시달리던 산모도 그제야 아기를 바라보며 빙긋이 웃었다. 기철도 가까스로 몸을 돌려서 갓 태어난 새 생명을 바라보았다. 평상시 같았으면 경사라 하겠지만, 하필 이럴 때 태어나다니 참으로 기구한 운명이라고 밖에는 생각되지 않았다.

그때 마침 다가온 미군 병사 하나가 이를 보고 급히 돌아가더니 붕대와 가위, 그리고 깨끗한 담요를 가져왔다. 그래서 그 천으로 산모와 아이의 몸을 닦고 감쌌다. 겨우 출산은 마쳤지만, 그렇다고 상황이 달라지지는 않았다. 갓난아기의 울음소리가 밤새 그치지 않았다. 아기 울음소리는 갈수록 날카로워지면서 사람들의 신경을 자극했고, 화가 난 미군들이 소리치며 총을 쏘기도 했다. 결국 아기는 얼마 못가서 죽고 말았다. 알고 보니 행여 미군들의 심기를 건드릴까봐 아기 아버지가 손으로 눌러 죽였던 것이다. 아기 울음소리가 사라진 뒤로 굴다리 안의 정적은 더욱 깊어만 갔다.

쌍굴다리 안에 갇혀있던 주민들에게 죽음의 공포 못지않게 무서운 것이 또 하나 있었는데, 그것은 바로 깊은 고립감이었다. 그들은 어느 날 갑자기 아무도 모르는 절해고도에 갇힌 듯 몹시 외롭고 슬프고 답답했다. 자신들의 처지를 바깥 세상에 있는 그 누구도 모를 것이라는 사실과, 자신들의 처지를 바깥세상에 있는 그 누구에게도 전할 수 없다는 사실이 그들을 더욱 힘들고 지치게 했다.

"여러분! 하나님은 언제나 우리를 사랑하십니다! 지금 이 엄청난 죽음의 순간에도, 하나님은 우리를 지켜보시며, 우리를 위해 피눈물을 흘리고 계십니다! 그러니 절대로 절망하지 맙시다! 그리고 다들 기운내서 조금만 더 참읍시다!"

누군가가 틈날 때마다 목에 힘을 주어 설교조로 말했다. 아마도 어느 교회의 목사인 듯했다.

"여러분! 지금 우리가 이렇게 엄청난 고통과 시련과 환란을 맞이한 데는, 다 그럴만한 이유가 있습니다! 우리가 탐욕과 어리석음과 이기심에 눈이 멀어서, 형제끼리 서로를 믿지 못하고, 서로 시기하고, 원수처럼 지낸 때문입니다! 이 모두가 우리 스스로 자초한 고난의 십자가입니다!"

"……."

"남북이 갈라져서 불구대천의 원수가 되어, 서로를 저주하고 증오하며 싸운 데 대해 하나님이 형벌을 내리신 것입니다! 하지만 이토록 끔찍한 고통과 환란도 머지않아 끝날 것입니다. 우리는 십자가의 보혈을 통해서만 죄를 새하얀 눈처럼 깨끗하게 용서받을 수가 있습니다! 하나님은 지금 우리를 시험하고 계십니다. 그러니 두려워하지 말고, 더욱 열심히 기도하고, 회개합시다!"

"흥, 하나님 좋아하시네…."

목사가 아무리 열변을 토해도 이미 지칠 대로 지친 데다 절망에 깊이 빠진 사람들은 콧방귀를 뀌며 들은 체 만 체했다.

미군들은 그렇게 사람들을 쌍굴다리 안에 가둬놓고 총을 쏘며 감시하기를 무려 3일 밤낮이나 계속하다가, 마침내 남하한 인민군에게 쫓겨 도망갔다. 도망을 가면서도 마지막으로 쌍굴다리 안에 남아 있던 100여 명의 생존자들을 향해 기관총을 난사해서 절반 이상이 죽어나갔다.

"미군들이 다 도망갔다!"

"진짜로 도망간 겨?"

"그렇개벼."

"또 무슨 수작을 부릴지 모르니께, 조심들 혀!"

미군들이 후퇴하는 걸 보면서도 사람들은 선뜻 쌍굴다리에서 나갈 엄두를 내지 못했다. 굴 밖으로 나가기만 하면 어디선가 총알이 날아올 것만 같았다. 마침내 한두 사람이 용기를 내어 굴을 벗어나자, 그제야 사람들이 주섬주섬 따라나섰다. 사람들은 자꾸만 주저앉으려는 다리에 애써 힘을 주며, 서둘러 쌍굴다리를 벗어났다. 그리고 지난 3일간의 지옥과도 같았던 순간들을 떠올리며 몸서리를 쳤다.

영원히 끝날 것 같지 않던 학살의 시간도 드디어 끝이 났다. 500여 명의 죄 없는 양민들이 대부분 몰살을 당하고, 50여 명만 가까스로 살아남았다. 특히 기철이 살던 주곡리와 인근 임계리 마을 주민들은 대다수가 목숨을 잃었고, 겨우 몇 명만이 부상당한 채 살아남았다. 기철이도 다리에 입은 총상을 옷을 찢어서 싸매고 3일간이나 죽은 듯이 누워 있다가 나중에 구조되었다. 그때까지 살아서 버틴 것 자체가 기적이었다.

미군이 물러가자 이번에는 인민군이 몰려들었다. 인민군들은 수시로 마을을 찾아와서 이것저것 캐묻고 조사를 하였다. 그들은 살아남은 주민들을 '미군과 싸워 이긴 위대한 인민의 영웅'이니 뭐니 하고 치켜세우면서 칭송을 했다. 하지만 그런 말을 들을 때마다 주민들은 극구 부인하며, 나중에 또 무슨 재앙을 당할지 몰라 불안에 떨었다.

그들 중에서 유난히 훤칠해 보이는 한 인민군 병사가 사진도 찍고 인터뷰도 하면서 열심히 취재를 해 갔는데, 기철이 또래인 그는 당에 소속된 종군기자라고 했다. 그는 특히 기철에게 많은 관심을 보였으며, 북한에 대한 이런저런 얘기를 많이 들려주었다. 그리고 다정하게 웃으며 인사를 하고는 남쪽으로 떠났다.

"동무, 이런 전쟁시기엔 살아남는 게 가장 중요하오. 부디 몸 간수 잘하시오. 그리고 이다음에 꼭 다시 만나서 술 한 잔 합세다!"

하지만 기철은 그를 다시는 만나지 못했다.

얼마 후, 맥아더의 인천 상륙 작전으로 전세가 뒤집히자 인민군들은 다시 북쪽으로 쫓겨 가고, 국군과 경찰이 함께 마을로 들어왔다. 그리고는 살기등등한 자세로 인민군에게 협조한 사실을 털어놓으라고 윽박질렀다. 주민들이 겪은 참상에 대해서는 전혀 귀담아 들으려고 하지 않았다.

"미군들이 그렇게 많은 양민을 학살했다니, 도대체 그게 말이나 되는 얘기요? 절대 그럴 리가 없소!"

"……."

"이건 틀림없이 빨갱이들이 우리를 이간질하려고 꾸며 낸 헛소문이오! 그러니 절대로 속지 마시오! 설령 사실이라 해도, 아무 죄도 없는 주민들을 왜 총으로 쏴 죽였겠소? 다 그럴만한 이유가 있으니까 그랬겠지…. 그리고 앞으로 여기에 대해 입을 여는 사람은 빨갱이하고 똑같이 취급할 테니까, 다들 그런 줄 아시오!"

주민들이 아무리 억울함을 호소해도, 군과 경찰은 아니 땐 굴뚝에 연기가 나겠느냐며 싸늘하게 대할 뿐이었다. 그러면서 쌍굴다리 학살 사건에 대해서는 절대로 입도 뻥긋하지 말라고 엄포를 놓았다. 그 이후 주민들은 수십 년 동안이나 침묵을 강요당했다.

　　마침내 전쟁이 끝났다. 하지만 하루아침에 부모 형제 모두가 사망하고, 한쪽 다리를 제대로 쓰지 못하는 불구의 몸이 된 기철이는 넋이 나간 상태로 홀로 텅 빈 집을 지키며 점점 폐인이 되어 갔다. 공포감이 얼마나 심했는지, 갑자기 전신의 털이란 털이 모두 다 빠져 버려서 문둥병자라고 오해를 받았고, 정신도 자주 오락가락했다. 특히 하늘에서 비행기 소리만 나면 공황 상태에 빠져들면서 발작을 했다.

　　아버지가 소작으로 부치던 논마저 다른 사람에게 빼앗겨 농사도 지을 수가 없었다. 더욱 기가 막힌 것은 빨갱이라는 낙인이 찍혀, 본의 아니게 하루아침에 요주의 인물이 되고 만 것이었다. 그 때문에 그 흔한 말단 공무원은 물론 어느 회사에도 취직할 수가 없었다. 그리고 형사들이 늘 감시하는 바람에 어디 가서 억울함을 호소할 수조차 없었다. 마을 사람 중에는 술자리에서 불평을 늘어놓다가 경찰서에 끌려가 경을 친 사람도 여럿 되었다.

　　그렇게 절망과 고통 속에서 시간을 죽이며 지내던 중에 땔감도 쌀도 다 떨어지고, 당장 먹고 살 일이 막막해졌다. 무엇보다도 자신의 억울한 사정을 나 몰라라 하는 사회가 너무나 원망스러웠다. 그래서 자포자기의 심정으로 마을에 동냥하러 온 거지들을 따라 거지촌에 들어오게 되었던 것이다…

그는 아직도 거지촌에 들어온 첫날 겪었던 일들을 세세히 기억하고 있다.

"너 이름이 뭐냐?"

들어오자마자 당시 거지촌을 장악하고 있던 대장이 눈을 부라리며 물었다. 그는 우중충한 거지촌에 어울리지 않게 말쑥한 양복을 입고 있었는데, 얼굴이 험상궂고 배가 불쑥 튀어나온 게 몹시 탐욕스러워 보였다.

"기철인디요."

"성씨는?"

"성은 잘 모르것시유."

기철은 일부러 어리숙하게 굴었다. 그건 돌아가신 부모님한테 마음으로나마 죄를 짓고 싶지 않은 마지막 자존심 같은 것이었다.

"뭐? 성이 뭔지 몰라? 이 새끼 이거, 진짜 애비도 모르는 후레자식이구먼!"

대장의 농담 한마디에 주위에서 왁자하게 웃음이 터졌다.

"옷 벗어!"

"네?"

"옷을 홀랑 벗으라니까!"

"왜, 왜유?"

"몸에 무슨 피부병이나 상처가 있나 보려고 그러는 거야. 여긴 여럿이 모여 사는 곳이니까, 나쁜 피부병 같은 게 있으면 옮아서 안 돼."

옆에 서 있던 부하 하나가 거들고 나섰다.

"그리고 우리는 몸을 보면 그놈이 살아온 내력을 대충 안다니까. 일종의 신원조회인 셈이지, 흐흐흐!"

대장이 흐물거리며 웃었다.

그는 잠시 주저하다가 옷을 모두 벗었다.

"다리는 어쩌다 다친 거냐?"

대장이 음흉한 눈길로 그의 몸을 훑어보다가, 넓적다리에 난 커다란 흉터를 유심히 들여다보며 말했다.

"전쟁통에 총알에 맞았슈."

"재수가 옴 붙어도 한참 붙었구나."

"그런 셈이쥬…."

"넌 다리를 크게 다쳐서 힘든 일은 못하겠구나."

"하지만 글을 읽고 쓸 줄은 알아유."

"알았다. 옷에 약 뿌리고 입어라."

부하가 디디티(DDT) 통을 가져와 하얀 가루를 그의 옷 안팎에다 듬뿍 뿌렸다. 옷깃에 숨어 있는 이와 서캐를 잡기 위해서였다.

"근디 인민군 따발총 맛이 어떻더냐?"

"인민군한테 맞은 게 아니유."

"그럼, 국군한테?"

"그것도 아니유."

"그럼 뭐여, 이 새끼야!"

대장이 버럭 화를 냈다.

"미군들한테 맞았구만유."

"뭐? 미군들한테?"

"예."

"미군은 우릴 도와주러 왔는데, 얼마나 못된 짓을 했길래 그런 미군들한테 총을 다 맞냐, 응? 너 혹시 빨갱이 아니냐?"

"아니유! 절대로 아니유!"

그는 필사적으로 손을 내저으며 소리쳤다.

"그럼 왜 미군들 총에 맞았냐?"

"저, 노, 노근리에서…."

"이 새끼가 갑자기 벙어리가 됐나, 똑바로 말을 하라니까!"

대장이 무섭게 화를 내며 윽박질렀다. 순간 기철은 바닥에 쓰러져 몸을 부르르 떨면서 공황 상태에 빠져들었다. 얼핏 보면 간질 발작과 흡사했으나, 의식을 잃거나 손발이 뒤틀리며 돌아가지는 않고, 그냥 초학에 걸려서 벌벌 떠는 것 같았다. 하지만 대장은 처음 보는 광경이라 약간 겁먹은 얼굴로 지켜보았다.

"이 새끼 이거 지랄병 아녀?"

"그런 거 같지는 않은데유."

"그럼 뭐야? 꾀병이라도 하는 거야?"

"아마도 심하게 놀란 충격으로다 발작을 하는가 봐유."

"허허 참, 이게 대체 뭔 일이랴?"

"거, 왜, 있잖아유….".

부하 하나가 아는 체하며 귓속말로 속닥였다. 그러자 대장은 의미심장한 미소를 지으며 고개를 끄덕였다. 그리고는 아직도 바닥에 누워서 몸을 부들부들 떨고 있는 그에게 다가가 팔다리를 주물러 주면서, 마치 친한 형제라도 되는 양 살갑게 굴었다.

"그동안 고생이 참 많았구나. 이왕지사 여기서 이렇게 만나 우리와 한 식구가 되었으니, 앞으로 형제처럼 서로 의지하며 사이좋게 지내자."

대장은 말은 그럴듯하게 했지만 실제 행동은 영 딴판이었다. 특히 그의 보따리 속에 영어사전 등 책이 몇 권 들어 있는 걸 본 뒤로는 무척이나 경계를 하는 눈치였다. 부하들 앞에서 그가 들으라는 듯이 욕을 마구 해 대는 것도 그런 이유였다. 그리고 부하들을 시켜서 그의 일거수일투족을 일일이 감시하며 못살게 굴었다.

하지만 달리 갈 곳도 없어서 이곳을 피난처로 여기고 있는 그는 이를 악물고 그 모든 수모를 묵묵히 견뎌냈다. 그래도 자신과 같은 처지의 불쌍한 사람들과 어울려 지내다 보니, 마음이 조금씩 편해지면서 안정을 되찾을 수 있었다. 밤마다 악몽에 시달리기는 했지만, 도저히 아물 것 같지 않던 정신적 충격에서도 약간은 벗어날 수 있었다.

기철은 평소에 말도 별로 없이 조용하게 지냈다. 하지만 두어 달에 한 번 꼴로 정신줄을 놓고 미친 듯이 날뛸 때가 있었다. 갑자기 알아들을 수 없는 말로 고함을 지르는가 하면, 몸을 날렵하게 놀려 여기저기 마구 휘젓고 다녔다. 절뚝거리던 다리도 멀쩡하고 표정도 영 딴판이어서, 꼭 귀신이라도 들린 것 같았다. 힘도 갑자기 장사로 변해서, 몇 사람이 덤벼들어도 나가떨어질 정도였다. 그럴 때마다 식구들은 무서워서 슬슬 피했고, 대장이나 졸개들도 감히 접근하지 못했다.


당시 거지촌에는 대략 100여 명이 모여 살았는데, 남자와 여자가 분리해서 거주하는 여러 개의 천막집으로 되어 있었다. 산비탈을 파내고 땅 위에 기둥을 세운 뒤 군용 천막을 여러 겹 두르고, 겉면에 나무판자를 얼기설기 덧대어 만든 것이었다. 내부에는 벽돌과 나무로 바닥을 깔고, 그 위에 담요를 덮어서 최소한의 조건을 갖춘 방을 만들었다. 환기를 위해 군데군데 조그만 창문도 만들었다. 겨울에는 역전에 산더미처럼 쌓여 있는 갈탄 가루를 훔쳐다가 조개탄을 만들어 난로를 땠다. 그리고 대장이 거주하는 곳은 별채처럼 옆에 따로 있었다.

거지촌 식구들은 몇 명이 한 조를 이루어 지역을 나눠서 구걸을 하러 다녔다. 대장과 부하들을 중심으로 나름대로 위계질서도 엄격했다. 하지만 거지근성은 어쩔 수가 없어서 걸핏하면 싸움질을 하는가 하면, 남 집에 몰래 들어가 도둑질을 하는 등 문제가 많았다. 그래서 주민들은 눈엣가시처럼 여겼으며, 그들과 마주치면 무슨 봉변이라도 당할까 봐 서둘러 피했다.

알고 보니 대장은 여간 탐욕스럽고 포악한 작자가 아니었다. 겉으로는 오갈 데 없는 불쌍한 거지들을 구제한답시고 큰소리를 치고 다녔지만, 사실은 왕처럼 군림하며 그들이 근근이 동냥해 온 돈을 몽땅 빼앗거나, 젊은 여자들을 마음 내키는 대로 겁탈하는 등 온갖 악행을 일삼았다.

어린애들은 시내에 나가 앵벌이를 시키고, 걸핏하면 수입이 적다고 두들겨 패기가 일쑤였다. 그래서 밤마다 아이들 우는 소리가 움막 주변에 그칠 새가 없었다. 하지만 달리 갈 곳도 없는 데다, 어딜 가나 사정이 비슷했기 때문에 도망도 못가고 붙어있을 수밖에 없었다. 특히 거지나 부랑아들을 수용할 시설이 거의 없던 시절인지라, 경찰은 거지촌 같은 불법 시설을 묵인하며 비리도 어느 정도 눈감아 주고 있었다. 그래서 대장은 마치 큰 벼슬이라도 한 것처럼 거들먹거리며 군림을 할 수 있었다.

대장은 하루 종일 거지촌 안에서 낮잠을 자거나, 당시 최고급 모델인 금성 라디오를 품에 끼고 음악을 들으며 빈둥대다가, 밤만 되면 멋진 양복으로 싹 갈아입은 뒤, 중절모에다 검은 색안경까지 쓰고, 하도 닦아서 번쩍번쩍 빛이 나는 백구두를 신고는 자전거를 타고 시내로 극장 구경을 갔다. 누가 봐도 일류 멋쟁이였다. 그럼에도 불구하고 대장과 그 패거리들의 주먹이 무서워서 아무도 뭐라 말을 하거나 토를 달지 못했다.

기철은 까막눈인 대장을 도와 자질구레한 일들을 하면서, 하루빨리 못된 대장을 몰아내고 거지촌을 새롭게 만들어야겠다고 굳게 결심했다. 우선 대장을 따라다니고 있는 부하들에게 접근해서 그들을 자기편으로 만들어야만 했다. 하지만 그게 그리 쉬운 문제가 아니었다. 부하들도 대장 못지않게 난폭하고 무지한 데다, 특히 2인자로 행세하는 자는 위험해서 접근하기조차 어려웠다.

그는 해결책을 찾기 위해 오랫동안 절박하게 고심을 했다. 하지만 도와주는 사람 하나 없이 혼자 힘으로 해결하기에는 너무 막막했다. 절망감에 빠질 때마다 그는 죽어가는 아버지의 피를 마시며 몸부림치던 때를 떠올렸다. 그 생각만 하면 몸 구석구석에서 정체를 알 수 없는 힘이 마구 솟구치면서 무슨 일이라도 해낼 것만 같았다.

▲▲▲

그때 우리의 어니스트 존은 무얼 하고 있었을까?

아마도 그 또한 서부영화에 나오는 보안관처럼 악당을 물리칠 만반의 준비를 하고 있었을 것이다. 그런데 뛰어난 총잡이로 알려진 어니스트 존은 혹시 악당과 한 패거리거나 무법자는 아니었을까? 아니다. 그는 언제나 스스로 보안관을 자처하며 주어진 임무를 완수하였을 것이다. 바람만이 알고 있었겠지만.

# 07

# 맥아더 사령관

어느 화창하게 갠 날 아침이었다.

거지촌 움막 앞에 웬 군복차림의 사내가 나타났다. 그는 주름이 빳빳하게 선 장교복을 제대로 차려입고, 금테 두른 장교 모자를 쓴 데다, 가슴에는 각종 훈장을 주렁주렁 매달고 있었다. 얼굴에는 검은 선글라스를 끼고, 입에는 멋진 파이프 담뱃대를 물었으며, 옆구리에 권총까지 차고 있었다. 군화는 어찌나 광이 나게 닦았는지 걸음을 옮길 때마다 아침 햇살에 눈이 부실 정도로 반짝거렸다. 얼핏 보기에도 대단히 기품이 있고 위엄 있게 보였다.

"일동 집합!"

사내가 갑자기 우레와 같은 목소리로 외쳤다.

움막 안에서 아침밥을 다 먹은 뒤, 동냥 나갈 채비를 하고 있던 사람들이 무슨 일인가 하고 하나둘 밖으로 나왔다.

"일동 집합!"

사내가 다시 크게 소리쳤다.

"이게 대체 뭔 일이랴?"

"금메 말여!"

"근디 저 사람은 누구랴?"

"나두 몰러. 모냥새로 봐선 대단한 양반인 거 같은디…."

사람들이 웅성거리며 사내 앞으로 주춤주춤 모여들었다.

"누, 누구신지유?"

부하들 중 하나가 다가가서 물었다. 평소 대장의 2인자로 행세하는 자였다.

"나는 맥아더 사령관이다! 맥아더 사령관!"

사내가 당당하게 소리쳤다.

"네? 맥아더 사령관이라구유?"

"그렇다! 맥아더 사령관이다!"

사람들이 더욱 큰 소리로 웅성거리기 시작했다.

"허허, 자기가 맥아더 사령관이랴, 맥아더 사령관!"

"허 참, 별 일도 다 보것네."

"저거 혹시 미친 놈 아녀?"

"글쎄, 뭐 그렁 거 같지는 않은디…."

"그럼 맥아더 귀신이라도 씌었나?"

"귀신? 야, 이 사람아! 죽지도 않은 맥아더 귀신이 어떻게 씌어."

"참, 그렇지, 히힛!"

그때 뭔가 이상한 낌새를 눈치 챈 부하가 빈정대며 나섰다.

"근데, 그 위대하고 고명하신 맥아더 사령관께서 이런 누추한 거지촌에는 무슨 볼 일이 있어서 이렇게 납시었수, 그래?"

"너 같은 졸개하고는 상대하고 싶지 않으니, 대장이나 빨리 나오라고 그래!"

사내는 입에 문 파이프 담뱃대를 한 손으로 매만지며 건조하게 말했다.

"뭐? 우리 대장님을 빨리 나오라고?"

"그렇다!"

"너 이 새끼! 힘없고 무식한 사람들만 골라서 등쳐먹고 다니는 사기꾼이지? 어디 사기 칠 데가 없어서 여기까지 와서 개수작여!"

부하는 두 주먹을 불끈 쥐고 득달같이 사내에게 달려들었다. 하지만 사내가 틈을 주지 않고 재빠르게 부하의 정강이를 세게 걸어 찼다.

"아쿠쿠쿠-!"

부하는 비명을 요란하게 내지르며 앞으로 고꾸라졌다. 그러자 둘러선 사람들의 눈이 일제히 휘둥그레졌다. 부하들 중에서 덩치가 가장 크고 싸움도 제일 잘하는 자가 저토록 맥없이 나가떨어졌으니 그럴 만도 했다.

"아니, 이 새끼가 정말!"

고꾸라졌던 부하가 벌떡 일어나더니 입에 게거품을 물고 다시

달려들었다. 하지만 사내는 부하가 휘두른 주먹을 가볍게 피하면서, 한쪽 팔꿈치로 그의 등짝을 힘껏 찍어 눌렀다.

"헉–!"

급소를 강하게 가격당한 부하는 짧은 외마디 소리와 함께 그대로 땅에 팍 엎어져서 꼼짝도 하지 못했다. 깜빡 정신줄을 놓은 그의 얼굴에서 코피가 줄줄 흘러내렸다. 부하 몇몇이 황급히 달려와서 그를 움막 안으로 끌고 들어갔다. 하지만 사내는 아무 일도 없었다는 듯이 입에 물고 있던 파이프 담뱃대를 몇 번 빨더니 툭툭 재를 털고는 이리저리 매만졌다.

"아니, 이럴 수가!"

"허허, 싸움 솜씨가 귀신같구만!"

"무예가 보통이 아닌개벼!"

"저거 좀 봐. 옆구리에 권총까정 찼잖여."

주위의 사람들 사이에서 일제히 감탄사가 터져 나왔다. 그 모양을 보자 남은 부하들은 기가 죽어서 감히 덤벼들 엄두도 내지 못하고 우왕좌왕하며, 뒷전에서 사태를 지켜보고 있던 대장의 눈치만 살폈다.

"흠, 흠!"

마침내 대장이 헛기침을 하고 전면에 나섰다. 그러자 주변에 팽팽한 긴장감이 감돌면서 다들 마른침을 꼴깍 삼켰다. 이제 곧 두 사람 사이에 싸움이 한판 크게 벌어질 것이 틀림없었다.

"허허, 이거야 원! 손님 접대를 이리 소홀하게 해서야 쓰나! …이런 못난 놈들! 잘 봐라! 그리고 다시는 이런 실수를 하지 말거라!"

대장이 부하들을 엄하게 꾸짖은 뒤, 사내 쪽으로 다가갔다.

"손님! 어디서 오셨는지는 모르지만, 이렇게 귀한 분을 몰라보고 결례를 저질러서 정말 지송합니다. 우선 안으로 들어가시지요."

모두의 예상과 달리 대장은 비굴하게 웃으며 사내에게 굽신거렸다. 순간 팽팽하던 긴장감이 일거에 사라지면서 다들 허탈감에 빠졌다.

"당신이 대장이지?"

사내가 즉각 고압적인 자세로 물었다.

"그렇소만…."

"그럼 어린 아이들만 빼고 모든 사람들을 빨리 이 공터에 집합시키시오."

사내는 옆구리에 찬 권총집을 만지작거리며 대장에게 명령했다.

"무슨 일입니까?"

"그건 두고 보면 알게 될 거요."

"아무리 그래도, 도통 무슨 영문인지 원…."

"어허! 시간이 없으니까 빨리 집합시키시오."

사내는 재차 명령을 했다. 사내의 위세에 잔뜩 주눅이 든 대장이 마침내 움막 안에 남아 있던 식구들을 모두 불러내서 정렬을 시켰다.

"모두들 지금부터 내가 하는 말을 잘 들어라!"

사내는 여러 줄로 질서 있게 늘어선 사람들을 둘러보며 엄숙하게 말했다.

"우리는 곧 상륙작전을 감행할 것이다."

"……?"

"그러기에 앞서 우선 행진 연습을 하겠다. 알겠나?"

사내의 뜬금없는 소리에 다들 어리둥절한 표정을 지었다.

"상륙작전은 뭔 놈의 새천 빠진 상륙작전이랴?"

"금메 말여!"

"이 무식한 사람들아, 맥아더 하면 인천상륙작전 아녀?"

"아하, 그렇지 참!"

"근디 저 냥반은 여기가 인천 앞바다인줄 아는개벼, 히힛!"

"금메 말여! 여긴 바다도 하나 없는 충청도 산골인디!"

사람들이 저마다 한마디씩 하며 웅성거렸다. 그러자 사내가 대장을 몰아세웠다.

"대장! 대장이 선두에 서서 행렬을 인도하시오. 알겠소?"

"예."

"자, 그럼 모두, 앞으로…갓!"

사내가 큰 소리로 외치자 열을 지어 선 사람들이 대장을 따라서 패잔병들처럼 느릿느릿 앞으로 걸어갔다.

"하나-! 둘-! 하나-! 둘-!"

사내가 옆에서 구령을 붙이며 따라갔다.

거지촌 움막 앞에서 난데없이 우스꽝스러운 제식 훈련이 벌어졌다. 누더기를 걸친 거지들은 평소 자신들을 그토록 괴롭히던 대장이 수모를 당하는 걸 보고는 속으로 무척 통쾌해 했다. 하지만 애써 표정을 감추고, 짐짓 불만이 가득한 듯 시치미를 떼고 걸었다. 뒤따라가는 여자들도 웃음을 참느라 손으로 입을 막고 킥킥거렸다. 아이들도 따라 행진하며 신이 났다. 사람들이 걸을 때마다 마른 땅에서 먼지가 풀풀 일었고, 놀란 개들이 사람들 사이로 이리 뛰고 저리 뛰며 짖어댔다. 참으로 볼만한 광경이었다.

일행이 크지 않은 공터를 한 바퀴 돌자 사내가 명령했다.

"모두, 제자리에 서!"

사람들이 모두 멈춰 서서 사내를 빤히 바라보았다.

"좋아, 오늘 훈련은 여기까지다. 다들 수고했다. 그리고 대장?"

"네."

"오늘 대장이 특히 수고가 많았다. 그럼 며칠 후에 또 다시 훈련을 하겠다. 일동 해산!"

사람들에게 해산 명령을 내린 사내는 빙긋이 웃으며 손을 크게 한 번 흔들고는, 뒤로 돌아서서 시내 쪽을 향해 유유히 사라졌다. 사람들은 사라져 가는 그의 뒷모습을 무언가에 홀린 듯 한동안 멍하게 바라보았다.

맥아더 사령관 행세를 하는 사내가 다녀간 뒤, 거지촌에는 거센 후폭풍이 일었다. 우선 당장 대장의 권위와 위신이 땅바닥에 추락했다. 결정적인 순간에 비굴하게 고개를 굽신거리는 모습을 본 거지촌 식구들은 모두 속으로 그를 경멸하였다. 그리고 시간만 나면 뒤에서 수군거렸다.

"알고 보니께 순 겁쟁이더구만!"

"금메 말여!"

"그렇지 않아도 승질 드러운 부하들이 가만히 있을까?"

"저런 허자바리를 섬길 얼빠진 놈들이 세상에 어딨어."

고분고분하던 부하들도 대장에게 반기를 들고 일어났다. 특히 사내에게 호되게 당했던 2인자가 분을 참지 못해 숨을 씩씩거리면서, 노골적으로 불만을 터뜨리며 대장에게 계속 대들었다.

"씨팔! 식구들이 다 보는 앞에서 이게 무신 개망신여!"

"야, 대장! 어디서 굴러먹다 온지도 모르는 개뻑다구 같은 놈한테 그리 쪽팔리게 당하고도, 밥이 목구녕으로 술술 넘어가냐?"

"당신 같은 인간을 지금껏 대장이라고 모신 내가 잘못이지, 내가 잘못여!"

그는 힘이나 싸움 실력에서나 대장에게 결코 뒤지지 않았다. 그럼에도 불구하고 자신에게만 주어지는 특혜 때문에 지금껏 부하 행세를 하며 살아왔는데, 이제 상황이 바뀌어 버렸다.

"허허, 다들 진정하라구. 진정해. 내가 뭐 그놈이 겁나서 그랬는 줄 아나? 엉?"

대장이 사태를 수습하려고 애를 썼다.

"그게 아녀. 그게 아니라, 내 생각에 그놈이 어쩐지 특수 비밀 정보기관에서 나온 놈 같더란 말여."

"……."

"그래서 괜히 잘못 건드렸다가는 우리 모두 다 기관에 끌려가서 호되게 경을 칠 것 같아서, 날 잡아 잡수 하고 고분고분하게 말을 듣는 척 했단 말여. 알겠어? 뭘 알고서 나대도 나대야지, 원!"

위기의식을 느낀 대장은 정면 대결을 하는 대신에 온갖 감언이설로 부하들을 달래면서 회유를 했다. 다른 식구들에게도 강압적인 태도 일변도에서 벗어나 좀 더 부드럽게 대하려고 노력했다. 하지만 한 번 깨진 거지촌 내의 분위기와 위계질서는 쉽게 회복되지 못했다.


며칠 후에 맥아더 사령관을 자처하는 사내가 또 다시 찾아왔다.

"일동 집합!"

사내의 우렁찬 구령소리에 사람들이 주섬주섬 밖으로 나왔다.

"허허, 맥아더 사령관이 또 오셨구만!"

"오늘도 상륙 작전 연습을 할랑가베."

"저 냥반, 똥개 훈련시키는 데 재미들렸능가?"

"금메 말여!"

"근디 대장이 또 어찌 나올지 고것이 참말로 궁금하네, 히힛!"

"자자, 다들 사령관님께 인사드려, 충성!"

이번에는 대부분의 식구들이 드러내 놓고 말은 못해도 크게 환영하는 분위기였다. 그래서 그의 명령에도 매우 협조적이었다. 마치 사내가 찾아오기를 은근히 기다린 것 같았다. 자신들을 괴롭히던 대장을 보기 좋게 손봐 주었으니 그럴 만도 했다. 사내도 친근하게 웃으면서 사람들을 부드럽게 대했다.

다만 대장과 2인자 두 사람만이 벌레 씹은 표정으로 멀뚱하게 바라볼 뿐이었다. 누가 봐도 대세는 이미 기울대로 기울었다. 그들은 눈앞에서 벌어지고 있는 상황이 몹시도 혼란스럽고 당황스러웠다. 하지만 결국 자신들을 날카롭게 쏘아보는 사령관에게 다가가 고개를 숙일 수밖에 없었다.

"오셨슈?"

"대장! 대장이 오늘도 선두에 서서 행렬을 인도하시오. 알겠소?"

사내가 엄숙하게 명령을 내렸다.

"예."

대장이 시큰둥하게 대답했다.

"자, 그럼 모두, 앞으로…갓!"

또 다시 상륙 작전을 준비하기 위한 행진이 시작되었다.

"하나-! 둘-! 하나-! 둘-!"

사내가 옆에서 구령을 붙이며 따라갔다.

대장은 이번에도 앞장서서 행렬을 이끌었다. 그는 마지못해 명령을 수행하면서도 그야말로 죽을 맛이었다. 체면을 또 한 번 크게 구긴 데다 낯선 사내의 명령에 고분고분 순종하고 있는 무기력한 자신에게 몹시도 화가 났다. 그동안 애써 길들인 거지촌의 질서와 분위기가 하루아침에 싹 바뀌어, 지금껏 왕처럼 군림해 온 자신이 허수아비가 되고 말았지만 어찌해 볼 도리가 없었다. 도대체 저 자가 누구며, 무슨 목적으로 이런 푸닥거리를 벌이는지 도통 알 수가 없었다.

행진은 전번보다 훨씬 더 질서 있게 이루어졌다.

"모두, 제자리에 서!"

일행이 공터를 한 바퀴 돌자 사내가 명령했다.

"좋아. 오늘 훈련은 여기까지다. 다들 수고했다. 그리고 지금부터 중대 발표를 하겠다!"

"……?"

"상륙작전 개시일이 코앞으로 다가왔다. 우리에게 훈련 시간이 얼마 안 남았다. 그래서 오늘부터 내가 여기에 머물면서 작전 지시를 하겠다. 알겠나!"

"엥? 이게 또 무신 자다가 봉창 두들기는 소리랴?"

"금메 말여!"

"그럼 지금부텀 누굴 대장으로 모셔야 하는겨?"

"당연히 사령관을 대장으로 모셔야지."

"아, 그럼사 좋지. 저 사령관이 대장보담 훨씬 나아 보이잖여?"

"그건 그려!"

사람들이 끼리끼리 수군거리며 대장 얼굴을 힐끔힐끔 바라보았다.

"내 명령에 불만 있는 사람은 앞으로 나와라!"

사내가 웅성거리는 사람들을 큰 소리로 제압했다.

"다시 한 번 묻겠다. 불만 있는 사람은 앞으로 나와라!"

사령관의 카리스마와 위압적인 분위기에 눌린 대장과 부하들은 서로 눈치만 볼 뿐, 누구 하나 입도 뻥끗 하지 않았다.

"그럼 아무도 불만이 없는 걸로 알고 그대로 실시하겠다. 일동 해산!"

사내는 한 손으로 파이프 담뱃대를 어루만지며 대장의 숙소를 향해 당당하게 걸어갔다. 등 뒤에서 사람들의 웅성거리는 소리가 들려왔다.

"인제 대장은 워치케 되능겨?"

"사령관 쫄따구 노릇이나 해야지 별 수 있남."

"그 승깔에 쫄따구 노릇을 할 수 있을랑가?"

"내가 장담하는디, 절대로 못할거여."

"그람 어찌해야 되능겨?"

"어찌하긴 뭘 어찌햐. 절이 싫으면 중이 떠나야지!"

"저 못된 것이 순순히 물러나려고 할까?"

"걱정 말어. 가만 냅둬도 지발로 걸어서 나갈 팅께."

사람들의 예상은 그대로 들어맞았다. 그날 밤, 대장과 2인자 두 사람은 짐 보따리를 싸서 자전거에 싣고 벌레를 씹은 표정으로 거지촌을 떠났다. 물리적인 충돌은 전혀 없었지만, 온 식구들의 조소와 경멸어린 눈길을 받아야 했다. 나머지 부하들은 그들의 회유와 협박을 뿌리치고, 사령관에게 충성을 맹세하며 남았다.

다음 날 아침, 사령관이 장교 모자와 선글라스를 벗고 사람들 앞에 나타났다.

"아니, 기, 기철이 아녀?"

"세상에, 이게 도대체 어찌된 심판이랴?"

"금메 말여!"

맥아더 사령관을 자처하며 그토록 위엄 있고 당당하게 행동하던 사내가 다름 아닌 기철이라는 사실을 알고는 다들 기절할 듯이 놀랐다.

"다들 놀라지 마시오. 내가 못된 놈들을 쫓아내려고 잠시 연극을 했던 거요."

사내가 빙긋이 웃으며 말했다.

"이제 앞으로 우리 모두 힘을 합쳐서, 이곳을 살기 좋은 곳으로 만들어 봅시다!"

"암요, 암요! 여부가 있습니까요!"

"참말로 이게 꿈이야? 생시야?"

"허허, 이제야 숨 좀 편하게 쉬며 살겠네."

"사령관님 만세!"

아직도 뭐가 뭔지 몰라서 어리둥절하기만 한 사람들은 아이들처럼 만세를 부르고, 손뼉을 치며 좋아했다. 거지촌 내에서는 한동안 사령관에 대한 얘기가 끊이질 않았다. 그리고 이런저런 소문이 꼬리에 꼬리를 물고 퍼져 나갔다.

"기철이가, 아니 사령관이 틀림없이 미국하고 통하는 데가 있는 개벼."

"암만! 그렇지 않고서는 이런 일을 할 수가 없는 벱이지!"

"노상 영어사전을 품에 끼고 다니는 것만 봐도 알 수 있다니께⋯."

"암튼 참말로 잘된 일이여!"

"그람! 그리고 우리가 몰라서 그렇지 대단한 초능력을 지녔다!"

"초능력이 뭐시여?"

"이런 무식한 놈! 평소에는 가만히 있다가 결정적인 순간에 엄청난 힘을 발휘하는 게 초능력여. 사령관이 2인자 놈하고 싸울 때, 우덜 모두가 두 눈구녁으로 똑똑히 봤잖여."

"마자, 마자!"

"그게 말여, 사실은 미군 총에 맞아서 죽다가 살아난 뒤로 생겼다 카데⋯."

"그려? 허허, 거 참 세상에 희한한 일도 다 있구만."

"그뿐만이 아녀. 둔갑술까정 부린댜."

"둔갑술까정? 홍길동이 따로 없네, 그랴."

"어디 나도 한번 미군 총에나 맞아 볼까?"

"히힛! 이놈아, 넌 총 맞으면 바로 뒈져. 까불지 말어!"

이렇게 해서 기철은 마침내 조직을 완전히 장악하고 대장 노릇을 하게 되었다. 그가 대장이 되면서 거지촌에도 커다란 변화가 찾아왔다. 우선 제대로 된 움막집을 몇 채 짓기로 했다. 자신들이 살 집을 장만한다고 하자, 다들 신이 나서 팔을 걷어붙이고 달려들었다. 먼저 주변에 널려 있는 진흙을 다져서 벽돌을 찍었다. 그런 뒤 땅을 파고, 벽을 쌓은 뒤, 판자로 얼기설기 지붕을 이었다. 마지막으로 바닥에 구들장을 놓고, 장판을 주워다 까는 등 부산을 떨었다.

그렇게 몇 달에 걸쳐서 힘을 합세하여 움막집을 다 짓고 나니, 볼품은 없어도 천막집보다는 훨씬 나았다. 무엇보다 서로 믿지 못하고 살벌하기만 하던 사람들 간에 믿음과 협동심이 생겼고, 얼굴에도 조금씩 희망의 빛이 감돌았다.

마침내 새집이 완공되던 날, 거지촌 안에서는 성대한 잔치판이 벌어졌다. 돼지도 잡고, 술도 빚고, 떡도 만들어서 그날만큼은 모두모두 푸짐하게 먹고 마셨다. 그리고 흥이 오르자 자연스럽게 각설이타령 경연대회가 벌어졌다. 각설이타령이라면 다들 한가락씩 할 줄 알았기 때문에, 구걸할 때 사용하는 깡통을 두드리면서 정말로 신명나게 놀았다. 처음이자 마지막으로 벌어진 흥겨운 잔치였다.

집 문제를 해결한 다음에, 대장은 타성에 젖어 있는 구성원들의 거지 근성을 뜯어 고치기로 했다. 그동안 밥만 얻어먹고 빈둥빈둥 놀던 생활에서 벗어나, 노동력이 필요한 곳에 인력을 제공하고 정당한 보수를 받음으로써 자활 의지와 능력을 키웠다. 애들의 앵벌이도 금지하고, 싸움질을 절대 못하게 만들었다. 동냥도 계획을 짜서 효율적으로 했고, 지역의 각종 궂은일도 도맡아서 했다.

그리고 공터를 개간해서 닭과 돼지를 기르고, 각종 채소며 푸성귀를 길러서 먹도록 했다. 그제야 거지촌도 비로소 사람 사는 곳과 같은 꼴을 갖추기 시작했다. 그렇게 해서 주민들의 인식도 좋아지고, 거지촌의 위상이 차츰 높아지자, 먹고 살기 힘든 사람들이 소문을 듣고 찾아와 식구들이 점점 늘어났다.

그는 거지촌 입구에다 〈양지촌〉이라는 팻말을 크게 내걸고, 그 옆에다 구호를 써 놓았다.


몸은 음지에 살아도, 마음만은 양지를 꿈꾸자! (당시 이름만 들어도 온 국민을 벌벌 떨게 만들고, 나는 새도 떨어뜨린다던 중앙정보부의 슬로건도 '우리는 음지에서 일하며, 양지를 지향한다.'였다.)


그러자 너도나도 그 옆에다 구호를 삐뚤빼뚤 써 붙였다.

지구멍에도 볏들 날 잇다
사람 팔짜 시간 문재
이래도 한 세상 저래도 한 세상
거지 팔짜가 상팔짜

비록 남들이 손가락질 하는 거지촌이었지만, 기철은 최소한 사람답게 살 수 있는 공동체로 만들기 위해 노력했다. 지역 유지들과도 은밀하게 만나서 그들이 직접 처리하기 곤란한 이런저런 요구를 들어주며 영향력을 키워 갔다. 그 바람에 거지들과 주민들 사이도 많이 가까워졌다. 언제부턴가 주민들도 농담 반 진담 반으로 그를 사령관이라고 부르기 시작했다.

그는 비공식 사령관으로서 겉으로 드러나지 않게 많은 일을 했다. 그중에서도 지역에 어떤 현안이 발생할 때마다 식구들을 동원해서 골목골목 누비며 소문을 퍼뜨리는 것이 가장 중요한 일이었다. 그렇다고 지시받은 대로 무조건 따르지는 않고, 양측의 입장을 잘 살펴본 뒤 나름대로 판단해서 절충안을 찾곤 하였다. 그래서 지역 유지들도 그를 함부로 대하지 못했다. 과연 사령관은 사령관이었다.

▲▲▲

그때 우리의 어니스트 존은 무얼 하고 있었을까?

아마도 그 또한 멋진 국제 신사로 변신하기 위해 열심히 치장을 하고 있었을 것이다. 그런데 자아도취가 심한 어니스트 존은 혹시 자폐증이나 과대망상증을 앓고 있지는 않았을까? 아니다. 그는 언제나 자기 생각과 취향만을 강요하며 주어진 임무를 완수하였을 것이다. 바람만이 알고 있었겠지만.

# 08

# 거물 정치인

전쟁이 끝난 뒤, 전국 각지에서 아이들이 우후죽순처럼 태어났
다.(이 아이들이 커서 나중에 베이비붐 세대라고 불렀다.) 초등학교는 그야말
로 콩나물 시루였다. 한 반에 6, 70명이 넘는 아이들로 언제나 득
실댔고, 쉬는 시간이면 교실이나 운동장에서 아이들 떠드는 소리
로 귀가 먹먹할 정도였다.

내가 살던 곳의 기차역은 완행열차가 서는 작은 규모였지만 언
제나 오가는 사람들로 분주했다. 사람들은 대부분 크고 작은 보따
리를 이거나 들고 있어서 피난민을 연상케 했다. 개찰구에서는 제
복을 멋지게 차려 입은 역무원이 기차표에다 펀칭기로 조그만 구
멍을 뚫어 주었는데, 가끔 무임승차한 사람과의 사이에 필사적인
숨바꼭질이 벌어지기도 했다. 그리고 밤늦게 도착한 사람에게는
통행금지를 단속하는 경찰에게 보여주기 위해 팔뚝에다 파란 도장
을 찍어 주었다.

역 앞 공터에는 인근 지역에서 운반해 온 통나무가 산더미처럼 쌓여 있었다. 주로 벌채한 소나무였는데, 곧 기차에 실려 다른 지방으로 팔려갈 것들이었다. 그래서 그곳에 가면 늘 소나무 냄새가 진하게 풍겨 왔다.

목재가 쌓여 있는 곳이면 어디고 아녀자들이 끌이나 장도리 같은 도구를 가지고 달려들어 지지껍지(두터운 소나무 껍질)를 벗겨가곤 했다. 연료가 부족해서 산에 가서 나무를 해다 때던 시절인지라, 그것은 아주 좋은 땔감이었다. 그리고 어차피 벗겨내야 할 부분이라서 뭐라 하는 사람도 없었다.

"야들아! 지지껍지 벗기러 가자!"

어머니는 땔감이 떨어질 무렵이면 평소 늘 입던 검은 몸뻬 바지에다, 흰 수건으로 따리를 틀어 머리에 올린 뒤에 커다란 광주리를 이고 약간은 미안한 표정으로 우리를 불러 세웠다. 우리는 요리조리 핑계대고 빠질 궁리를 했지만 어머니의 성화에 못 이겨 창피를 무릅쓰고 여러 번 따라가서 지지껍지를 벗겨 왔다.

소나무 몸통에 비늘처럼 단단하게 붙어 있는 껍질을 벗기는 일은 보기보다 힘든 작업이었다. 굵직한 통나무 옆에 쭈그리고 앉아서 껍질을 벗길 때마다, 나는 악어의 이빨을 청소해 주는 악어새가 된 기분이 들었다. 그리고 혹시나 친구들에게 들킬까 봐 조마조마했다. 그러나 그것도 어느 날 둘째가 장난을 치다가 그만 통나무 틈새에 빠져 다리를 다치면서 끝이 났다.

"쯧쯧쯧, 늬들 같은 배락쟁이는 첨 봤어, 첨 봤어!"

기브스를 한 다리를 끌고 다니면서도 동생과 장난을 치는 둘째를 볼 때마다 어머니는 혀를 찼다.


시내를 가로지르는 철둑 아래에는 서민들이 애용하는 대폿집이 즐비하게 늘어서 있었다. 그 술집들은 저녁마다 손님들로 흥청거렸다. 고단한 하루 일과를 마친 어른들은 그곳에서 젖처럼 뿌연 막걸리를 큰 잔에 따라 단숨에 마시고는, 젓가락으로 상을 요란하게 두드리면서 흘러간 옛 노래나 유행가를 고래고래 불러 젖혔다. 다들 어찌나 열심히 부르던지 마치 합창대회라도 하는 것 같았다.

한번은 급한 일 때문에 단골 술집으로 아버지를 부르러 간 적이 있었다. 몇 번 가본 적이 있어서 나도 그 술집을 잘 알고 있었다. 도착해 보니 아버지는 동료들과 어울려 젓가락을 두드리며 한참 신나게 노래를 부르는 중이었다.


구름도 자고 가는 바람도 쉬어 가는
추풍령 구비마다 한 많은 사연
흘러간 그 세월을 뒤돌아보는
주름 진 그 얼굴에 이슬이 맺혀
그 모습 흐렸구나 추풍령 고개…

아버지가 평소 즐겨 부르는 유행가 〈추풍령〉이었다. 얼굴색이 불콰한 게 벌써 술을 많이 마신 것 같았다.

기적도 숨이 차서 목메어 울고 가는
추풍령 구비마다 싸늘한 철길
떠나간 아쉬움이 뼈에 사무쳐
거치른 두 뺨 위에 눈물이 어려
그 모습 흐렸구나 추풍령 고개…

나는 급한 심부름도 잊은 채 한동안 문틈으로 아버지를 지켜보았다. 아버지와 친구 분들은 계속 노래에 열중했고, 〈눈물 젖은 두만강〉, 〈타향살이〉, 〈울고 넘는 박달재〉 등으로 이어졌다.

마침내 한바탕 노래가 끝나자 아버지는 동료들과 왁자하게 웃고 떠들며 십장인가 누군가에 대해 욕을 해 댔다. 그리고 옆에 앉아서 술을 따르던 화장을 요란하게 한 젊은 접대부의 엉덩이를 툭툭 치면서 걸쭉한 농을 주고받기도 했다. 집에서는 전혀 보지 못한 아버지의 질펀한 모습에 나는 몹시 당혹스러웠다. 나도 모르게 배신감 비슷한 감정이 올라오기도 했다. 그래서 안으로 선뜻 들어가지도 못하고 주저하고 있었다.

"얘, 너 누구니?"

접대부가 밖으로 나오다가 나를 보더니 방긋이 웃으며 말했다.

"저, 우리 아부지를 찾으러….”

"그래? 늬 아버지가 누군데?”

그녀가 허리를 굽히고는 얼굴을 가까이 댔다. 순간 지린내 비슷한 싸구려 향수 냄새가 진동을 했다.

"저기 앉아 있는 분요.”

나는 한 손으로 코를 틀어막고, 다른 손으로 아버지를 가리켰다.

"아자씨! 아자씨!”

그녀가 호들갑을 떨며 내 손을 잡고 아버지 쪽으로 다가갔다.

"아주 귀하신 꼬마 손님이 찾아 왔어요, 호호호!”

"아니, 늬가 웬일로 여길 다 왔냐?”

아버지가 나를 보더니 어색하게 웃으면서 말했다.

"아부지! 큰일 났어유! 할아버지가 쓰러지셨대유!”

나는 그제야 다급한 목소리로 외쳤다.

"뭐, 뭐라고?”

아버지는 대번에 얼굴이 사색이 되어 술집을 뛰쳐나갔다.

시골 밭에서 일하시다가 중풍으로 쓰러진 할아버지는 곧바로 개부슨 병원에 입원하셨다. 아버지는 닥터 개부슨에게 제발 살려 달라고 손이 발이 되도록 빌었다. 그러나 워낙 연세가 많으신 데다 기력이 부족한 탓인지, 잠시도 깨어나지 못하고 며칠 동안 계속 코를 골며 혼수상태에 빠져 있다가 돌아가셨다.

장례를 치르는 풍경은 곡소리만 빼면 잔칫집 분위기와도 흡사

했다. 동네 아주머니들은 모두 우리 집에 모여서 음식을 장만하고 나르느라 분주하게 오갔다. 담장을 따라 채송화며 봉숭아꽃이 줄지어 피어 있는 마당가에서는 커다란 화톳불이 끊임없이 타오르고, 술국을 끓이는 가마솥에서 연신 김을 뿜어댔다. 문상 온 사람들은 임시로 둘러친 천막 안에 비집고 앉아서 술잔을 기울이며 끝없이 얘기를 주고받았다. 멀리서 찾아온 할아버지의 오랜 친구 분들은 술을 마시다가 가끔 구슬프게 곡을 하며 울기도 했다.

한쪽에서는 벌써부터 화투판이 벌어져 수시로 고성이 오가는 등 시끌벅적했다. 그런 와중에 마을 장정들은 동네 어귀에 있는 행상 집에서 상여를 가져다가 틀을 맞춘 뒤 울긋불긋한 종이꽃으로 화려하게 꾸미고, 양쪽에서 균형을 맞춰 줄을 어깨에 둘러매고는 상여 앞에 올라 탄 요령잡이의 요령과 상여소리에 후렴을 붙여가며 발맞추는 연습을 했다.

상여가 나가던 날, 굵은 삼베옷과 두건을 쓴 아버지는 상여 뒤를 말없이 따라가며 눈물을 계속 흘렸다. 나도 상여 앞에서 영정을 들고 걸어가노라니 자꾸만 눈물이 났다. 그리고 할아버지에게 들었던 이런저런 얘기들이 새록새록 떠올랐다.


…젊은 시절 힘이 장사라고 소문났던 할아버지는 해방 전에 머나먼 만주와 하얼빈까지 누비며 장사를 하러 다니셨다고 했다. 그러다가 비적 떼를 만나 죽을 고비를 여러 번 넘기기도 했고, 독립

군 첩자로 오인을 받아 일본군에게 끌려가다가 가까스로 탈출하기도 했고, 낯선 이국땅에서 친구에게 사기를 당해 가진 돈을 몽땅 잃고 오도 가도 못한 적도 있었다고 했다.

가끔 그때 얘기를 하시는 걸 옆에서 들을 때마다 너무나 신기했다. 비록 일제 치하이긴 했지만, 그 옛날 우리 땅이었던 광대한 대륙을 마음껏 누빌 수 있었다니 생각만 해도 가슴이 벅차올랐다. 휴전선으로 남북이 가로막혀 오도 가도 못하는 우리에게는 그저 꿈만 같은 얘기였다.

"아 글씨, 한번은 봉천인가 어딘가 여인숙에서 잠을 자는디, 옆방에서 웬 처자가 너무도 구슬프게 흐느끼며 울더란 말여. 그래서 사정을 들어보니께, 남편이 독립운동을 한다고 만주로 떠났는디, 하도 소식이 없어서 멀리서 물어물어 찾아왔더니, 남편이라는 작자는 어디로 갔는지 알 길이 없고, 하루하루 날짜가 지나다보니 가진 돈도 다 떨어져서 꼼짝없이 뙤놈 술집에 팔려갈 신세가 됐더란 말여!

허, 참! 세상에 그렇게 딱한 처지가 있나! 그래서 내가 문을 박차고 나가서 잠자고 있던 사람들을 다 깨워가지고, 가슴을 탕탕 치면서 호소를 혔지. 우리가 비록 독립운동을 하지는 못할망정, 독립운동 하다가 이렇게 곤경에 처한 이 동포 처자를 돕지 못한다면, 우리는 정말로 개나 돼지보다도 못한 인간들이라고. 그러니 성의껏 십시일반으로 노잣돈을 모아서 주자고 말여!

그랬더니 다들 눈물을 훔치며 한 푼, 두 푼 꺼내놓더란 말여. 그래서 그 처자는 무사히 고향으로 돌아갔는디, 아 글씨, 나중에 얘기를 들어보니께, 고향으로 돌아가던 중에 남편이 죽었다는 얘기를 전해 듣고는 낙심한 나머지 두만강에 빠져 죽었다는구만. 그 얘길 듣고는 참말로 어찌나 가슴이 아프던지, 다들 당시 크게 유행하던 〈눈물 젖은 두만강〉 노래를 부르며 눈물을 흘렸지…."

할아버지가 만났다는 소련 사람들에 대한 얘기도 아주 재미있었다.

"그 로스께들이 어찌 생겼느냐 하면, 피부가 하얗고, 머리카락이 노란 것이 양코배기들하고 똑같이 생겼더란 말여. 그들은 입만 열면 위대한 혁명인가 뭔가를 했다고 엄청 으스댔는디, 실제로는 얼마나 굶주렸는지 먹을 것만 보면 달려들어 걸신들린 것처럼 먹고, 입성도 변변치 못한 주제에 팔뚝에다 시계를 여러 개 줄줄이 차고 다니면서 뻐기는 꼴이 참말로 가관이었다니께, 허허허!

로스께들은 뽀드깐가 뭔가 하는 엄청 독한 술을 마시는디, 술에 취하면 미친 듯이 춤추고 노래하며 노는 기 우리보다 훨씬 더하더란 말여. 그라고 속을 정확하게 알 수는 없지만, 얍삽한 일본놈이나 음흉한 떼놈하고는 달리, 어딘가 순진한 구석도 있고, 뭔가 사람을 이상하게 홀리는 데가 있더란 말여. 그래서 혁명인가 뭔가도 했고, 김일성이를 앞세워서 이북을 집어삼켰는 개벼!"

그리고 할아버지는 우리 집에 오실 때마다 옛날에 도깨비와 싸웠던 이야기를 즐겨 해 주시곤 했다.

　"아 글씨, 내가 하루는 장에 갔다가, 벗들하고 술을 한잔 먹다 봉께 늦어서 말여. 깜깜한 밤중에 시오 리나 되는 길을 혼자 걸어서 집으로 오는디. 아 글씨, 웬 집채만 한 흉측하게 생겨먹은 놈이 앞을 딱 가로막고 덤비는데, 머리에 파란 불을 하나 쓴 거시 영락없는 도깨비더란 말여!

　그래서 겁이 덜컥 났지만 정신을 바짝 차리고 지게 작대기를 두 손으로 꽉 움켜쥐고 기회를 노리다가 대갈통을 힘껏 후려 갈겼단 말여. 그랬더니 그놈이 퍽 쓰러졌다가 다시 일어나더니 또 덤비더란 말여. 몇 번을 그렇게 하다가 도저히 안 되겠다 생각하고, 지게를 벗어던지고 씨름을 혔단 말여. 그런디 그놈도 힘이 아주 장사라서 쉽게 넘어가지 않더란 말여!

　그렇게 그놈하고 밤새 씨름을 하다가, 새벽녘에서야 겨우 붙잡아서 나무에다 새끼줄로 칭칭 동여매고 왔는디, 그 뒤로 나도 며칠간이나 몸살을 죽도록 앓다가 겨우 일어나서 가 봉께, 아 글씨, 썩은 집단이 떡하니 묶여 있더란 말여, 허허허!

　근디 내가 얼마 전에 서울 올라가서 가만히 보니께 말여. 밤마다 사방팔방에서 빨간불, 파란불, 노란불들이 번쩍번쩍하민서 난리 발광을 떠는 거시, 꼭 옛날에 본 도깨비들어 죄다 모여 있는 거 같더란 말여, 허허허!"

몰락한 양반가의 후예라는 자부심 하나만으로 온갖 험난한 세파를 묵묵히 견뎌내신 할아버지는 비록 가난하고 못 배운 탓에 평생을 장돌뱅이로 떠돌며 사셨지만, 기개와 자존심만큼은 누구 못지않게 대단한 분이었다. 그래서 6.25 전쟁 후에 돈 좀 벌었다고 목에 힘을 주고 으스대는 지역의 졸부들을 볼 때마다 "저런 근본도 모르는 벌건 부상놈들!"하고 혀를 차곤 하셨다…

작은 시골이었지만 고급 요정도 있었다.

오래된 한옥을 개조한 그 요정은 한적한 주택가의 골목 깊숙한 곳에 자리 잡고 있었다. 소슬대문은 늘 굳게 닫혀 있었고, 높은 담장 너머로 고색창연한 기와지붕과 함께 날아갈 듯한 추녀가 보이고, 가야금 소리 같은 게 은은히 울려 나오곤 했다. 그래서 얼핏 보기에도 아주 고급스럽고 비밀스런 분위기가 느껴졌다.

마침 친구 엄마가 운영하던 곳이어서, 나도 친구를 따라 몇 차례 놀러가 본 적이 있었다. 대낮이었기 때문에 손님은 하나도 없었고, 집안 전체가 깊은 잠에 빠진 듯 조용했다. 낮과 밤의 분위기가 너무나 달라서 혼란스러웠다. 그리고 어디선가 은근히 풍겨 오는 고택 냄새와 함께, 조그맣고 하얀 차돌맹이가 잔뜩 깔린 뜨락에 강렬하게 내리쬐는 햇살 때문에 머리가 어지러웠다.

내가 갈 때마다 친구 엄마는 반가워하며 큰상에다 음식을 잔뜩 차려 내왔다. 하나같이 일반 가정집에서는 보기 힘든 귀한 음식들이었다. 우리는 컵에다 물을 따라 마시며, 어른들처럼 술 마시는 흉내를 내곤 했다. 그리고 킬킬거리며 보고 들은 대로 따라했다.

간혹 저녁 때 그 주변을 지나다가 대문 틈으로 엿보면, 짙은 화장에다 한복을 곱게 차려 입은 얼굴이 해반드르르한 여인들이 손님들에게 간드러진 목소리로 웃어대며 애교를 떨곤 했다. 물려받은 재산이 많거나 사업을 해서 돈을 많이 번 사람들이 단골로 이용하는 술집이었다.

당시 미군들이 쓰다 버리고 간 지에무씨(GMC) 트럭과 부르도자(불도저)를 앞세워 험한 산을 거침없이 오르내리며 벌채를 하거나, 이런저런 개발로 떼돈을 번 사람들이 제법 있었다. 거의가 관청의 비호와 묵인 하에 벌어진 각종 특혜와 이권 사업들이었다.

그들은 부당하게 긁어모은 돈으로 사업을 탐욕스럽게 확장해 나가는가 하면, 각종 단체장 직을 맡아서 목에 힘을 주고 지역 유지 행세를 했다. 그리고 선거 때만 되면 정부와 집권 여당 편에 붙어서 적극 협조한 뒤 여러 가지 잇속과 특권을 챙기는 것을 자신들의 당연한 의무이자 권리로 생각했다.

그들은 하루가 멀다 하고 이곳에 모여서 술을 마시며 끼리끼리 의리와 친목을 다지고, 은밀하게 공동의 이권을 도모했다. 당연히 지역에서 벌어지고 있는 이런저런 문제에 대해서도 논의를 했는데, 과거 산판으로 거부가 된 박 사장이라는 사람이 언제나 모임을 주도했다. 오늘도 일찌감치들 모여서 술을 마시며, 이런저런 얘기를 하는 중이었다.

"박 사장!"

"왜요?"

"요즘 애란이하고는 잘돼 갑니까?"

누군가가 박 사장에게 은근한 목소리로 물었다. 애란이는 얼마 전 이 집에 새로 온 새끼 마담이었다.

"잘돼 가냐구요? 아이구, 말도 마시우!"

박 사장이 과장된 표정을 지으며 고개를 내저었다.

"왜요, 무슨 문제라도 있나요?"

"고것이 얼마나 닳고 닳은 여우인지, 애가 닳아 죽겠수!"

"아, 그럴 땐 기름을 좀 쳐야지요."

애란이 얘기를 꺼낸 사람이 손가락을 동그랗게 말아 보였다.

"왜 안 쳤겠수?"

"아무리 기름을 쳐도 소용이 없던가요?"

"그렇수! 고것이 순전히 기름만 쪽쪽 빨아먹는 여우라니까요."

"보기보다 불여우구만요, 하하하!"

"허허허!"

한참 웃고 떠들며 술잔이 오고가는 중에, 누군가 조심스럽게 입을 열었다.

"미국 병원이 우리 지역에 들어와서 저렇게 치료를 잘해 주고 있어서 정말 든든합니다. …근디 꼭 하나 마음에 걸리는 것이 있습니다."

"그게 뭡니까?"

"다름이 아니라, 우리 지역에도 오래 전부터 주민들을 위해서 애를 써 온 병원들이 있지 않습니까? 근데 안타깝게도 그 병원들이, 미국 병원 때문에 요즘 경영이 매우 곤란하단 얘기를 들었습니다."

"아하, 그렇군요. 워낙 시설이나 의료기술 면에서 차이가 나니까요."

"그렇다고 누가 이래라저래라 할 수는 없는 일 아닙니까? 바야흐로 세상은 자유 경쟁시대인데…."

"그렇긴 하지만, 그래도 우리 지역을 지키고 있는 토박이 병원들이 쓰러지면 곤란하지 않습니까?"

"그야 두말하면 잔소리지요."

"하지만 워낙 경쟁 상대가 강하니 뾰족한 방법을 찾기가 힘들 것 같습니다. …그러니 다들 좋은 의견이 있으면 말씀 좀 해 보시지요."

"그거 뭐 의견이고 뭐고, 다 같이 더불어 사는 방법을 찾으면 되는 거 아닙니까? 내가 한번 손을 써 보겠습니다."

성질 급한 박 사장이 불쑥 나섰다.

"고마우신 말씀입니다만, 무슨 좋은 방도라도 갖고 계신지요?"

"뭐, 좋은 방도라기보다도, 거지촌에 사령관인가 뭔가 하는 사람 있지 않소?"

"거지대장 말이지요?"

"그래요. 그 사람을 적당히 이용하면 간단히 해결될 거 같습니다. 그러니 너무 그리 걱정들 하지 마시우, 허허허!"

"아무리 그래도 어찌 그런 사람을…. 빨갱이라는 소문도 있던데요?"

"빨갱이나마나, 그런 작자가 무슨 능력이 있다고 그러시우."

다들 한 마디씩 하면서 불만을 토로했다.

"그렇게만 볼 게 아니고, 사실 그동안 내가 몇 차례 일을 좀 시켜 봤는데, 거참 생각보다 야무지고 똑똑합디다."

박 사장이 급히 수습을 하고 나섰다.

"허허, 이거야 원!"

"내가 겪어 봐서 잘 아니까, 한 번 믿어 보시우."

"그렇다고 괜히 미국 사람들 심기를 잘못 건드려서 불편하게 하지는 마시우. 어쨌거나 우리를 도우러 온 고마운 사람들 아닙니까?"

"아무렴, 그렇고 말고요. 그리고 그 사람들이 떠나면 결국 우리만 손해니까요."

"박 사장은 머리가 잘 돌아가니까 알아서 현명하게 잘 해결할 겁니다."

"그럼요, 그럼요!"

"감사합니다! 근디 오늘따라 돌아가신 부의장님 생각이 절실하게 나는구만요."

박 사장이 일동을 둘러보며 불콰해진 얼굴로 말했다

"새삼스럽게 그 얘기는 왜 또 꺼내는 거유?"

"그분이 조금만 더 오래 사셨더라면 우리 지역을 위해서 많은 일을 하셨을 텐데, 참말로 아쉽습니다."

"흠흠, 그건 그래요!"


…우리 지역 출신의 한 거물급 정치인이 있었다. 그는 확실히 거물급은 거물급이었지만, 좋은 의미가 아니라 그 반대 의미에서였다. 그리고 그의 그림자가 아직도 선명하게 남아 있을 만큼 지역에 미친 파장이 매우 컸다.

그는 출발부터가 남달랐다. 그의 아버지는 대대로 내려오는 거대한 농토를 이어받은 대지주인 데다, 일제에 충성한 대가로 각종 이권을 챙겨서 엄청나게 부를 축적한 인물이었다. 그런 갑부 집안의 장남으로 태어난 그는 서울의 한 명문대학을 나온 뒤 미국 유학길에 올랐다. 지금이야 미국 유학도 흔한 일이 되어 버렸지만, 당시로서는 매우 드문 일이 아닐 수 없었다. 일제의 살인적인 강권 통치와 수탈에 신음하던 민초들이나, 목숨을 걸고 독립운동을 하던 사람들에게는 그저 먼 나라의 잠꼬대 같은 이야기였다.

어쨌거나 그는 뉴욕대학에서 경제학 박사학위를 따고 야심만만하게 귀국하였다. 그 후 모교에서 잠시 교수로 재직하다가, 곧바로 총독부 고위 관리가 되어 본격적인 출세의 길을 걷기 시작했다. 본능적인 권력욕과 출세욕이 그를 자연스럽게 일제의 하수인으로 이끌었던 것이다. 그는 총독부 내에서도 매우 유능하고 충성스러운 관리로 평판이 자자했다.

그리고 일제가 태평양전쟁을 일으키자, 여러 유명한 친일인사들과 함께 시국강연회를 개최하는 등 일제를 위해 열심히 활동하였다. 그는 일본 군국주의 침략전쟁을 정당화하고, 미국 정치 경제의 잘못과 한계를 역설하며 일본의 승리를 외치고 다녔다. 말하자면 출세 지향적이고도 기회주의적인 식민지 지식인의 전형적인 표본이라고 할 수 있었다.

하지만 그처럼 충성스런 노력에도 불구하고 일제가 패망하고 해방이 되자, 그는 고향에 내려와 숨을 죽이고 지냈다. 일단 자신의 호시절은 끝났다고 생각하면서도, 정국의 흐름을 예의 주시하며 촉각을 곤두세웠다. 제 아무리 세상이 바뀌어도 출세의 기회는 얼마든지 찾아온다는 것을 본능적으로 알고 있었던 것이다.

그의 예감은 아주 정확하게 들어맞았다. 해방 후 미군정이 들어서자 또 다시 출세 길이 활짝 열렸다. 그는 미 군정청이 원하는 인물 1순위가 되어, 재무 담당 고위 관료가 되었다. 미군정으로서도 영어에 능통한 데다 총독부 고위 관리 출신인 그보다 더 적합한 인물은 달리 찾을 수 없었다. 미군정 치하에서 그는 모든 정책을 미국의 요구대로 착실히 수행하였다.

해방을 전후로 한 몇 년 동안, '제주 4.3사건' 등 새로운 나라를 건설하기 위한 갈등과 충돌 과정에서 수많은 사람들이 죽거나 다치고, 크고 작은 사건들이 전국 곳곳에서 연이어 일어났을 때도,

그는 오로지 권력 실세에 확고하게 빌붙어서 일신의 영달과 출세를 꾀하려는 생각뿐이었다.

미군정에서의 출세는 끝이 아니라 시작에 불과했다. 마침내 3년간의 미군정이 끝나고, 남한만의 단독 정부 수립과 함께 친일파와 결탁한 이승만 정권이 출범하자, 그에게는 더욱 커다란 출세의 길이 열렸다. 친일과 친미 양쪽을 통틀어 그를 능가할 만한 인물은 달리 없었던 것이다. 그때부터 그는 자신을 불사조라고 착각하기 시작했던 것 같다.

자유당 정권 하에서 그의 출세 가도는 가히 눈부셨다. 그는 조선중앙은행 총재와 재무부 장관 등 요직을 두루 역임하며, 이승만에게 충성을 바치기 시작했다. 특히 미국 연방은행 제도를 본떠서 한국은행을 설립하고, 경제 시스템 자체를 아예 미국의 하부 구조로 만들어 버렸다. 우리 경제가 미국에 예속되는 단초를 제공했다고 비난받는 이유가 여기에 있었다.

그리고 6.25 전쟁 중에는 이승만의 지시로 연합군에게 전비를 무제한적으로 대주는 굴욕적인 협약을 맺은 뒤, 화폐를 마구 찍어내어 극심한 인플레를 유발하였다. 그래서 가뜩이나 빈약한 재정에다 전쟁 때문에 피폐해질 대로 피폐해진 국민 경제를 벼랑 끝으로 몰고 가기도 했다.

그 후 그는 오랜 야망이었던 정계로 진출하였다. 아마도 가슴 속 깊은 곳에는 대권의 꿈이 똬리를 틀고 있었을 것이다. 남한 내에서 제일 똑똑하다고 자부하던 그가 그만한 꿈을 꾸지 않았을 리가 없다. 프린스턴 대학 박사 출신인 이승만의 뒤를 이어 뉴욕 대학 박사 출신인 자신이 대통령이 되는 것이 매우 자연스러운 일이라고 생각했는지도 몰랐다.

대권에 다가가기 위해서는 우선 이승만에게 절대 신임을 얻어야 했다. 그는 타고난 언변과 처세술로 이승만의 권력욕을 부추기며 아부에 진력했다. 얼마나 열렬하게 충성을 바쳤는지, 정계에 입문하자마자 야당의 극렬한 반대를 무릅쓰고 국회부의장 자리에까지 올랐다. 그리고 이승만이 종신 집권을 위해 개헌을 강행하면서 발생한 그 유명한 '사사오입' 사건 당시, 국회의사당에서 사회를 맡아 강행 처리를 하기도 했다.

하지만 그의 삶은 허망하게 끝이 났다. 출세와 영달을 위해 얼마나 노심초사했는지, 그는 54세라는 비교적 젊은 나이에 중병에 걸려 미국의 유명 병원에까지 가서 치료를 받았지만 결국 사망하고 말았다. 그나마 이승만 정권이 몰락하기 전에 눈을 감은 것이 본인에게는 다행이라면 다행이었다.

아무튼 그는 많은 논란거리를 남기고 간 사람이었다. 특히 중앙의 힘 있는 자리에 있을 당시, 가끔 고향에 내려와서 지역의 오랜 숙원 사업도 해결해 주고, 유지들과 술자리에서 스스럼없이 어울리며 나름대로 덕을 베풀었다. 그 덕분에 자유당 독재정권의 하수인이라는 오명에도 불구하고, 아직도 그를 찬양하고 따르는 사람들이 많았다…


"인물은 참 대단한 인물이었지요?"

"암요, 대통령도 충분히 하고 남을 만큼 아까운 분이었지요."

"그런 소리들 마시우! 이제 시대가 바뀌었어요!"

"바뀌긴 뭐가 바뀌었다고 그래요? 맨날 그놈이 그놈이지!"

"맞아요! 지금 대통령부터 국무총리, 국회의장, 국방장관, 참모총장까지, 일본군 앞잡이였던 만주군관학교 출신들이 다 해먹고 있는 거 몰라서 그래요?"

"허허, 그런 소리 잘못했다간 경을 치니, 조심들 하시우."

"내가 어디 없는 말을 지어서 했수?"

"자, 자 그런 얘긴 그만하고, 술이나 마십시다!"

그때 우리의 어니스트 존은 무얼 하고 있었을까?

아마도 그 또한 권력욕에 사로잡혀 정치적 야망을 계속 키워나가고 있었을 것이다. 그런데 무서운 싸움꾼으로 알려진 어니스트 존은 혹시 겁쟁이거나 허수아비는 아니었을까? 아니다. 그는 언제나 싸움 실력을 깊이 감추고 천진난만한 표정으로 주어진 임무를 완수하였을 것이다. 바람만이 알고 있었겠지만.

# 09

# 병원 괴담

마을에 병원이 들어선 뒤로 어느덧 1년여의 시간이 흘렀다.

병원 건물은 마을 풍경과 조화를 이루며 차츰 자리를 잡아 갔다. 입구에 늘어서 있는 측백나무는 자연스레 담장 역할을 하였고, 마당에 서 있던 커다란 버드나무 몇 그루도 그런대로 잘 어울려 보였다. 경광등을 켜고 사이렌을 요란하게 울리며 앰뷸런스가 수시로 드나드는 풍경도 일상적인 모습이 되어 버렸다.

그리고 지역에서 행세깨나 하는 기관장이나 유지들이 걸핏하면 병원을 찾아와서 영양제 주사를 맞는 것을 대단한 특권이나 자랑으로 여기는 풍조가 생겨나기도 했다. 처음에 그토록 지독하던 소독약 냄새에도 어느덧 익숙해진 우리는 병원 뒷산까지 진출하여 새로운 본부를 차리고 전쟁놀이를 했다.

그럴 즈음 시내를 중심으로 이상한 소문이 돌기 시작했다. 다름이 아니라 병원에서 주민들을 상대로 각종 인체 실험을 자행한다는 것이었다. 새로 개발된 약도 미국 사람들에게 사용하기 전에 먼저 먹여서 안전한지 알아본다고 했다. 시골구석에 그처럼 으리으리한 병원을 지은 것도 다 그런 목적 때문이라는 것이었다.

작은 지역일수록 소문도 빠르고 무서운 법이라서 곧 별의별 소문이 다 돌았다. 병원 옆에는 시체 안치실이 따로 떨어져 있었는데, 우리는 한낮에도 무서워서 감히 접근할 엄두를 내지 못했다. 키 큰 향나무로 둘러싸여서 잘 보이지도 않는 그 으스스한 건물도 이런 소문이 퍼지는 데 한몫을 했다.

"앞으로 양코배기 병원에 가딜 말어. 걸핏하면 간도 잘라 내고, 콩팥도 잘라 내고, 쓸개도 떼 낸다 카데."

"조금만 이상이 있으면 멀쩡한 팔 다리도 막 잘라낸다 카니, 어디 당췌 무서워서 그 병원엘 가겠나."

"어쩐지 병원이 생길 때부터 이상하다 했지."

"거기서 주는 약도 수상하댜. 말하자면 우리가 실험 대상이라는 구만."

"뭐? 실험 대상? 이런 니미럴…. 시방 우릴 뭘로 보능겨."

"아, 뭘로 보긴 뭘로 봐. 개돼지나 원숭이로 보는 거지."

"잘은 모르지만 약에 그 뭐시냐 마약 성분이 듬뿍 들었다는 얘기도 있댜."

"허허, 이거 참! 사람을 잡는 병원이구만."

더욱 무섭고 황당한 것은, 밤마다 병원에서 양코배기 귀신들이 나와서 사람들에게 욕을 하고 겁을 주거나 정신을 홀린 뒤 근처 철둑으로 유인해서 기차에 깔려 죽게 한다는 소문이었다. 공교롭게도 그 무렵에 아이들이 기차에 치어 죽은 사고가 연달아 발생해서 지역 분위기가 흉흉하던 참이었다.

이런 소문은 마침 일어난 의료사고와 함께 점점 더 크게 퍼져 나갔다. 멀쩡하던 청년이 간단한 맹장 수술을 받으러 들어갔다가 갑자기 죽어서 나왔던 것이다. 병원 측에서는 오래전부터 진행된 패혈증이 심해져서 사망했다고 설명했지만, 의학 상식이 전무했던 유족과 주민들은 아무도 믿으려 하지 않았다.

"우리 아들 살려내라!"

"양코배기면 다냐!"

"생때같은 우리 아들 죽인 놈들 나와라!"

청년의 아버지와 가족들은 누런 삼베로 된 상복을 입고 병원 앞에 앉아서 오가는 사람들을 향해 고래고래 소리를 질렀다.

이 사건은 불난 집에 기름을 끼얹는 결과를 초래했다. 그렇지 않아도 불과 15,6년 전 우리 고장에서 벌어진 양민 집단 학살에 대한 기억으로 몸서리를 치던 주민들은 이제 구체적인 증거도 없이 소문을 대부분 사실로 믿게끔 되었다. 그토록 믿음직하고 자랑스럽던 병원 건물도 다가가기가 꺼림칙하고 무섭게만 느껴졌다.

"성, 성도 그 소문 들었지?"

"뭔 소문?"

"병원에서 밤마다 귀신이 나온다는 소문 말여… ."

"응. 들었어."

"그게 정말여?"

"나도 몰라. 하지만 어른들이 수군대는 걸 보면 뭔가 수상햐."

"에이 씨, 하필 왜 우리 동네 병원에서 귀신이 나온댜?"

"금메 말여."

　밤마다 잠자리에 들면서 우리는 대단한 비밀이라도 되는 듯이 속삭였다. 그리고 궁금해서 미칠 지경이었다. 언제 한번 동네 아이들끼리 모여서 가보자고 얘기는 꺼냈지만, 무서워서 선뜻 실행에 옮기지 못하고 있었다. 그런 밤이면 지독한 악몽에 시달리다 깨어나곤 했다.


　…평소처럼 병원 근처에서 친구들과 신나게 놀고 있는데, 건물이 갑자기 무시무시한 괴물로 변했다. 눈은 도깨비불처럼 새파랗고, 얼굴은 얼음장처럼 희고, 머리칼은 곱슬곱슬하고 샛노란, 닥터 개부슨을 닮은 양코배기 괴물이었다. 그 괴물은 시뻘건 입을 크게 벌리고 다가왔다. 우리는 무서워서 달아나려고 애를 썼다. 하지만 그럴수록 강한 힘으로 우리를 잡아당겼다.

　그러다가 괴물은 갑자기 거대한 증기기관차로 변신을 했다. 기차는 우리를 강제로 태운 뒤 검은 연기를 하늘 가득 내뿜고, 기적 소리를 요란하게 울리며 달렸다. 기관실에는 검은 선글라스를 쓰고 입에 파이프를 문 맥아더 사령관이 타고 있었다. 그는 더 빨리 달리라고 고래고래 소리를 질렀다.

기차는 눈 깜짝할 사이에 서울을 지나고, 휴전선의 철조망도 무사히 통과하고, 마침내 신의주를 거쳐 만주 벌판까지 쉬지 않고 달렸다. 기차가 지나가는 곳마다 머리에 뿔이 달린 공산군들이 숨어서 공격을 했다. 총알이 우리를 향해 빗발치듯 날아오고, 폭탄이 쉴 새 없이 터졌다. 우리는 간이 콩알만 해졌다. 만주 땅에서는 돌아가신 할아버지가 웃으며 우리를 반겨 주었다.

그러다 기차는 다시 병원 건물로 바뀌었다. 마침내 병원 안으로 끌려 들어간 우리는 수술대 위에 결박당한 채로 겁에 질려 벌벌 떨었다. 수술실 안에는 시체가 산더미처럼 쌓여 있었다. 그때 닥터 개부슨이 친절하게 웃으며 나타났다. 그는 양 손에 엄청나게 크고 날카로운 메스를 들고 있었다. 메스 날이 백열등 빛에 반사되어 하얗게 번쩍거렸다.

닥터 개부슨은 우리에게 웃으며 다가와 안심하라고 타이른 뒤, 한 치의 망설임도 없이 팔과 다리를 무 자르듯 뭉텅뭉텅 잘랐다. 그런 뒤에는 우리의 배를 쓱쓱 가르고는, 간과 심장과 쓸개를 줄줄이 꺼냈다. 그 옆에서 입술을 새빨갛게 칠한 매기가 미친 듯이 웃어대며 춤을 추고 있었다. 극도의 공포에 달한 우리는 살려달라고 발버둥 치며 비명을 질렀지만 소리조차 제대로 나오지 않았다…

마침내 어느 날 저녁 밥상머리에서 내가 조심스럽게 물었다.

"아부지, 그게 사실인가유?"

"뭐가 말이냐?"

술을 마시지 않았는데도 웬일인지 눈이 붉게 충혈 된 아버지가 나를 쏘아보았다.

"그, 그러니께 병원에서 밤마다 귀신이 나온다는 거 말이유."

"뭐, 귀신? 어떤 썩을 놈들이 그런 헛소리를 해! 응?"

식구들이 밥을 먹다 말고 모두 아버지를 쳐다보았다.

"병원이 잘되니까 배지가 아픈 모양이지? 배지가 아파도 아주 단단히 아픈 모양이지? 그런 썩을 놈들은 다 죽여야 돼! 다 죽여야 한다고!"

아버지는 얼굴이 대번에 시뻘겋게 변하면서 고래고래 소리를 지르고는 손에 들고 있던 숟가락을 밥상 위에 세게 내동댕이쳤다. 아버지가 가족들 앞에서 그렇게 화를 내는 것은 드문 일이었다.

"으앙-!"

튀어 오른 숟가락에 한쪽 눈알을 정통으로 맞은 막내가 입에 밥을 문 채로 울음을 터뜨렸다. 그 바람에 밥풀떼기가 입 밖으로 지저분하게 삐져나왔다.

"울지 마, 이놈아!"

아버지는 막내의 머리통을 한 대 쥐어박고는 밖으로 휑하니 나갔다. 막내는 더 크게 울기 시작했다. 울면서도 밥을 계속 씹어 먹었다. 그런 꼴이 너무도 우스워서 둘째와 나는 킬킬대며 놀렸다.

그러자 막내는 약이 바짝 올라서 더욱 악을 쓰며 울어댔다. 막내는 쓰디쓴 갱기랍(키니네)을 발라서 젖을 강제로 뗀 때문인지, 평소 먹을 것에 대한 집착이 유난히 강했다. 그래서 시도 때도 없이 찬장을 뒤지며 먹을 것을 찾느라 썰썰거렸다.

"털 난대요-! 털 난대요-!"

우리는 아예 합창을 하며 놀려댔다.

"아이구, 첨 봤어! 첨 봤어! 제발 그만 좀 놀려라!"

어머니가 빗자루 몽둥이를 잽싸게 집어 들더니 둘째와 내 등을 세게 내리쳤다.

"넌 괜히 쓸데없는 얘기를 꺼내서 저렇게 아부지 화를 돋구냐, 돋구길!"

어머니가 나를 흘겨보면서 핀잔을 주었다.

"궁금하잖아유."

"다 헛소문이라잖아! 헛소문이라니께 겁먹을 거 없다. 그리고 밥 다 먹었으면 다들 어여 가서 숙제나 해!"

"헛소문이라면서 아부지는 왜 저렇게 화를 내실까?"

"금메 말여."

우리는 구시렁대며 마루로 나왔다. 하필이면 그때 거지 처녀가 또 찾아와서 대문 안쪽을 빼꼼히 들여다보며 구걸을 했다.

"밥 좀 줘유…!"

"저 년은 왜 또 왔어!"

어머니가 내다보며 역정을 냈다.

"아줌니…, 밥 좀 줘유…!"

"오늘은 밥 다 먹고 없으니께, 딴 집에 가 봐!"

어머니가 화난 목소리로 소리치자 거지 처녀는 고개를 푹 숙이고 사라졌다.


아버지는 말끝마다 '딱터 개부슨 선상님'을 입에 달고 살았다. 그야말로 자신의 우상인 셈이었다. 병원과 관계된 일이라면 아무리 사소한 말이라도 그냥 흘려듣지 않았고, 사람들과 언쟁이라도 붙으면, 이유 여하를 막론하고 무조건 병원 측을 옹호하고 나섰다.

특히 닥터 개부슨에 대한 좋지 않은 얘기라도 들으면 물불을 가리지 않고 달려들어 사과를 받아내야만 직성이 풀렸다. 그래서 '병원 불독'이라는 별명을 얻기까지 했다. 비록 허드렛일이긴 하지만 병원에서 일한다는 데 대한 자부심이 대단했기 때문에, 누가 병원 험담을 하면 곧 자신의 자존심에 커다란 상처를 입히는 것으로 치부했던 것이다.

소문은 쉽게 가라앉지 않았다. 오히려 시간이 갈수록 점점 더 퍼져 갔다. 그럴수록 아버지가 술에 곤드레만드레 취해서 사람들과 싸우고 들어오는 날도 늘어만 갔다. 그런 날이면 아버지는 마루에 드러누워 뒹굴면서 고래고래 소리를 질렀다.

"우리 딱터 개부슨 선상님처럼 훌륭하고 고마우신 분이 이 세상 천지에 어디 있냐, 이놈들아…! 근디 그런 분한테 살인마니 뭐니 욕을 해?"

"에라 이 짐승보다도 못한 놈들아! 늬들이 그러고도 사람이냐~! 사촌이 땅을 사면 배가 아프다더니, 병원이 잘 되니까 배지가 많이 아프지? 그렇지?"

"왜, 내 말이 틀렸냐? 응? 그러면 그렇다고 솔직하게 말을 해, 이 썩을 놈들아~! 왜 죄 없는 딱터 개부슨 선상님을 못 잡아먹어서 난리들이냐? 제발 찬물 먹고 정신 좀 차려라, 이 후레아들 놈들아…!"

술주정은 한번 시작되면 끝이 없었다. 비록 술에 취해 횡설수설 내뱉긴 했지만, 아버지의 말은 정곡을 찌른 셈이었다. 어쨌거나 처음에는 대수롭지 않게 생각하던 병원 측에서도 뒤늦게 사태의 심각성을 깨닫고는 이런저런 대책을 세우느라 부심하였다. 하지만 한 번 벌어진 간격은 쉽사리 좁혀지지가 않았다.

"목수 어른 계시유?"

어느 날 저녁때 점방집 형이 집으로 아버지를 찾아왔다.

동네에 하나 밖에 없던 점방집에 우리보다 나이가 한참 위인 형이 있었다. 그 형은 월남전에 참전했다 한쪽 팔을 잃고 귀국한 뒤, 최근에 마을 공사 현장에서 일하다 머리를 다쳐 집에서 놀고 있었다. 그래서 무료한 나머지 시간만 나면 우리들을 불러 모아 놓고 월남전 얘기를 그럴듯하게 들려주었다.

한창 호기심이 왕성하던 우리는 전쟁 얘기에 혹해서 시간가는 줄도 모르고 빠져들곤 했다. 간혹 신이 나면 그 형은 꼭꼭 숨겨둔 씨레이션(미군 전투식량)을 꺼내 조금씩 나눠 주기도 했는데, 그런 날은 정말로 수지맞는 날이었다. 그리고 실제로 전쟁을 하는 듯한 기분이 들기도 했다.

"늬가 웬일여?"

"저, 대패 좀 빌리러 왔시유….."

"대패? 대패는 뭐하게?"

아버지가 같잖다는 듯이 심드렁하게 물었다. 아버지는 이름 난 목수는 아니었지만, 그래도 꽤나 좋은 연장들을 갖고 있었다. 그런 만큼 시간만 나면 늘 연장을 갈고 닦으며 무척이나 소중하게 다루었고, 여간해선 남한테 빌려주는 법이 없었다. 그러니 달가울 리가 만무했다.

"그냥, 뭐 좀 조금 만들어 보려구유."

동네 형이 머리를 긁적이며 말했다.

"한쪽 팔도 성치 않으믄서, 뭘 대패질을 한다고 그랴?"

"……."

"대패 쓸 줄이나 아나?"

"그럼유. 이번에 일하면서 배웠지유."

"참, 머리 다친 데는 어떠냐?"

"이제 괜찮아유. 상처도 많이 아물었구유."

"그만하길 천만 다행여. 하마터면 큰일 날 뻔했다, 야!"

"까짓 것 베트콩 놈들 총알에 비하면 아무것두 아니지유 뭐, 히힛!"

"그래, 월남에 가서 직접 싸워 보니께 어떻든가? 그놈들이 보기보단 훨씬 더 악바리라며?"

아버지가 비로소 관심을 나타내며 물었다.

"아이구, 말도 마셔유!"

동네 형이 고개를 절레절레 내저었다.

"왜 그랴?"

"첨엔 별 볼일 없는 놈들이라고 우습게 알고 깔봤는데, 그게 아니더라구유. …그놈들 진짜 지독한 놈들이유."

"그래도 뉴스 봉께 맨날 우리한테 당하드만."

"에이, 목수 어른도 참! 그건 다 쑈여유, 쑈!"

동네 형이 비로소 활기를 되찾은 듯 씩 웃으며 말했다.

"쑈라니?"

"뉴스나 신문 기사를 일부러 그렇게 꾸민 거라구유. 사실은 미국 놈들도 시방 베트콩한테 쩔쩔매고 있시유."

"미국 놈들도 쩔쩔맨다고? 그게 사실여?"

아버지의 눈이 휘둥그레졌다.

"그럼유. 지 눈으로 똑똑히 보고 왔시유. 그놈들이 얼마나 싸움을 잘하는데유. …그리고 쉬쉬해서 그렇지 우리도 알려진 것보다 훨씬 더 많이 죽었시유."

동네 형이 갑자기 목소리를 낮추고 주위를 두리번거리며 말했다.

"미국이 어떤 나라여? 세계 최고 강대국 아녀? 무기도 훨씬 더 많고, 성능도 아주 뛰어날 텐디…."

"그야 그렇지유."

"그런 미국이 쬐그만 베트콩들한테 쩔쩔맨다니, 이해가 잘 안 가는구만."

"연장만 좋으면 뭐 해유? 지대로 써먹질 못하고, 계속 헛발질만 해대는 데유."

"허허, 그거 참!"

"그라고 겉으로는 아닌 것처럼 시치미를 뚝 떼고 있지만, 월남 사람들 대부분이 베트콩하고 한편이유."

"쯧쯧쯧!"

아버지는 연방 혀를 찼다.

"참, 병원은 아무 문제 없지유?"

"고럼!"

"개부슨 선생님도 잘 기시구유?"

"잘 기시지. 근디 딱터 개부슨 선상님은 왜?"

"요즘 이상한 소문들이 자꾸 돌아서유."

"무슨 소문?"

"거 뭐시냐, 병원에서 성한 다리도 마구 잘라내고, 인체실험도 한다는….“

"워떤 후레아들 놈들이 그런 소릴 해!"

아버지가 대뜸 핏대를 올리며 소리쳤다.

"아, 아니, 그냥 들리는 소문에….“

동네 형이 즉시 꼬리를 내렸다.

"너도 시방 그런 소문을 믿능겨? 응?"

"아, 아니유! 절대 아니유!"

"다 쓸데없는 헛소문이니께, 신경 쓸 거 없어."

"예."

"아무리 남이 잘 되는 걸 보믄 배지가 아프다 캐도, 딱터 개부슨 선상님한테는 그러면 안되지. 그라고 만약에 병원에 뭔 일이 생기면 내가 가만 안 있을 껴!"

"그럼유! 그럼유! 목수 어르신이 이렇게 떡하니 지키고 기시는데, 병원에 감히 뭔 일이 생기겠슈?"

동네 형은 아버지에게 한참 아부를 하다가 잽싸게 대패를 빌려 가지고 돌아갔다.

♦♦♦

그때 우리의 어니스트 존은 무얼 하고 있었을까?

아마도 그 또한 착하고 마음씨 좋은 친구처럼 보이기 위해 이런 저런 계략을 꾸미고 있었을 것이다. 그런데 뛰어난 도박꾼인 어니스트 존은 혹시 야비하거나 천박하게 굴지는 않았을까? 아니다. 그는 언제나 거역할 수 없는 카드로 어르고 달래면서 주어진 임무를 완수하였을 것이다. 바람만이 알고 있었겠지만.

# 10

# 스와니 강

　어느 늦은 오후, 집 근처에서 친구와 놀고 있는데 웬 신사복 차림의 남자가 한 쪽 다리를 절뚝거리며 나타났다. 중간 정도의 키와 호리호리한 몸매에 선량한 얼굴을 하고 있었지만 눈매가 매서웠다. 그리고 덥수룩한 턱수염에 암갈색 중절모를 번듯하게 쓴 차림새부터가 한눈에 봐도 여느 사람과 달랐다.

　그는 사방을 두리번거리다가 우리를 보자 천천히 다가왔다. 당시 우리 마을에 자주 나타나서 갈고리 손으로 위협하며 동냥을 해가곤 하던 상이군인인가 하고 겁을 먹었는데, 나름대로 깨끗한 복장이며 온화한 인상으로 보아 그런 것 같지는 않았다.

　'누굴까?'

　'간첩? 깡패? 상이군인? 기관원?'

　별의별 생각이 다 들어서 우리는 바짝 긴장했다.

　"얘들아, 양코배기 병원이 워디냐?"

중년의 사내는 우리를 향해 빙긋이 웃으며 물었다.

"개, 개부슨 병원 말이유?"

"그려."

"저, 저기로 조금만 가면 돼유."

우리는 주뼛주뼛 몸을 뒤로 빼면서 손으로 가리켰다.

"그려? 고맙다."

그는 발걸음을 떼어놓으려다 말고 돌아서더니 주머니에서 빳빳한 십 원짜리 지폐를 한 장 꺼내서 내밀었다.

"옜다, 이걸로 과자나 사서 사이좋게 나눠 먹거라!"

"감사합니다유!"

우리는 얼떨결에 돈을 받으며 넙죽 절을 하였다. 수상한 사내는 다시 한 번 빙긋이 웃고는 절뚝이며 병원으로 향했다.

"야, 저 사람 누군지 아냐?"

그 뒤에서 나는 조그만 목소리로 속삭였다.

"몰라. 내가 그걸 어떻게 알아."

친구도 알 턱이 없었다.

"상이군인은 분명히 아닌 거 같은데…."

"야, 빨리 과자나 사 먹으러 가자!"

"그래, 그래!"

우리는 동네에 하나 밖에 없는 점방으로 신나게 달려갔다.

얼마 후, 범상치 않은 외모에다 중절모를 쓴 중년의 사내가 병원에 들어서자 대기하고 있던 환자들이 일제히 그를 쳐다보았다. 그리고 몇몇은 재빨리 귓속말로 무언가를 쑥덕거렸다. 하지만 사내는 사람들의 시선에 아랑곳하지 않고 접수를 한 뒤 의자에 태연히 앉아서 순번을 기다렸다.

마침내 접수대의 여직원이 호명하자 다가가서 말했다.

"나는 아파서 온 게 아니라 닥터 개부슨을 만나러 왔소."

"약속을 하셨나요?"

"아니오."

"어디서 오셨는데요?"

여직원이 사내를 아래위로 훑어보며 딱딱하게 대꾸했다.

"그건 알 필요가 없고, 만나서 긴히 할 얘기가 있다고 전해 주시오."

"하지만 어디서 오셨는지 알아야 얘기를 전할 게 아녜요?"

"만나 보면 안다고 전하시오."

날카로운 눈매와 부드러우면서도 단호한 사내의 목소리에 약간 주눅이 든 여직원이 안으로 들어갔다 나오더니 안내를 하였다.


"안녕하십니까? 반갑습니다."

중년의 사내는 원장실에 들어서자 중절모를 벗으며 영어로 인사를 했다.

"안녕하세요. 누구십니까?"

닥터 개부슨이 호기심 어린 눈빛으로 바라보며 대꾸를 했다.

"나는 이 지역 사령관입니다. 먼저 우리 고장에서 이처럼 훌륭한 일을 하시는데 대해 깊은 감사와 존경을 드립니다. 진작 찾아뵙고 인사를 드렸어야 하는데, 이제사 찾아온 것을 부디 용서해 주시기 바랍니다."

비록 유창하지는 않지만 사내의 정확한 영어 구사에 닥터 개부슨의 눈이 휘둥그레졌다. 그리고 의자에 앉으라고 권한 뒤 대화를 이어갔다.

"그렇게 말씀해 주시니 정말 감사합니다. 그런데 방금 전에 이 지역 사령관이라고 얘기하셨나요?"

"그렇습니다."

사내는 빙그레 웃으며 대꾸했다. 하지만 닥터 개부슨은 도저히 납득이 가지 않는다는 표정으로 사내를 물끄러미 바라보았다.

"아, 물론 공식적인 직함은 아닙니다."

"그렇군요."

"네. 하지만 우리 지역 주민들은 모두 나를 사령관이라고 부릅니다. 말하자면 애칭이라고나 할까요."

"알겠습니다. 그럼 일종의 마피아 보스 같은 것입니까?"

닥터 개부슨이 조금 이해가 간다는 듯 고개를 끄덕이며 긴장된 표정으로 외쳤다.

"아, 아닙니다! 나는 절대로 마피아 보스가 아닙니다! 그냥 조그만 단체의 책임자일 뿐이니, 부디 오해하지 마시기 바랍니다."

사내는 황급히 손을 내저으면서 닥터 개부슨을 안심시켰다. 그리고 하던 얘기를 계속 이어나갔다.

"내가 당신을 만나러 온 목적은 다른 게 아닙니다. 우리 지역 주민들과 병원 사이의 가교 역할을 하기 위해서입니다."

"……."

"잘 아시다시피 지금 주민들과 병원 간에 커다란 문제가 있지 않습니까?"

"그렇습니다만….."

"이는 참으로 슬프고 불행한 일입니다. 더 이상 이러한 사태가 지속되어서는 안 된다고 다들 걱정하고 있습니다."

"맞습니다."

"그래서 하루 빨리 서로 간에 쌓인 오해와 불신을 말끔히 해소하고, 처음처럼 친근하고 따뜻한 관계를 회복해야 한다고 생각합니다."

"나도 동감입니다. 하지만 어떻게요? 무슨 좋은 방법이라도 있나요?"

뜻밖의 얘기에 어리둥절해 하면서도 닥터 개부슨이 흥미로운 표정으로 물었다.

"물론 방법은 있습니다. 있고말고요."

"그게 무엇입니까?"

"나하고 신사협정을 맺는 것입니다."

사내는 마치 국제협약을 맺기 위해 협상 테이블에 나온 외교관이라도 되는 양 엄숙한 표정으로 말했다.

"신사협정? 무슨 신사협정을?"

"지역의 평화와 안녕을 위한 협정이지요."

말을 마친 사내가 아이처럼 천진난만하게 빙긋이 웃었다. 순간 과대망상증 환자가 틀림없다는 생각이 뇌리를 스치자, 닥터 개부슨은 터져 나오려는 웃음을 참느라 하얀 얼굴이 새빨개졌다.

"물론 내 말이 생뚱맞고 우스꽝스럽다는 건 잘 압니다. 하지만 내 이야기를 좀 더 들어보시면 틀림없이 확신을 가지리라 생각합니다. 허허허!"

사내가 웃자 닥터 개부슨도 마침내 참았던 웃음을 터뜨렸다.

"핫핫핫!"

두 사람은 마주보며 잠시 유쾌하게 웃었다.

그때 뜻밖의 일이 벌어졌다. 사내가 갑자기 눈을 감고 목소리를 몇 번 가다듬더니, 낮고도 부드러운 목소리로 노래를 부르기 시작했던 것이다. 그것도 너무나 귀에 익숙하고 친근한 노래를!


머나먼 저곳 스와니 강물

그리워라

날 사랑하는 부모형제

이 몸을 기다려

이 세상에 정처 없는
나그네의 길
아 그리워라 나 살던 곳
멀고 먼 옛 고향

포스터가 작곡한 미국 민요 〈스와니 강〉이었다. 닥터 개부슨의
눈이 또다시 휘둥그레졌다.

정처도 없이 헤매이는
이 내 신세
언제나 나의 옛 고향을
찾아나 가 볼까
이 세상에 정처 없는
나그네의 길
아 그리워라 나 살던 곳
멀고 먼 옛 고향

자신이 평소 즐겨 부르는 노래가 한국말로 진료실 안에 조용히
울려 퍼지는 동안, 닥터 개부슨은 마음이 울컥해지면서 눈시울이
뜨거워졌다. 그리고 떠나온 고향을 생각하면서 속으로 조용히 노
래를 따라 불렀다.

'아아, 스와니 리버!'

한동안 고개를 숙이고 있던 그는 노래가 끝나자 사내에게 다가가 두 손을 꼭 잡고 감사의 표시를 했다.

"땡큐! 땡큐!"

정신병자라고 생각했던 사내에게서 갑자기 신뢰감과 친밀감이 느껴졌다.

"이 노래는 어디서 배웠습니까?"

"예전에 예배당에서 배웠습니다."

"아하, 그랬군요. 〈스와니 강〉 말고 다른 노래도 알고 있습니까?"

"〈나의 사랑 클레멘타인〉, 〈올드블랙조〉, 〈매기의 추억〉 등등 많지요."

"한국 사람들도 그런 노래를 좋아합니까?"

"네. 우리 정서와도 잘 맞아서 널리 불려지고 있지요."

"그것 참 흥미 있는 얘기로군요."

닥터 개부슨은 사내의 기묘한 언행에 커다란 흥미를 느꼈다. 그래서 정체불명의 사내와 대화를 계속했다. 대화를 하면 할수록 사내의 풍부한 식견에 그는 놀라게 되었다. 지금껏 여기 와서 만나본 사람들 중에서 가장 똑똑하고 말이 잘 통하는 사람이었다. 마치 오랜 친구와 대화를 하는 듯한 느낌이었다. 이런 인재가 작은 시골에 묻혀서 살고 있다는 게 놀라울 뿐이었다.

"누가 뭐라 해도 당신은 사령관 자격이 있습니다!"

마침내 닥터 개부슨은 사내에게 힘주어 말했다.

"그렇게 인정해 주시니 감사합니다!"

"아니, 당신은 진정한 사령관입니다!"

"땡큐! 땡큐!"

사내는 빙긋이 웃으며 화답했다. 그리고 닥터 개부슨과 굳게 악수를 하였다.

"아까 신사협정을 맺자고 하셨지요?"

"그렇습니다."

"좋습니다. 그럼 먼저 협정 내용을 얘기해 보시지요."

"정말입니까?"

"물론입니다."

"그럼 말씀 드리지요. 핵심 내용은 세 가지입니다."

"그게 무엇입니까?"

"첫째, 이 병원에서는 그동안 주민을 대상으로 부당한 인체 실험을 한 적도 없고, 앞으로도 절대 하지 않는다. 둘째, 지역 병원 의사들과 정기적인 모임을 통해서 선진 의료기술을 함께 공유한다. 셋째, 이 지역에서 병원을 운영하는 동안 서로 간의 이익과 화합을 위해 최선을 다한다. 이상입니다."

"좋은 내용입니다. 전적으로 동의합니다!"

"고맙습니다!"

"비록 공식적인 협정은 아니지만 괜찮습니다. 아니, 그보다 더욱 소중하게 생각하고 지키겠습니다."

"감사합니다."

"그럼 잘 부탁드립니다, 사령관님!"

"잘 부탁드립니다, 닥터 개부슨 선생님!"

두 사람은 오랜 동지처럼 스스럼없이 포옹을 하고 헤어졌다.

그 후 사내는 가끔 병원에 들러 닥터 개부슨과 대화를 나누었다. 그리고 좋지 않던 지역 여론도 서서히 호전되어 갔다. 지역 주민과 병원 모두를 위해 다행스러운 일이었다. 닥터 개부슨은 주변 사람들을 통해 사내의 정체에 대해 알아보았다. 워낙 수수께끼 같은 인물이라서 자세히 알기는 어려웠지만, 소문을 종합해 대충은 알게 되었다. 그리고 알면 알수록 흥미를 느꼈다.

♦♦♦

그때 우리의 어니스트 존은 무얼 하고 있었을까?

아마도 그 또한 자기 말을 고분고분 따르는 사람들을 보며 흐뭇하게 미소를 지었을 것이다. 그런데 제왕처럼 군림한 어니스트 존은 혹시 도도하거나 거만하게 굴지는 않았을까? 아니다. 그는 언제나 필요 이상으로 친절하게 간섭하고 감독하며 주어진 임무를 완수하였을 것이다. 바람만이 알고 있었겠지만.

# 11

# 철로변 풍경

기적 소리는 들을 때마다 느낌이 달랐다. 새벽에는 잠든 세상을 일깨우듯 요란하기 그지없었고, 한낮에는 운명을 개척하듯 씩씩하게 들렸으며, 저녁 무렵에는 정다운 사람들과 작별이라도 하듯 구슬프게 들려오곤 했다. 그리고 기차가 오가는 걸 그토록 많이 보며 자랐지만, 정작 처음 타 본 것은 초등학교 6학년 올라가서 서울로 수학여행을 갈 때였다. 그때 차창 밖으로 서서히 멀어져 가는 우리 마을과 개부슨 병원을 보면서, 마치 돌아올 수 없는 머나먼 곳으로 떠나기라도 하듯 눈물을 펑펑 흘렸다.

철둑 주변에서는 이런저런 일들이 심심치 않게 일어났다. 한번은 차량을 길게 매단 화물열차가 화재로 멈춰 선 적이 있었다. 차량 안에는 쌀이며 보리, 콩, 건어물 등이 가득 실려 있었다. 이렇게 귀한 식량이 불에 타자, 마을 어른들이 재빨리 달려가 불을 끄고는 반쯤 타다 만 것들을 퍼 날랐다. 그 후 한동안 집집마다 탄

내가 진동하는 밥과 반찬을 해먹느라 난리를 피웠는데, 우리는 밥 때만 되면 꼼짝없이 코를 막고 그걸 먹느라 고역을 치러야 했다.

시내를 가려면 길을 좀 돌아가야 했기 때문에, 사람들은 위험을 무릅쓰고 철둑길을 건너다녔다. 그러다 가끔 사람이 죽거나 다치는 끔찍한 사고도 발생했다. 그리고 검은 연기를 내뿜으며 천천히 달리던 증기기관차가 어느 날부터인가 날렵하고 빠른 디젤기관차로 바뀌었다. 귀에 익은 친근한 기적 소리도 사라지고, 대신 경쾌하면서 다급한 경적 소리로 바뀌었다. 들리는 말에 의하면, 과거 일본 식민 지배에 대한 배상금으로 사온 것이라고 했다.

기관차가 바뀌면서 사람이 치어 죽는 참사도 더 많이 발생했다. 아이들은 예전처럼 철로 위를 오래 걷기 시합을 하거나, 하늘에서 떨어지는 삐라를 쫓아가다가 사고를 당하는 경우가 많았다. 어른들도 예전보다 훨씬 빨라진 속도에 익숙하지 않아서, 달려오는 열차를 미처 피하지 못하고 변을 당했다.

간혹 스스로 열차에 몸을 던지는 경우도 있었다. 연애에 실패한 심약한 청년이 비관한 나머지 스스로 목숨을 끊거나, 철둑 밑에 죽 늘어선 술집에서 접대부로 일하던 아가씨가 빚 독촉을 견디다 못해 자살하기도 했다. 그럴 때마다 소문이 눈덩이처럼 불어나서 온 시내에 돌았다.

그런데 어느 날 아주 이상한 사고가 발생해서 주민들을 뒤숭숭하게 만들었다. 신원을 알 수 없는 한 청년의 시신이 철로 변에서 발견되었는데, 특이하게도 목이 어디론지 달아나고 몸통만 남아 있었다는 것이다. 경찰 얘기로는 달리는 열차에서 발을 헛디뎌 떨어진 사고라고 했다.

하지만 열차 사고치고는 시신이 너무나 말짱하고, 옷가지에도 별다른 흔적이 없어서 이런저런 말들이 많았다. 특히 목이 없는 시신은 공포 영화에나 나올 법한 일이어서 엄청난 관심과 공포를 불러일으켰다. 경찰은 연일 사고 주변 지역을 샅샅이 뒤졌지만, 어찌된 영문인지 사라진 머리통을 찾을 수 없었다. 정말 이상한 일이었다. 소문은 꼬리에 꼬리를 물고 순식간에 퍼져 나갔다.

"달리는 기차 바퀴에 깔려 죽었다는데, 목만 달랑 떨어져 나가고 팔다리가 멀쩡하다니, 참말로 이상하잖여?"

"그 뿐만이 아녀. 사고 당시 누군가가 봤는데, 머리통이 떨어져 나갔는데도 여남은 발자국이나 똑바로 걸어가다 푹 쓰러지더라 카드만….."

"허허, 참. 세상에 그런 일도 다 있는감? 그나저나 아무리 찾아도 목이 어디로 갔는지 모른다니, 귀신이 곡할 노릇일세!"

시신은 개부슨 병원에 안치되었고, 며칠이 지나도록 연고자가 아무도 나타나지 않았다. 닥터 개부슨은 부검을 꼼꼼히 시행한 뒤 단순한 실족사가 아니라 타살이라고 결론을 내렸다. 목도 열차 사고로 떨어져 나간 것이 아니라 예리한 칼날에 의해 도려내진 것이라고 했다. 그는 부검 결과 보고서를 자세하게 작성해서 경찰에

제출하였다.

　그러나 경찰은 웬일인지 수사도 제대로 하지 않고, 서둘러서 실족사로 발표하고 사건을 덮기에만 급급했다. 시신도 무연고 처리를 한 뒤 재빨리 화장해 버리고 말았다. 사건은 그렇게 유야무야 끝나는가 싶었다. 그런데 모 신문 지방 주재 기자가 끈질기게 파고들면서 사건의 전모가 밝혀지게 되었다.


　사고가 나기 2주일 전쯤의 일이었다. 피로에 지쳐 얼굴이 몹시 초췌한 데다 행색도 거지나 다름없는 청년 하나가 밤중에 몰래 거지촌으로 찾아 들었다. 그리고는 대뜸 사령관에게 다가가 손을 덥석 잡고는 물었다.

　"성님! 저 모르것시유?"

　"누구여?"

　"저 기성이요, 한 기성이!"

　"돌아가신 큰 고모님 아들 기성이?"

　"네, 맞아유."

　"늬가 여긴 웬일이냐? 서울서 공장 다닌다고 들었는디…."

　"성님! 나 지금 형사들한테 쫓기고 있시유. 지발 나 좀 여기 숨겨 줘유!"

　"그거야 뭐 어렵지 않다만, 어찌된 영문인지 말 좀 해 봐라."

　"우선 밥이나 좀 줘유. 며칠을 굶었더니 배고파 죽겠시유."

청년은 허겁지겁 밥을 먹고 나서, 주위를 두리번거리며 조용조용 털어놓았다.

사령관과 사촌지간인 청년은 부모님이 일찍 돌아가신 뒤 이곳저곳을 전전하다가 큰 회사 공장에 들어가 현장 노동자로 일을 해 왔다. 그곳에서 야학을 다니며 중·고등학교 과정을 마친 그는 야학 선생인 대학생들을 통해 점차 노동문제에 눈을 뜨게 됐다. 그는 자연스럽게 노동운동에 뛰어들었고, 숱한 투쟁 현장을 거치면서 어느덧 숨어 있는 리더로 성장했다. 그리고 얼마 전에 커다란 시위를 주도하다 일급 수배자가 되어 쫓기는 몸이 되고 말았다.

"우리가 못 만난 세월 동안에 그런 일이 있었구나. 늘 늬가 어찌 사는지 궁금했는디, 그리 대단한 일을 하고 있다니 참말로 장하다, 야!."

"장하긴유….."

"어쨌거나 몸조심해야 혀."

사령관은 길게 한숨을 내쉬었다.

"알겠슈. 여기 오래 있지 않을 거유. 글고 성님한테 절대 폐 끼치지 않을 거유."

청년은 거듭 머리를 조아렸다.

"나한테 폐 끼칠 일이 뭐 있겠냐만, 형사들이 찾아올까 봐 그게 걱정이다."

"그러게유. 하지만 설마하니 이런 거지촌까지 찾아오기야 하
겠슈?"

"그건 그려. 근디 내가 여기 있는 건 어찌 알았냐?"

"다 아는 수가 있지유, 히히힛!"

"너도 제법이구나, 하하하!"

두 사람은 마음 푹 놓고 그간 못 다한 회포를 풀며 지냈다. 다
른 거지들도 청년에게 함부로 행동하지 않고 깍듯이 대했다. 하지
만 두 사람의 낙관적인 예상과 달리 비밀리에 심어 놓은 제보자를
통해서 늘 거지촌의 동향을 감시하고 있던 경찰은, 최근에 수상한
청년이 들어왔다는 보고를 받자 즉각 신원 파악에 들어감과 동시
에 체포 작전을 은밀하게 짰다.

체포되기 전날 밤, 무슨 예감이 들었는지 사령관과 청년은 늦게
까지 조곤조곤 얘기를 주고받으며 술을 마셨다. 거지촌 내에서 술
을 마시는 건 절대 금물이었지만, 사령관은 처음이자 마지막으로
규정을 스스로 어겼다.

"성님! 지는 이번에 잡히면 살아나기 어려울 거 같슈."

"늬가 뭔 죽을죄를 지었다고?"

"저놈들은 날 못 잡아먹어서 환장한 놈들이유."

"그래? 대체 이유가 뭐야?"

"노동운동 한다고 여기저기 사람들도 만나러 댕기고, 시위도 주
도하고 하다 보니께 미운 털이 단단히 백혔나 뷰. 나도 모르는 새

무시무시한 빨갱이 단체의 두목으로 맹글어 놨더라니께유."

"허허, 그거 참 큰일이구만. …근디 너 혹시 진짜 빨갱이 아니
냐?"

"하이고, 성님! 농담이라도 그런 소린 당췌 하덜 마시유!"

"미안허다! 차라리 자수를 하면 어떨까?"

"자수해도 보나마나 억지 자백을 할 때까정 무지막지하게 고문
을 할 거유."

"그렇다고 이렇게 하염없이 쫓겨 다녀서야 원, 사람이 살 수가
있냐."

"지도 참말로 죽것슈. 하지만 버티다 보면 누명을 벗을 때가 오
것지유…."


  다음 날 아침, 경찰들이 거지촌에 갑자기 들이닥쳤다. 그리고
다짜고짜 청년을 끌고 갔다. 경찰은 처음에는 잡범 정도로 예상
하고 취조를 시작했는데, 수상쩍은 점이 많아서 심문을 하며 하나
하나 캐들어 가다가 뜻밖의 대어를 낚게 되었다. 그래서 서울에서
공안 전문 수사관들이 내려올 때까지 특별감시를 하던 중, 그간의
누적된 피로에다 공포가 극에 달한 청년이 그만 심장마비로 덜컥
죽고 말았다. 일급 수배자를 검거한 공은커녕 고문으로 죽인 책임
을 몽땅 뒤집어쓸 판이었다.

  당황한 경찰은 궁리 끝에 청년이 탈출하여 도망가다 열차사고를

당한 걸로 위장하기로 하고, 청년의 시신을 밤중에 몰래 철로 변에 옮겨 놓았다. 이러한 사실을 알게 된 사령관은 은밀하고도 재빨리 시신에 접근하여 목만 도려내 가지고 돌아와서 자신이 거처하는 근처 땅을 깊이 파서 묻었다. 혼자서 시신 전부를 탈취하기에는 무리였던 것이다.

며칠 후 사령관도 경찰에 잡혀갔다. 그는 취조실 안으로 끌려 들어가자마자 몽둥이로 흠씬 두들겨 맞았다.

"너 이 새끼, 사람들이 사령관, 사령관 하니까 늬가 진짜 사령관인 줄 알아?"

"……."

"그리고 빨갱이를 숨겨 준 죄가 얼마나 큰 줄 알기나 해?"

담당 형사는 사령관에게 마구 분풀이를 해 댔다.

"그 사람은 빨갱이가 아니라 오래 전에 헤어진 사촌동생이구만유. 그리고 내가 숨겨준 게 아니라, 지발로 걸어서 들어온 거구만유."

"뭐, 빨갱이가 아니라고? 이 새끼가 더 맞아야 정신을 차릴 모양이구만!"

무자비한 구타가 다시 시작되었다. 사령관은 자신이 거두어 묻은 사촌 아우의 머리를 생각하며 고통을 가까스로 견뎌냈다.

"이 새끼도 보통 독종이 아니네, 휴-."

마침내 때리다 지친 형사가 의자에 털썩 주저앉으며 한숨을 내쉬었다.

"어이, 사령관! 너도 빨갱이지?"

"처, 천만에유. 농담이라도 당췌 그런 말씀 마세유!"

"그래? 그럼 빨갱이를 숨겨준 죄는 묻지 않을 테니까, 묻는 말에 똑바로 대답해! 늬가 시신의 머리를 감췄지? 어디다 감췄어, 엉?"

담당 형사가 두 눈을 날카롭게 치뜨며 소리를 질렀다.

"그게 무, 무신 말씀이신지요?"

사령관은 아무것도 모른다는 듯 멍청한 눈빛을 하며 되물었다.

"다 알고 있어, 이 거지 새끼야! 그렇게 능청 떨지 말고, 좋은 말할 때 솔직하게 말해!"

"지는 참말로 무신 말인지, 통 모르겠구만유⋯."

"너 정말 그렇게 나올래, 엉? 진짜로 뜨거운 맛 좀 한번 볼 거야?"

형사는 화가 나서 길길이 날뛰었지만, 사령관은 모든 걸 체념한 듯 고개를 숙이고 입을 다물었다.

이윽고 본격적인 고문이 시작되었다. 국가 안보를 튼튼히 한다는 명분하에 멀쩡한 사람도 잡아다가 간첩으로 조작을 하는 판에, 떠돌이 거지 하나쯤 죽였다 해서 크게 문제될 것도 없었다. 경찰 측에서는 죽은 청년의 목을 찾아내려는 목적도 있었지만, 그보다는 이참에 평소 눈엣가시 같은 거지촌을 해체하고, 대장의 기를 꺾어 놓으려는 속셈이 더 컸다.

그렇게 사령관이 혹독한 고문을 받으며 노근리 사건 당시의 악몽을 떠올리고 있을 때, 경찰서에 갑자기 닥터 개부슨이 나타났다.

"사령관 친구 지금 어디 있습니까?"

그는 몹시 성난 얼굴로 다짜고짜 사령관의 안부부터 따지고 들었다.

"아이구, 이거 개부슨 선생님 아니십니까! 여기는 어쩐 일이십니까? 그리고 뜬금없이 사령관이라뇨?"

담당 형사는 능글맞게 웃으며 맞이했다.

"나도 다 알고 왔습니다. 그 사람 빨리 풀어 주십시오. 아무 죄도 없는 불쌍한 사람을 잡아다가 이래도 되는 겁니까?"

닥터 개부슨은 흥분해서 목소리를 한껏 높였다.

"아, 그거야 우리가 다 알아서 할 테니, 의사 선생님은 상관하지 마십시오. 왜 우리한테 이래라 저래라 하는 겁니까?"

형사도 정색을 하고 맞받아 쳤다.

"상관하지 말라고요? 나는 상관이 있습니다. 그것도 아주 많이 있습니다."

"그래요? 고명하신 미국 의사 선생님께서 왜 이 문제에 대해 그렇게 관심을 많이 가지고 계시는지, 난 도무지 이해할 수가 없네요."

"그 사람은 내 친구이자 나한테 치료를 받고 있는 환자입니다. 그렇지 않아도 상태가 많이 안 좋아서 특별 관리를 하고 있는데, 그런 사람한테 고문을 하면 어떻게 합니까?"

"환자인지 아닌지는 모르겠지만, 환자이기 이전에 아주 중대한 범죄에 연루된 사람이라서 조사를 받아야 합니다.”

“무슨 조사를 하면서 저토록 심하게 고문을 합니까?”

“우리는 고문한 적 없습니다!”

두 사람은 서로 노려보면서 팽팽하게 눈싸움을 하였다. 방안에 한동안 무거운 침묵이 흘렀다.

“참, 죽은 청년의 시신을 부검한 결과 아주 재미있는 점이 있더군요. 부검 보고서는 물론 보셨겠지요?”

어색한 침묵을 깨고 닥터 개부슨이 억지로 웃으며 말했다.

“봤습니다. 하지만 그거야 보는 관점에 따라 다른 거 아닙니까? 코에 걸면 코걸이요, 귀에 걸면 귀걸이지요, 허허허!”

“농담도 참 잘하시네요, 핫핫핫! 심한 구타로 인해 며칠 동안 진행된 피하출혈과 열차 사고로 인한 순간적인 충격과는 엄청난 차이가 있습니다. 더군다나 훼손 형태를 볼 때 열차 사고는 터무니없는 일입니다. 그런데도 부검 결과를 깡그리 무시하고, 실족사라고 발표를 하셨더군요.”

“그래서요?”

“이런 사실이 언론에 알려지면 꽤나 시끄러울 겁니다.”

“……”

“그리고 상부 기관에 보고라도 되는 날이면 아마 큰 난리가 나겠지요. 나는 즉시 연락을 취할 수도 있습니다. 더군다나 사라진 머리 문제는 또 어떻게 설명할 작정입니까?”

기선을 잡은 닥터 개부슨이 강경하게 나왔다. 한동안 고개를 숙이고 심사숙고하던 담당 형사가 갑자기 비굴한 웃음을 지으며 아부조로 나왔다.

"개부슨 선생님, 이미 다 끝난 일 아닙니까요? 근데 그걸 가지고 이제 와서 왈가왈부해 봐야 무슨 도움이 되겠습니까요?"

"나는 아직 끝나지 않았습니다!"

"개부슨 선생님! 너무 그러지 마십시오. 우리야 뭐 위에서 시키는 대로 할 수밖에 더 있습니까? 허허허!"

"나도 물론 이해는 합니다. 그리고 간섭할 생각은 추호도 없습니다. 하지만 내 친구인 사령관에게 이런 식으로 나오면 곤란합니다."

"아, 무슨 말씀인지 잘 알겠습니다. 안심하시도록 바로 조치하겠습니다."

"그래요? 그 말을 믿어도 되겠습니까?"

"네. 틀림없이 약속드리겠습니다."

닥터 개부슨이 다녀간 직후 사령관은 풀려났다. 그는 거지촌으로 돌아가서 한동안 몸조리를 한 뒤 병원으로 닥터 개부슨을 찾아갔다.

"선생님 덕분에 죽다 살아났습니다. 정말로 감사합니다."

"몸은 좀 괜찮습니까?"

"네, 그럭저럭 움직일 만합니다. 그런데 왜 나를 구해 주셨습니까?"

"친구 사이에 당연한 일 아닙니까? 그리고 내가 당신을 구한 게 아닙니다. 머리 없는 시신이 구한 거지, 핫핫핫!"

"아, 그렇습니까? 하하하!"


그 일이 있은 후로 닥터 개부슨과 사령관은 더욱 친해졌다. 사령관은 자주 병원에 찾아와서 치료도 받고, 함께 식사도 하며 우정을 나누었다. 언젠가는 긴긴 겨울밤을 새워 가며 깊은 대화를 주고받기도 했다.

닥터 개부슨은 국제 선교 단체에 소속된 의사였다. 어려서부터 제 2의 슈바이처를 꿈꾸었을 정도로 신앙심이 깊었던 그는 의술에도 일가견이 있었지만, 결국 세속적인 출세보다는 힘든 해외 선교의 길을 택했다. 지구 반대편 어디 붙어 있는지도 모르는 나라에 선뜻 지원을 한 이유도 그 때문이었다.

닥터 개부슨은 사령관이 겪은 그 끔찍한 사건에 대해 커다란 관심을 기울였다. 그리고 나중에 사건의 전모를 알고 나서, 마치 자기가 그 일을 저지르기라도 한 것처럼 몹시 부끄러워했으며, 홀로 현장을 찾아가서 참회를 하기도 했다.

'아아, 정말로 끔찍한 비극이다! 어떻게 이런 일이 일어날 수 있을까? 전쟁 중에는 종종 우발적인 사건이 발생하기 마련이지만, 이 경우는 지휘부의 정식명령에 따라 수행한 작전이었다는 점에서 변명의 여지가 없는 명백한 전쟁범죄다!'

어느 날 닥터 개부슨이 빙글빙글 웃으며 사령관에게 물었다.

"참, 궁금한 게 있소. 당신이 맥아더 사령관 흉내를 내며 대장을 쫓아낸 거 말이요. 그때 어떻게 그런 행동을 할 수 있었소?"

"뭐, 그리 대단한 일도 아니요."

사령관도 멋쩍게 웃으며 대답했다.

"아니, 내가 보기에는 아주 대단해요. 그리고 당신은 그걸 멋지게 해냈소. 근데 이해가 잘 안돼요. 어떻게 그럴 수 있었는지…."

"사실은 나도 이해가 잘 안 가요."

"네? 당신 자신도 이해가 잘 안 간다구요?"

"그래요, 허허허!"

"핫핫핫! 놀리지 말고, 어디 한번 얘기해 봐요."

"그러니까 그게…, 못된 대장과 부하들을 물리쳐야겠다고 결심은 했으나, 아무리 생각해도 뾰족한 해결책이 없는 거요. 그래서 깊이 고민하고 있는데, 어느 날 잠자리에서 문득 계책이 떠올랐어요. 아니, 단순히 머릿속에 떠오른 게 아니라 마치 신의 계시처럼 찾아왔어요."

"당신은 교회도 나가지 않으면서 어떻게 신의 계시를 알지요?"

"꼭 기독교를 믿어야만 신을 알 수 있나요? 우리 한국인들도 전통적으로 신을 아주 잘 알지요."

"어떤 신 말입니까?"

"하늘에는 하눌님이 있고, 마을이나 집집마다 수호신이 있고,

또 자손을 지켜 주는 조상신도 있지요."

"…음 그래서 어떻게 됐나요?"

"그건 아주 구체적이고도 확신에 찬 어떤 힘 같은 것이어서, 차라리 거역할 수 없는 명령에 가까웠어요. 그 순간 나는 깨달았어요. 돌아가신 아버지의 영혼이 곤경에 처한 나를 도와주시기 위해서 오셨다는 것을요."

"아, 그래요?"

닥터 개부슨은 놀란 듯 눈을 크게 떴다.

"물론 당신은 믿지 않겠지요? 하지만 나는 그걸 믿습니다. 아니, 아니, 절대 확신합니다!"

"나는 수술을 전문으로 하는 외과의사지만, 정신의학적인 측면에서 볼 때 충분히 있을 수 있는 일입니다."

"이해해 주시니 감사합니다. 어쨌거나 아버지의 영혼 덕에 그리된 거지요."

"그랬군요. 근데 그들과 대결할 때 무섭지는 않았나요?"

"싸움은 해 본 적도 없었지만, 왠지 조금도 겁이 나거나 떨리지 않았어요."

"그만큼 확신이 컸다는 얘기군요."

"그보다도, 난 그저 가만히 있었다는 표현이 맞아요. 나도 모르는 어떤 강력한 힘이 들어와서는, 나를 그렇게 행동하게 만들었으니까요. 의식은 말짱하게 있었지만, 평소의 나와는 전혀 다른 모습으로 변해 버렸어요."

"당신은 그게 아버지 영혼의 힘이라고 믿나요?"

"그래요."

"아주 신기하고 흥미로운 얘기네요. 핫핫핫!"

"그래서 나도 이해가 잘 안 간다고 얘기한 거요. 하하하!"

두 사람은 마주보며 한참 웃었다.

"근데 왜 하필이면 맥아더 사령관을 택했을까요?"

닥터 개부슨이 진지한 얼굴로 물었다.

"그건 나도 모르지요. 내가 선택한 게 아니니까요. …아마도 그 사람이 우리나라를 구한 신적인 존재니까 선택되지 않았을까요."

"신적인 존재라구요?"

"네, 우리는 모두 그렇게 생각해요. 그래서 그 사람 동상도 세워 놓고, 공적을 기리고 있지요. 우리는 자고로 예의를 아는 민족이니까요."

"당신은 미군들한테 가족을 모두 잃고, 몸도 이렇게 다치고, 인생이 크게 망가졌는데 원망스럽지 않나요?"

"말할 수 없이 원망스럽지만 이제 와서 뭘 어쩌겠습니까. 언젠가 공식적으로 사과를 받을 수 있다면 그걸로 족하지요."

"그렇군요. 하지만 맥아더는 미국이 전쟁을 미화하고 강요하기 위해, 공적을 부풀리고 과장해서 만들어 낸 인물입니다. 그래서 무지한 사람들이 그를 신처럼 떠받들게 만든 것이지요. 마치 자신들을 학살한 정복자를 떠받드는 원주민들처럼."

"……."

"한국전쟁 때도 그는 많은 잘못을 했고, 피해도 많이 끼쳤다고 합니다. 전쟁 초기에 계속 패배하고 밀리자, 한국 사람들이야 다 죽건 말건 원자폭탄을 사용하려고 매우 구체적으로 지시를 했었고, 다행히 인천상륙작전의 성공으로 전세를 역전시키기는 했지만, 휴전선을 넘지 말라는 유엔의 명령을 무시하고 북으로 진격하는 바람에 결국 중국의 개입을 자초했지요. 중국이 참전하지 않을 거라고 중대한 오판을 한 것이지요. 그 바람에 전쟁이 장기화되고, 적과 아군을 막론하고 엄청난 희생을 치르게 됐지요."

"그, 그게 사실인가요?"

"그래요. 그는 자신의 잘못을 만회하기 위해서 중국 만주까지 원자폭탄으로 폭격해야 한다고 공공연하게 주장했지요. 그래서 3차 세계대전이 벌어질 것을 우려하던 트루먼 대통령과 마찰을 일으킨 끝에 결국 해임되고 말았지요."

"그래도 물러날 땐 멋지게 물러났잖아요. '노병은 죽지 않는다. 다만 사라져 갈 뿐이다.'라는 유명한 말을 남기고요."

"맞아요. 그러니 당신도 멋진 사령관이 되길 바랍니다. 부디 사라지지는 말고요, 핫핫핫!"

"감사합니다. 하하하!"

♦♦♦

그때 우리의 어니스트 존은 무얼 하고 있었을까?

아마도 그 또한 탄생에 대한 남다른 자부심에 젖어 지냈을 것이다. 그런데 리틀 보이(2차 대전 때 일본 히로시마에 투하된 원자폭탄)의 자랑스러운 후계자인 어니스트 존은 혹시 슬퍼하거나 불행해 한 적은 없었을까? 아니다. 그는 언제나 즐겁고 행복하게 주어진 임무를 완수하였을 것이다. 바람만이 알고 있었겠지만.

# 12

# 돌아온 외팔이

당시는 베트남전쟁이 한창일 때였다.

신문과 방송들은 날마다 파월 장병들에 대한 기사로 도배를 하다시피 했다. 특히 〈대한 뉴스〉에 나오는 월남 소식은 언제 봐도 신나고 흥미진진했다. 헬리콥터가 분주하게 하늘을 날아다니는 가운데, 열대림으로 가득한 정글에서 우리 한국군은 펼치는 작전마다 크게 성공하여 적을 대대적으로 물리쳤다. 베트콩들은 감히 우리에게 대적할 상대가 되지 못했다. 그런 모습을 보면서 한창 전쟁놀이에 빠져 있던 우리는 더욱 신이 났다.(당연히 오랫동안 외세의 침략에 맞서 끈질기게 투쟁해 온 그들의 처지도 몰랐고, 우리가 미국의 추한 전쟁 놀음에 용병과 다름없는 신세로 참전한 줄도 몰랐다. 그리고 전투 중 곳곳에서 무고한 양민을 학살하여, 먼 훗날 베트남 전역에 수십 개의 한국군 증오비가 세워질 줄은 꿈에도 몰랐다. 그저 베트콩을 때려잡는 것이 무척 자랑스러운 일인 줄로만 알았다.)

초등학교에서도 전쟁 홍보에 열성이었다. 수시로 위문편지를 쓰거나 〈맹호부대〉, 〈백마부대〉, 〈청룡부대〉 군가를 배웠고, 반 별로 합창 경연 대회가 열리기도 했다. 우리는 그 군가를 학교에서나 집에서나 시도 때도 없이 씩씩하게 불러 젖혔다.

　나는 그 중에서도 맹호 부대 노래를 제일 좋아했다. 그 노래를 부를 때면 곧 세계 평화와 자유 수호를 위해 월남으로 싸우러 떠나는 용감무쌍한 장병이라도 된 듯한 느낌이 들어서, 온몸에 소름이 돋으면서 괜히 기분이 으쓱하였다.

　　자유통일 위해서 조국을 지키시다
　　조국의 이름으로 님들은 뽑혔으니
　　그 이름 맹호 부대, 맹호 부대 용사들아
　　가시는 곳 월남 땅 하늘은 멀더라도
　　한결같은 겨레마음 님의 뒤를 따르리라
　　한결같은 겨레마음 님의 뒤를 따르리라…

　점방 집 형에게 월남은 죽음의 땅이자 기회의 땅이었다.
　그는 전쟁터에서 한쪽 팔을 잃었지만, 대신 보상금을 많이 받아 가지고 돌아왔다. 그리고 그 돈으로 논도 사고 집도 새로 고치는 바람에 주위의 부러움을 한껏 받았다. 초가집을 허문 자리에는 아담한 양옥집이 번듯하게 들어섰고, 안방에는 당시 구경하기도 힘든 전축이며 텔레비전 같은 가전제품이 있었다.

"월남을 잘만 갔다 오면 한 몫 잡는 개벼."

"맞아. 가서 열심히 싸우면 미국에서 딸라로 돈을 많이 준다."

"그러다 베트콩한테 총 맞아 죽으면, 그게 다 무슨 소용여?"

"까짓 거, 남자가 한 번 죽지 두 번 죽냐. 죽을 때 죽더라도 돈이나 많이 벌어봤으면 좋겠다, 야!"

"고럼, 고럼! 우리가 군대 갈 때까지 지발 월남전이 끝나지 말아야 할 텐디….."

그 형이 부자가 되는 걸 본 대부분의 동네 아이들은 나중에 커서 군대에 갈 때까지 월남에서 전쟁이 끝나지 않기를 빌었다. 그리고 반드시 월남에 가서 돈을 많이 벌어 오리라고 다짐을 하곤 했다. 그것이 생때같은 목숨과 맞바꾼 피의 대가라는 생각을 하기에는 너무 어리고 철이 없었다.

하지만 기쁨도 잠시, 그 형은 곧 절망에 빠졌다. 그는 월남으로 싸우러 가기 전에 약혼한 여자가 있었다. 두 살 아래의 동네 처녀로, 내 친구의 누나이기도 했다. 두 사람은 어릴 때부터 친하게 지냈고, 자라서는 결혼까지 약속한 사이였다. 동네 사람 모두가 잘 아는 사실이었다. 그런데 그가 월남에서 돌아오면서 이런저런 이유로 두 사람 사이에 금이 가기 시작한 것이다.

누나는 개부슨 병원에 취직해서 일을 하고 있었다. 얼굴도 예쁘장하고 성격도 좋은 데다, 번듯한 직장에 다니고 있어서 중매가 줄을 선다고 했다. 누나의 마음도 자꾸만 흔들리는 것 같았고, 특

히 부모님이 그와의 결혼을 결사적으로 반대하고 나서면서 일이
점점 더 커져 갔다. 당연히 약혼도 깨지고 말았다.

"아무리 집도 있고 재산도 있으면 뭐해. 처자가 저리도 싫어하는데."

"금메 말여. 이제 그 처자한티 장가가긴 다 틀렸다니께!"

"암만 그래도 옛날 정분이 많이 남아 있을틴디, 너무하는 거 아녀?"

"정분도 정분 나름이니께. 어쨌거나 점방 집 총각만 불쌍하게 됐어."

"아, 그 총각이 그리도 불쌍하면, 혼자 사는 길수엄마가 나서서
어떻게 좀 해보든가, 호호홋!"

"아니, 이넘의 여편네가 찢어진 주둥아리로 내뱉는다고 다 말인
줄 알어?"

"아따, 농담 좀 한 걸 가지고 뭘 그리 화를 내고 그려, 호호홋!"

동네 아낙들은 우물가에서 만나기만 하면 이렇게 수군거렸다.

그는 번듯한 직장도 잡을 수 없고, 좋아하던 여자와의 약혼도 깨
져서 실의에 빠져 지냈다. 착하고 조용하던 성격도 점점 거칠고
난폭해져 갔다. 한번은 낮술에 취해 개부순 병원을 찾아가서 행패
를 부리다가 아버지에게 혼쭐이 난 적도 있었다. 그리고 때때로
지게 작대기를 들고 뒷동산에 올라가 외팔이 검객 흉내를 내면서,
허공을 향해 고래고래 소리를 지르며 울분을 터뜨리곤 했다.

당시 〈의리의 사나이 외팔이〉, 〈돌아온 외팔이〉 등 외팔이 검객
을 주인공으로 한 홍콩 무협 영화가 큰 인기를 끌고 있었다. 한쪽
팔을 잃고 강호를 떠나 숨어 살던 무림의 고수가 불의를 참지 못하

고 마침내 다시 나서서 한쪽 팔로만 검을 휘두르며 악당을 물리친
다는 내용의 무협 영화였다.(영화도 영화지만, 주인공 역을 맡은 왕우의 인
기도 대단했다. 그는 이소룡이 등장하기 전까지 홍콩 영화계를 주름잡던 최고의 무
협 스타였다.)


　점방 집 형은 가끔 동네 아이들을 모아 놓고 월남전 얘기를 신나
게 들려주었다. 그래서 우리는 혼자서 형을 마주치면 무서워서 슬
슬 피하면서도, 얘기를 듣기 위해 담배 냄새에 찌든 그의 골방으
로 공범자들처럼 슬금슬금 모여들곤 했다. 그만큼 월남전 얘기는
언제 들어도 재미있었다.
　"야, 늬들 전쟁 영화 보믄 주인공이 적진에 용감하게 뛰어들어서
총을 막 쏘믄서, 적군을 쉽게 죽이지? 그렇지?"
　한번은 그가 입꼬리가 약간 올라가도록 묘하게 웃으면서 우리에
게 말했다.
　"예."
　"근디 내가 직접 경험해 보니께, 절대 그렇지가 않더란 말여. 실
지로 전쟁터에서 사람을 죽이는 기 얼마나 어려운 줄 아냐?"
　"왜유? 총알이 잘 안 맞나유?"
　"베트콩들이 그렇게 몸을 잽싸게 잘 피하나유?"
　우리는 침을 꼴깍 삼키며 대답을 기다렸다.
　"얀마, 그런 게 아니구…."

그는 담배를 한 대 피우며 뜸을 들이고 나서 말을 이었다.

"아무리 훈련을 쎄게 받고 전쟁터에 나가도, 막상 사람한티 총을 쏘려고 하면 가슴이 새처럼 콩닥콩닥하고, 손가락이 말을 잘 안 듣는 벱여."

"그래서유?"

"나도 그랬지만, 첨에 우리 한국 군인들이 하도 사람을 못 죽이 니께, 나중에 미군 교관들이 찾아와서 아예 사람 죽이는 훈련을 따로 시키더라고. 허허!"

"어떻게유?"

"어떻게 하느냐 하면 말여, 생포한 베트콩들을 쭉 잡아다 놓고서 한 명씩 도망가게 하고는 뒤에서 쫓아가면서 총으로 쏴 죽이도록 시 키는 겨. 말뚝에 묶어 놓고 대검으로 찔러 죽이는 훈련도 시키고."

"그, 그게 참말인가유?"

"그럼. 얘기만 들어도 끔찍하지?"

"예."

"나도 첨엔 하도 끔찍해서 먹은 걸 다 토하고 그랬지. 하지만 그 것도 여러 번 하고 나니께 면역이 되서 무덤덤해지더라. 슬슬 자 신감도 생기고."

"……."

"아, 그러다가 옆에서 전우들이 하나둘 죽어나가기 시작하믄, 그때부터는 눈이 뒤집혀서 인정사정 볼 것 없이 마구 죽이게 되는 겨. 전쟁터에서는 사람이 금방 변하니께. …이것 좀 봐라."

그는 앨범을 뒤지더니 사진 한 장을 꺼내 보여주었다.

"나중에는 전투가 끝나면 이렇게 기념사진도 찍고 그랬지."

총에 맞아 머리가 처참하게 부서진 한 여자 베트콩의 시신 앞에
서 동료들과 함께 천연덕스럽게 포즈를 취하고 찍은 사진이었다.

"사실 이것보다 훨씬 더 끔찍한 사진도 있지만, 늬들한테는 차마
보여줄 수가 없구나… ."

그는 담배를 피우며 한숨을 길게 내쉬었는데, 표정이 몹시 어둡
고 고통스러운 것 같았다. 우리는 전쟁터의 참상을 생생하게 전해
주는 사진을 보면서 몸서리를 쳤다. 그래도 궁금한 게 너무 많아
서 이것저것 캐물었다.

"우리 파월 장병 아저씨들이 무척 잘 싸운다면서유?"

"미군들보다도 더 잘 싸운다 카데유?"

"사실여. 우리 한국 사람들이 워낙 독종이다 보니께 싸움도 잘하
지. 하지만 베트콩 놈들도 보통 독종들이 아녀."

"베트콩들이 그렇게 잘 싸우던가유?"

"그럼, 잘 싸우고말고. 오랫동안 지들 땅을 지키기 위해서 끈질
기게 싸워 온 악바리들이니께. 그라고 아무리 약하고 보잘 것 없
어 보여도, 죽기 살기로 뎀비는 놈들한테는 못 당하는 뱁여."

그는 미군들이 월남에서 고전하고 있다는 둥, 베트콩들이 땅굴을
땅강아지처럼 잘 판다는 둥, 북한도 군인을 보내서 뒤에서 돕고 있

다는 소문이 파다하다는 둥 흥미로운 얘기들을 많이 해 주었다.

"죽을 고비도 많이 넘겼지유?"

그때 친구 하나가 주변머리 없이 물었다.

"넌 그걸 시방 말이라고 하냐?"

"이 등신아, 저렇게 팔을 다친 걸 보고도 몰러?"

우리가 돌아가며 핀잔을 주었다.

"허허! 틀린 말을 한 것도 아닌디, 뭘 그러냐."

그가 다시 담배를 한 대 피우고 나서 이야기를 풀어놓았다.

"사실 죽을 고비를 숱하게 넘겼는디, 한번은 이런 일도 있었다, 야. 우리 부대가 자주 찾아가던 어떤 마을이 있었는디, 그 마을 사람들 중에 돌아가신 우리 할아버지를 닮은 노인네가 한 명 있더란 말여. 닮아도 너무 똑같이 닮아서 나도 깜짝 놀랬지."

"참 신기한 일이네유."

"야, 늬들도 몇 년 전에 돌아가신 우리 할아버지 알지?"

"그럼유. 그 유명한 호랭이 할아버지를 왜 모르것시유!"

"여름철이면 몰래 참외를 따먹다가 들켜서 혼도 많이 났지유, 히히히!"

"허허, 참! 그랬었냐? 아무튼 그래서 내가 할아버지 생각이 나서, 갈 때마다 노인네한티 담배도 드리고, 귀한 약도 구해다 드리고 했지. 그 바람에 친해져서 그 노인네도 나한티 손자처럼 살갑게 대했고."

"그래서유?"

"그런디 어느 날 마을에 들렀더니 그 노인네가 내 손을 가만히 잡아끌고는 방안으로 들어가는 거여. 그러더니 긴장된 표정으로 달력의 날짜 하나를 가리키며, 뭐라뭐라 해 싸면서 고개를 자꾸 내젓더란 말여. 그래서 말은 몰랐지만, 척 하면 삼천리라고 무슨 뜻인지 즉시 눈치를 챘지."

"그래서 어찌 됐나유?"

"마침 그날은 우리 부대가 마을에 대민 봉사를 나가기로 예정돼 있는 날이었는디, 내가 부대장에게 간청을 해서 간신히 취소하고 다른 곳으로 가게 됐지. 그런디 말여. 그날 우리 대신 봉사를 나간 다른 부대원들이 베트콩들의 대대적인 기습 공격을 받아서 전부 몰살을 당하고 말았다니께."

"진짜루 큰일날 뻔 했네유?"

"아이고, 말도 마라. 지금도 그때 생각만 하면 등골이 오싹오싹 하다, 야!"

"결국 다 한패였구만유?"

"한패라기 보담도, 대부분이 그들의 세력 하에 있었던 겨. 사실 보통 사람들이야 뭔 죄가 있겠냐. 어쩔 수 없이 시키는 대로 할 뿐이지."

"그래도 그 노인 덕에 살아났네유?"

"그런 셈이지. 비록 베트콩들하고 목숨을 걸고 싸우긴 했지만,

월남 사람들도 옛날부터 유교를 믿어 왔기 때문에 집집마다 조상을 받들어 모시는 사당이 있고, 우리처럼 논에다 벼농사도 짓고, 가족 간에 우애도 깊고, 노인을 공경하는 경로사상도 있고… 하여튼 우리하고 닮은 데가 참 많더란 말여. 그래서 어떨 땐 우리가 왜 여기 와서 이렇게 싸워야 하나 하는 생각까지 들기도 했다니께!"

  점방 집 형은 월남을 갔다 온 뒤로 시름시름 앓기 시작했다.
  그는 월남에 가기 전까지만 해도 몸이 무쇠처럼 튼튼했지만, 이제는 병든 노인네처럼 골골하며 툭 하면 앓아눕기가 일쑤였다. 특별히 심하게 아픈 곳은 없었지만, 늘 힘이 없고 피로하며 여기저기 쑤시고 결린다고 호소했다. 특히 몸이 가려워서 긁느라고 밤을 꼬박 지새우는 날이 점차 늘어났다. 아무리 좋다는 약을 구해다 먹고 병원을 다녀도 낫질 않고, 점점 더 심해져 갔다. 그리고 원인도 전혀 모른다고 했다.(먼 훗날에서야 비로소 병의 정체가 밝혀졌는데, 다름이 아니라 월남전에서 미군이 전투 지역에 다량 살포한 고엽제인 〈에이전트 오렌지〉 후유증이었다.)
  보다 못한 동네 누나가 나서서 설득을 했다. 그리고 창피해서 안 가겠다는 그를 억지로 끌고, 자기가 근무하고 있는 개부슨 병원으로 갔다.
  "시방 늬가 좋아서 따라가는 거 아니니께, 착각하지 말어?"
  그는 병원에 가면서도 몹시 까칠하게 굴었다.

"나도 오빠가 좋아서 이러는 거 아니니까, 제발 착각 좀 하지 마!"

누나도 쌀쌀맞게 쏘아붙였다.

"그럼 늬가 나한테 왜 이러는디?"

"왜 이러냐고? 하도 불쌍해서 그런다, 왜?"

"불쌍혀? 뭐가 그리 불쌍혀?"

"인생이 불쌍해서!"

"하이구 고마워라. 그러니께 옛정을 생각해서 날 도와주고 싶다, 뭐 이런 거?"

그가 빈정대며 말했다.

"흥, 옛정 좋아하시네!"

누나가 혀를 날름 내밀었다.

"하지만 이제 약혼한 사이도 아니니께, 나에 대한 신경은 그만 꺼!"

"도대체가 신경을 끄게 해야 말이지!"

"내가 너한테 뭘 어쨌다구 그려?"

"오빠가 요새 목수 흉내 내면서 뭘 만드는지, 나도 다 알고 있어."

"그려? 그럼 내가 뭘 맨드는지 어디 한 번 말해 봐."

"집에 틀어박혀서 맨날 관만 만들고 있다며?"

"맞어. 근디 그걸 어찌 알았냐?"

"동네 사람들이 다 알고 있는데, 내가 왜 몰라?"

"그려? 상관 읎어. 알면 뭐 대순가."

"세상에, 뭐 만들 게 없어서 자기 관을 다 만들어? 아무리 몸도 많이 아프고, 또 여러 가지 견디기 힘든 일들이 있다 해도, 그게 오빠처럼 앞날이 창창한 사람이 할 짓이야?"

"……."

"앞으로 창창하게 남은 인생을 현명하게 그리고 실속 있게 살아 갈 방도를 좀 생각해 봐! 누구나 역경을 이기고, 운명을 개척하며 살아가는 거야!"

"허허! 이거 성인군자 말씀이 따로 없네, 따로 없어!"

"제발 정신 좀 차려! 오빠만 월남 갔다 왔어? 오빠만 병신이 돼서 왔냐고? 죽은 사람도 많은데, 오빤 그래도 이렇게 살아서 돌아 왔잖아? 한쪽 팔이 없으면 어때? 다른 한쪽 팔로 열심히 살면 되 잖아? 주변 사람들 생각도 좀 해야지, 누군 뭐 힘이 안 드는 줄 알 아? 왜 그리 혼자서 티를 내고 그래, 응?"

누나가 작심을 한 듯 퍼부었다.

"입 닥쳐! 늬가 뭘 안다고 떠들어! 늬가 알면 도대체 얼마나 안다 고 떠들어! 그렇게 함부로 말하지 마!"

그가 붉게 상기된 얼굴로 소리쳤다.

"왜, 내 말이 찔려?"

"그려, 너 잘났다. 잘났어! 개부슨 병원에 다니더니 더 똑똑해졌네?"

"그럼! 그리고 관은 하나만 만들면 되지, 왜 그리 많이 만드는 거야?"

"…그건 관이 아니라 내 침대여!"

"뭐? 침대라고?"

"그려. 송진 냄새가 진하게 풍기는 관 밑바닥에 돌멩이를 깔고, 그 위에 누워서 자야만 가려움도 겨우 가라앉고, 마음도 편해져서 잠도 조금 온다니께."

"……."

"그것두 며칠마다 새 걸로 바꿔야 잠이 와. 안 그러면 잠이 조금도 안 와."

"오빠 정말로 미쳤어! 미쳤어!"

"그려, 나 미쳤다, 어쩔래?"

"그리고 오빠가 일부러 나를 멀리하려고, 동네에서 술주정도 하고 행패도 부리고 하는 거, 나도 다 알아!"

누나가 갑자기 울먹이며 말했다.

"그기 무신 뚱딴지같은 소리여?"

그가 이해할 수 없다는 표정을 지으며 물었다.

"내가 그런 것도 모르는 등신인 줄 알아?"

"허허허! 착각도 유분수지… 너도 참말로 웃긴다!"


그가 병원에 나타나자 직원들은 신경을 바짝 곤두세우고 긴장했다. 일전에 한 번 찾아와 행패를 부린 적이 있었기 때문이었다. 하지만 그는 닥터 개부슨 앞에서 어린 아이처럼 얌전하게 굴었고, 진찰도 고분고분 잘 받았다.

"지도 이 병원 건물을 지을 때, 일하다가 다친 적이 있구만유."

진찰실을 나오면서 그가 혼잣말처럼 말했다.

"그랬소?"

닥터 개부슨은 눈을 치뜨고 재빨리 그의 한쪽 팔을 쳐다보았다.

"아, 이건 그때 다친 게 아니구유….."

"그럼 어쩌다가?"

"이건 월남에서 싸우다 다친 거구만유."

그가 한쪽 팔로 머리를 긁적이며 말했다.

"베트남 전쟁터에서?"

닥터 개부슨의 눈이 휘둥그레졌다.

"예."

"고생 많이 했소. 음, 근데 몸도 거기 갔다 와서부터 아픈 거요?"

"예. 그렇구만요."

"그래요? 그럼 진찰을 다시 해 봐야겠소."

닥터 개부슨은 그를 다시 진찰실로 데리고 들어가서 검사도 다시 꼼꼼히 하고, 이것저것 자세히 캐묻기 시작했다. 특히 그가 현재 고통스러워하고 있는 정신적 후유증에 대해 깊은 관심과 우려를 나타냈다. 그리고는 적절한 조언과 함께, 미국 내에서의 최신 동향과 정보도 전해 주었다.

"지금 미국에서도, 월남전에 참전했다 귀국한 군인들한테서 여러 가지 정신적 육체적 증상들이 나타나서 큰 사회문제가 되고 있소. 그래서 그걸 해결하려고 다각도로 연구하고 있는데, 아마도 곧 좋은 대책이 나올 거요. 그때까지 우선 자주 나와서 간단한 치료라도 받도록 해요."

"네, 정말로 감사합니다유!"

"그리고 지금 미국 내에서는, 젊은이들을 중심으로 월남전 반대 데모가 한창 거세게 벌어지고 있소. 미국뿐만 아니라 전 세계가 추악한 전쟁이라고 비난하며, 손가락질을 하고 있소."

닥터 개부슨이 빙긋이 웃으며 그를 쳐다보았다.

"전쟁을 반대하는 데모가 한창 벌어지고 있다구유?"

그의 눈이 휘둥그레졌다.

"그렇소."

"왜유?"

"미국이 공산주의를 막는다는 핑계로 남의 나라를 무자비하게 짓밟으니까."

"공산주의는 무조건 나쁜 거 아닌가유?"

"알고 보면 그저 강대국 간의 파워게임일 뿐이요. …그리고 공산주의가 아무리 나쁘다 해도 남의 나라를 마음대로 침략해도 좋다는 법은 어디에도 없소."

"어쨌거나 미국은 전쟁도 잘하지만, 참말로 자유가 많은 나라구면유! 우리 같으면 당장 잡혀갈 틴디…!"

그가 진정으로 감탄을 하며 말했다.

"아참, 당신도 우리 지역의 괴짜 사령관에 대해 알고 있지요?"

닥터 개부슨이 슬쩍 말머리를 돌렸다.

"거지대장인가 뭔가 하는 그 사람 말인가유?"

"그렇소."

"얘긴 들었지만서두, 잘 알지는 못해유."

"언제 그 사람을 한번 만나 봐요."

"왜유? 전 거지가 될 생각은 추호도 없어유."

"아, 그런 뜻에서 한 말이 아니니 오해하지 말아요. 그는 당신보다 훨씬 더 커다란 비극과 충격을 경험한 사람이오. 6. 25때 노근리에서."

"노근리에서유? 그랬구만유⋯."

"하지만 나름대로 잘 이겨내고 씩씩하게 살고 있지 않소? 만나 보면 많은 위안이 될 거요. 여기에도 가끔 들리는데, 기회가 되면 내가 소개해 주겠소, 핫핫핫!"

"네, 감사합니다유!"

그 후, 닥터 개부슨의 주선으로 그는 사령관을 꼭 한 번 만났다. 하지만 서로 간에 상처가 워낙 큰 데다 상처를 쓰다듬기가 너무 버거워서, 위안은커녕 아픔과 절망만 더욱 커졌다.

♦♦♦

그때 우리의 어니스트 존은 무얼 하고 있었을까?

아마도 그 또한 도미노게임이라는 신선놀음에 빠져 도끼자루가 썩는 줄도 모르고 있었을 것이다. 그런데 오지랖 넓기로 소문난 어니스트 존은 혹시 청맹과니나 색맹은 아니었을까? 아니다. 그는 언제나 자기가 좋아하는 색깔만을 고집하고 강요하며 주어진 임무를 완수하였을 것이다. 바람만이 알고 있었겠지만.

# 13

## 누가 울어

당시 우리에게 가장 큰 사건은 뭐니 뭐니 해도 길수의 죽음이었다.

골목대장 노릇을 톡톡히 하며 우리를 그토록 괴롭히던 길수는 시간만 나면 가장 먼저 병원 쓰레기장으로 달려갔다. 그리고는 매일같이 병원에서 나오는 쓰레기 더미를 뒤져서 값이 나갈 만한 물건들을 주웠다. 폐기물 처리에 그다지 신경을 쓰지 않던 시절인지라, 피 묻은 붕대나 솜 같은 것만 대충 태우고 나머지는 거의 방치하다시피 했다.

우리도 가끔 따라갔지만, 길수가 두 눈을 희번덕거리며 게걸스럽게 수집하는 동안에는 얼씬도 하지 못했다. 그가 일차로 작업을 끝내고 물러난 뒤에야 비로소 쓰레기 더미를 뒤질 수 있었다. 먼저 손을 댔다간 호주머니에 들어 있는 걸 몽땅 빼앗겼기 때문에 감히 엄두를 내지 못했다.

우리가 줍는 것이래야 별게 아니었다. 수술에 사용했던 날카로운 메스 날, 약을 담았던 약병들, 주사기나 핀셋 등 못 쓰게 된 도구들, 쓰다 버린 노트와 볼펜 따위가 고작이었다. 그래도 변변한 장난감이나 필기도구 하나 없던 우리에게는 감지덕지였다. 어쩌다 운이 좋은 날이면 큼직한 쇠붙이나 스텐으로 만든 식기류, 고장 난 시계 같이 제법 쏠쏠한 것이 걸리는 수도 있었다.

특히 형형색색의 크고 작은 유리병들은 너무나 예쁘고 앙증맞고 고급스러웠다. 주위에서 흔히 보던 투박한 우유병이나 술병과는 비교도 되지 않았다. 그래서 마을 사람들 대부분이 이런저런 생활 용기로 요긴하게 사용을 했다. 심지어는 종지그릇 대신 간장이나 고추장을 담아서 먹는 집도 있었다.

우리는 주워 온 걸 가지고 장난감 삼아 놀거나, 기껏해야 엿장수에게 주고 엿을 바꿔 먹는 게 고작이었다. 하지만 길수는 달랐다. 메스 날에다 나무 손잡이를 그럴 듯하게 만들어 끼워서 시내 아이들에게 팔거나, 모아 둔 물건들을 리어카에 싣고 가서 고물상에 내다 팔아 돈을 벌었다.

그러다 내가 6학년 되던 해 가을, 뒷동산 나뭇잎들이 울긋불긋 물이 들어갈 무렵에 길수가 시름시름 앓기 시작했다. 늘 동네 안팎을 못된 망아지처럼 뛰어다니던 그가 통 기운을 쓰지 못하고, 조금만 뛰어도 숨을 헐떡이며 힘들어 했다. 감기 몸살로 몸이 안 좋다면서 자리에 드러누울 때도 많았다. 그리고 차츰 눈과 얼굴이 노랗게 변하기 시작했다.

동네 어른들 말로는 황달병이라고 했다. 그리고 길수 아버지도 오래전에 간에 병이 들어서 돌아가셨다고 했다. 하지만 워낙 집안이 가난해서 병원에 갈 엄두도 내지 못했다. 그래서 인진쑥이나 개똥참외 꼭지, 그 밖에 여러 가지를 구해다 달여 먹였지만 조금도 차도가 없었다.

병이 점점 더 심해지자 다급해진 길수 엄마는 다짜고짜 개부슨병원을 찾아가서 거세게 항의하였다. 항의라기보다는 일방적인 떼쓰기였다. 본래 떼쓰기로는 동네에서 둘째가라면 서러워 할 사람인 데다, 달리 어찌 해 볼 도리가 전혀 없었던 것이다.

"우리 아가 시방 죽어가고 잇씨요…!"

"멀쩡하던 아가 갑짜기 황달이 걸리다니, 시상 천지에 날벼락도 이런 날벼락이 어디 있단 말이요…!"

"이건 암만 생각혀 봐도 병원서 버린 주사기를 가꼬 놀다가 병을 올믄 게 틀림 엄씨요…!"

"그러니께 당신들이 책음지고 우리 아를 살리 주씨요…!"

길수 엄마는 병원 현관 앞에 주저앉아서 검정 고무신을 벗어 손으로 내려치며 울부짖었다. 직원들이 나와서 아무리 달래도 막무가내였다. 아버지는 뒷짐을 지고 먼 산을 바라보며 헛기침만 했다.

"우리 아가 시방 죽어가고 잇다니께요…!"

"얼렁 치료 좀 해 주씨요, 참말로 시간이 엄씨요…!"

"당신들 땜에 우리 아 병이 생겼으니께, 딴말 말고 책음지씨요…!"

"그라고 만일에 우리 아가 죽으면 나도 여그서 목을 매달아 죽을 테니께, 그런 줄 아씨요…!"

길수 엄마는 몇 날 며칠을 병원으로 달려가 울부짖었다. 병원 측으로써는 동네 아낙의 떼쓰기를 무턱대고 받아줄 수도 없고, 마냥 모른 체 할 수도 없어서 난감해 했다. 그러다 아이의 집안 형편도 어렵고, 무엇보다 병이 위중한 것을 감안하여 일단 입원을 시켜서 치료해 주기로 했다.

"내가 양코배기 병원과 싸워서 이겼다―!"

길수 엄마는 동네방네 떠들고 다니면서 자랑이 대단했다. 자신의 떼쓰기가 통한 데 대해 무척이나 의기양양해 하는 것 같았다. 무엇보다도 아들이 제대로 된 치료를 받게 돼서 크게 안심하는 눈치였다. 따지고 보면 길수 엄마의 주장에도 전혀 근거가 없는 것은 아니었다. 병원에서 마구 내다버린 폐기물을 통해서 병이 전염되었을 가능성도 얼마든지 있었다.

입원 치료를 받으면서 길수의 상태는 한동안 호전되어 갔다. 샛노랗던 황달기도 조금 가시고, 밥도 곧잘 먹었다. 그래서 다들 한시름 놓았다.

"우리 아들 이제 다 나았다―!"

길수 엄마는 또 동네방네 떠들고 다녔다.

그 무렵, 우리는 어른들을 따라서 몇몇이 함께 문병을 간 적이 있었다. 마침 진료하기 위해 병실로 들어 온 닥터 개부슨은 우리를 보자 활짝 웃었다. 그러나 이내 얼굴 표정이 어두워졌다. 환자복을 입은 길수는 매우 수척한 모습이었다. 그리고 훨씬 어른스러워 보였다. 팔에는 링거 줄을 주렁주렁 매달고 있었다.

"야, 늬들 본부는 잘 지키고 있냐?"

우리를 보자 길수가 대뜸 물었다. 본부란 우리가 마을 뒷산 은밀한 곳에 나무를 얼기설기 엮어서 만든 근거지를 말했다. 그곳을 중심으로 작전도 짜고, 적과 아군으로 나눠서 여러 가지 전쟁놀이도 하곤 했다.

"응."

우리는 약간 켕기는 목소리로 말했다.

"증말이야?"

길수가 평소처럼 우리를 매섭게 쏘아보았다.

"증말이라니께…."

우리는 말꼬리를 흐렸다.

"본부 잘 지켜. 안 그러면 다른 동네 애들이 쳐들어와서 빼앗을 겨."

"알았어."

하지만 그것이 마지막이었다. 우리가 문병을 다녀온 후 얼마 지나지 않아 길수는 갑자기 병세가 악화되어 죽고 말았다. 병원 측 애기로는 처음부터 회복이 불가능할 정도로 병이 심각했다고 했다.

"어머이, 무서워유!"

"무섭긴 뭐시가 무서워?"

"양코배기 귀신들이 무서워유!"

"야가 시방 무신 소릴 하냐."

"총을 든 양코배기 귀신들이 막 춤을 추고 있시유."

"아 글씨, 귀신이 어디 있다고 그랴?"

"아니유, 날 잡으러 와유! 어머이, 제발 좀 살려줘유….""

길수가 마지막으로 남긴 말이라고 했다.

길수 엄마는 병원 현관 앞에 주저앉아서 검정 고무신을 땅에 내
리치며 통곡하다 실신을 했다. 하지만 더 이상 병원을 원망하는
말을 하지는 않았다. 그리고 동네가 떠나가라고 자신의 신세를 한
탄했다.

길수의 시신은 영안실에 안치되지 않고 바로 인도되었고, 꽃상
여도 타지 못하고 동네 어른 두어 명의 손에 의해 거적때기에 둘둘
말려서 마을 뒷산에 묻혔다. 무덤도 봉분 대신 돌무더기만 덩그렇
게 놓여 있어 초라하기 그지없었다.

길수는 죽어서도 두려운 존재였다. 그가 죽은 뒤 우리는 무언가
가 빠져나간 듯 허전하고 서먹서먹해서 한동안 겉돌며 지냈다. 길
수만 없으면 살판이 날 줄 알았는데 전혀 그렇지가 않았다. 그토
록 재미있던 전쟁놀이며 말뚝박기, 가이생 등도 통 재미가 없었
고, 동네가 텅 빈 듯 심심하기만 했다.

길수가 죽은 뒤로 우리는 뒷산에 거의 놀러 가지 않았다. 어쩌다 가더라도 어둡기 전에 서둘러서 내려왔다. 어둠이 내리면 왠지 죽은 길수가 무덤에서 손을 내밀어 우리의 발목을 꽉 붙잡을 것만 같았다. 그리고 저녁 무렵이면 서울행 증기기관차의 목 메인 기적 소리와 함께, 옆집 아주머니의 질그릇 깨지는 듯한 목소리와 구슬피 흐느끼는 울음소리가 골목을 타고 어김없이 들려왔다.

"길수야! 이 호랭이가 덥썩 깨물어 갈 놈아! 아이고…! 아이고…!"


중학교에 들어간 뒤 한창 불만과 고민이 많을 무렵, 나는 자주 혼자서 뒷산에 올라 이런저런 생각에 잠기곤 했다. 큰 걱정거리가 있었던 것은 아니었지만, 외모나 성격, 주위 환경 등에 예민하게 반응할 때라서 아무리 사소한 것이라 해도 모두 다 나를 괴롭혔다. 그리고 한 번 시작된 고민은 한없이 계속되었다.

이렇게 내 자신을 괴롭히다 보면 괜히 외롭고 쓸쓸하다는 생각이 자꾸만 엄습해왔다. 문득 어릴 적부터 보아 온 주변 풍경들이 몹시 낯설어서, 마치 딴 세계에 와 있는 것 같은 착각이 들기도 했다. 그럴 때면 나도 모르게 길수의 무덤 근처를 맴돌았다. 그리고 한창 유행하던 배호의 노래 〈누가 울어〉를 목청껏 부르며, 실연이라도 당한 것처럼 서럽게 눈물을 흘리곤 했다.

소리 없이 흘러내리는

눈물 같은 이슬비

누가 울어 이 한밤

잊었던 추억인가

멀리 가버린 내 사랑은

돌아 올 길 없는데

피가 맺히게 그 누가 울어 울어

검은 눈을 적시나…


그밖에 〈돌아가는 삼각지〉, 〈안개 낀 장충단 공원〉 같은 노래도 불렀다. 그렇게 한바탕하고 나면 마음이 차분하게 가라앉으면서 많은 위안이 되었다. 그리고 우리를 그토록 괴롭히던 길수가 그립기도 했고, 불쌍하기도 했다. 어쩌면 이런저런 고민을 하기도 전에 가버린 그가 행복한지도 모른다는 생각이 들기도 했다.(당시 가요계의 대 스타는 단연 배호였다. 애수 그 자체라 할 매혹의 저음과 가슴을 저미며 파고드는 절절한 창법, 트로트와 재즈를 아우르는 뛰어난 음악성으로 단번에 전 국민의 마음을 사로잡은 그는 가요의 최고봉을 이미 평정했다 해도 과언이 아니었다. 그리고 하루하루 힘겹게 불치병과 싸우며, 그야말로 혼신의 힘을 다해 노래를 부르면서 요절한 천재가수의 전설을 향해 나아가고 있었다.) 그런저런 사정에 대해선 아무것도 몰랐지만, 까까머리 중학생인 우리에게도 배호의 인기는 대단했다. 한참 유행가에 민감할 나이인 데다가, 풍문으로 전해 들은 대 스타에 대한 막연한 동경심과 노래가 가진 독특한 매력까지 합쳐져서, 요새 아이들의 아이돌 가수에 대한 열광 못지않게 깊이 빠져들었다.

학교에서도 노래자랑이 종종 벌어졌다. 집에서 형이나 누나로부터 최신 유행가를 배운 아이들은 쉬는 시간이면 교단 위에 올라가서 경쟁이라도 하듯 배호 노래를 부르곤 했다. 그들은 마치 유명 가수라도 된 듯이 갖은 폼을 다 잡으며 노래를 불렀고, 우리는 열광하며 그 친구들을 부러워했다. 그리고 주위를 맴돌며 소식을 하나라도 더 얻어들으려고 기를 썼다.


같은 반 친구 중에 아버지가 건축업을 크게 하는 아이가 있었다. 집이 꽤나 잘사는 모양인지 평소 차림새도 사치스러웠고, 최신 유행가라든가 연예인들에 대한 소식이 아주 빨라서 아이들로부터 인기가 많았다. 하지만 나하고는 별로 친하지 않았다. 그런데 어느 날 하굣길에 그가 나한테 다가오더니 은밀하게 말했다.

"너 우리 집에 가서 배호 판 안 들어 볼텨?"

"저, 정말여?"

나는 귀가 번쩍 띄었다.

"그럼, 정말이지!"

"어른들이 뭐라고 안 하실까?"

"오늘 집에 아무도 없어."

"그려? 그럼 갈게. 근디 다른 애들은?"

"다른 애들은 아무도 안 가."

"……."

"갈려, 말려?"

"가, 갈께!"

나는 의아해 하면서도 설레는 마음으로 친구를 따라갔다. 가는 도중에 '별로 친하지도 않은 나한테 왜 갑자기 이럴까?' 하는 의문이 자꾸 떠올랐다. 친구네 집은 당시 시골에는 흔치 않던 크고 멋진 양옥집이었다. 보기만 해도 기가 팍 죽었다. 뜨락도 넓었는데, 마당가에 자리 잡은 꽃밭에는 여러 색깔의 장미꽃들이 예쁘게 피어 있었다.

집에 도착하자마자 그는 나를 데리고 안방으로 들어가더니, 윗목에 떡하니 자리 잡고 있는 전축을 보여주었다. 나는 그날 처음으로 전축을 구경하였다. 그것은 반짝반짝 빛나는 호마이카 가구 안에 보물단지처럼 모셔져 있었는데, 얼핏 보기에도 매우 비싸고 고급스러워 보였다.

"이게 배호 판여."

친구가 자랑스럽게 음반 더미를 손으로 쓰다듬다 판 하나를 꺼내서 건네주었다. 앨범 집 겉면을 보니 〈돌아가는 삼각지〉, 〈누가 울어〉, 〈안개 낀 장충단 공원〉 등의 노래 제목과 함께 말쑥한 신사복 차림에 중절모를 쓰고, 해맑게 웃고 있는 배호 모습이 칼라로 선명하게 인쇄되어 있었다. 싸구려 잡지에서 보던 것보다 훨씬 더 멋지고 세련된 모습이었다. 그리고 검고 큼직한 안경이 나이보다 훨씬 어른스러운 인상을 주었다.

"야, 빨리 틀어봐!"

나는 호기심과 노래에 대한 기대감으로 가슴이 몹시 두근거렸다.

"그래!"

친구는 익숙한 손놀림으로 앨범 집에서 검은 판을 꺼내 턴테이블에 올리고, 빙글빙글 돌아가는 판 위에 바늘을 올려놓았다. 그러자 갑자기 웅장하고도 화려한 음향이 쿵쾅거리면서 방안 가득 울리기 시작했다. 나는 처음 접해 보는 그 소리에 그만 압도되고 말았다. 모든 소리가 급류처럼 소용돌이치며 귓속으로 빨려 들어오면서, 머릿속이 멍해졌다. 라디오에서 듣던 것과는 정말로 천지 차이였다. 그리고 짧은 전주 음악에 이어서 드디어 배호의 목소리가 흘러나왔다.

'아아…!'

그 순간 나는 전기에 감전이라도 된 듯, 온몸에 소름이 쫙 돋으면서 살이 부들부들 떨렸다. 바로 눈앞에서 배호가 노래를 부르고 있는 것만 같은 충격과 놀라움에 심장이 터질 듯 두근거렸다. 나는 얼떨결에 자리에서 벌떡 일어나, 노래가 끝날 때까지 꼼짝도 못하고 멍하니 서 있었다.

"얀마, 그렇게 좋냐?"

노래가 끝나자 친구가 빙글빙글 웃으며 놀렸다.

"그, 그래. 정말 대단하다, 야!"

나는 정신이 없어서 계속 어리바리하게 굴었다.

그 후 나는 친구 집에 여러 번 놀러가서 음악을 들었다. 친구는 국내 가요보다는 미국 팝송에 관심이 더 많은 것 같았다. 어떻게 구했는지 음반도 몇 개 가지고 있었고, 외국 가수들도 많이 알았다. 하지만 나는 전혀 들어보지도 못한 이름들이었고, 노래를 들어 봐도 도통 뭐가 뭔지 알 수가 없었다.

그런 어느 날 친구로부터 부탁을 받았는데, 다름이 아니라 닥터 개부슨을 만나게 주선 좀 해 달라는 것이었다. 아마도 내가 닥터 개부슨과 약간은 안면이 있다는 걸 알고 있었던 모양이었다.

"개부슨 선생님은 왜?"

나는 무척 당황했지만 안 그런 척하며 물었다.

"꼭 만나서 할 얘기가 있어."

친구는 매우 진지한 표정이었다.

"그려? 뭔 얘긴디?"

"넌 몰라도 돼."

"뭔지 알아야, 얘기를 전하든 말든 할 거 아녀?"

"글씨, 얘기해도 넌 모른다니께 자꾸 그러네."

"……."

"미국 음악과 노래에 대한 거라서, 내가 직접 만나서 얘길 해야 돼."

친구는 짜증을 냈다가, 이내 애원조로 말했다.

"알았어."

나는 친구의 부탁을 도저히 거절할 수가 없어서 승낙을 하고 말았지만 난감했다. 닥터 개부슨을 못 본지도 꽤 오래된 데다, 무작정 찾아갈 수도 없는 노릇이었다. 그래서 한동안 고민을 하다가, 병원에 다니는 동네 누나한테 부탁해서 겨우 허락을 받았다.

드디어 면담하기로 약속한 날, 친구와 함께 안내된 방으로 들어가자 커피 향이 진하게 풍겨왔다. 닥터 개부슨은 마침 손님과 커피를 마시며 환담을 나누고 있었다. 주민들이 사령관이라고 부르는 바로 그 사람이었다. 우리는 멈칫했지만, 두 사람은 전혀 개의치 않고 다가오라고 손짓을 했다.

우리는 다가가 공손히 인사를 했다. 닥터 개부슨은 다행히 나를 알아보고 반갑게 대해 주었다. 여전히 유쾌하고, 잘 웃고, 활달하였다. 이제는 우리말도 제법 잘하는 것 같았다.

"그래, 무슨 일이야?"

"제 친구가 꼭 만나 뵙고 드릴 말씀이 있다고 해서, 이렇게 같이 왔어요."

"그래? 우선 의자에 앉아. 그리고 천천히 말해 봐."

우리는 의자에 앉아서 숨을 골랐다.

"친구라고?"

닥터 개부슨이 친구를 유심히 바라보았다.

"네."

친구는 대답을 하면서 얼굴이 사과처럼 빨개졌다. 그리고는 평소의 그답지 않게 수줍어하며 더듬더듬 말하기 시작했다.

"저, 저는 팝송과 락, 재즈 같은 미국 음악에 관심이 많습니다."

"오, 그래서?"

닥터 개부슨이 흥미로운 표정을 지었다. 옆에 앉아 있던 사령관도 빙긋이 웃으며 우리를 바라보았다. 문득 몇 해 전에 본 기억이 났다. 얼굴은 여전히 선해 보였지만, 눈빛은 더욱 날카로웠다.

"앞으로 음악을 열심히 해서 유, 유명한 가수가 되고 싶습니다."

"좋은 꿈을 가지고 있구나. 열심히 해 봐. 그런데 왜 나를 찾아왔지?"

닥터 개부슨이 중간에서 말을 자르며 진지하게 물었다.

"팝이나 락 같은 음악을 제대로 배우려면, 서울에 있는 미8군 클럽이 가장 좋다는 얘기를 들었습니다. 지금 우리나라에서 가장 유명한 가수인 배호도 중학교를 다니다 중퇴하고, 거기서 활동을 한 걸로 알고 있습니다."

"……."

"그래서 저도 꼭 거기에서 음악을 배우고 싶습니다."

"핫핫핫! 그러니까 거기 들어갈 수 있도록 소개를 해 달라는 얘기구나?"

닥터 개부슨이 빙글빙글 웃으며 물었다.

"네."

"그럼 학교는 어떻게 하고?"

"가수만 될 수 있다면, 까짓 학교야 그만둬도 상관없습니다."

"결심이 대단하구나, 핫핫핫!"

친구의 당돌한 말에 나는 그만 어안이 벙벙하였다. 나만 그런 게 아니라 닥터 개부슨과 사령관도 당황한 모양이었다. 닥터 개부슨은 특유의 너털웃음을 멈추고 잠시 눈을 깜빡이더니 마침내 입을 열었다.

"미국 사람이라고 해서 다 미국의 대중음악을 좋아하는 건 아니야. 오히려 나처럼 싫어하는 사람도 많아. 미8군 클럽도 나는 처음 들어 보는 얘기야. 물론 거기에 아는 사람도 없고. 그러니 널 도와주고 싶어도 도울 수가 없구나."

"……."

"그리고 나중에 가수가 되고 싶더라도, 우선은 학교를 다니면서 공부를 잘해야 한다. 특히 영어 공부를 열심히 하도록 해라. 그러면 앞으로 너희들한테 좋은 기회가 많이 생길 거야. 내 말 꼭 명심해, 알겠니?"

"네."

우리는 조용히 물러나 집으로 향했다. 친구는 고개를 푹 숙인 채 내내 말이 없었다. 닥터 개부슨만 만나면 뭔가 도움을 받을 수 있을 거라고 기대를 잔뜩 했던 모양인데, 그렇지 않아서 크게 실망한 것 같았다.

"야, 너무 그렇게 기죽지 마!"

보다 못한 내가 위로를 했다.

"내가 기죽기는 뭘….."

친구는 억지로 웃음을 지었다.

"이렇게 만나 본 것만 해도 어디여, 안 그려?"

"하긴 그려."

우리는 서로 얼굴을 쳐다보며 히죽히죽 웃었다.

닥터 개부슨을 만나고 와서 몇 달이 지난 어느 날부터, 친구는 웬일인지 계속 학교에 나오지 않았다. 나중에 알고 보니 식구들과 함께 아무도 모르는 먼 곳으로 이사를 갔다고 했다. 친구 아버지가 운영하던 건설 회사가 부도나서 망했다는 소문도 쫙 돌았다. 우리는 한동안 떠나간 친구에 대한 이런저런 얘기를 주고받았지만, 시간이 지나면서 친구는 차츰 기억에서 멀어져 갔다.

그렇게 많은 세월이 흐른 후에, 뜻밖에도 그 친구가 기자가 되어 큰 신문사 외신부에서 일한다는 소문을 들었다. 본디 공부를 잘한 데다, 영어를 정말로 열심히 공부한 모양이었다. 그리고 미국 AP 통신사가 노근리 사건을 취재할 때 알게 모르게 많은 도움을 주었다는 얘기를 전해 들었다. 그 얘기를 듣는 순간, 함께 닥터 개부슨을 찾아갔던 옛 추억이 떠올라서 나도 몰래 눈시울이 뜨거워졌다.

♦♦♦

　그때 우리의 어니스트 존은 무얼 하고 있었을까?

　아마도 그 또한 언제라도 영예롭게 죽기 위해 결의를 다지고 있
었을 것이다. 그런데 순교자가 되기로 작정한 어니스트 존은 혹시
타락하거나 부패한 적은 없었을까? 아니다. 그는 언제나 성전을
위해 목숨을 내놓고 싸우는 전사처럼 고결하게 주어진 임무를 완
수하였을 것이다. 바람만이 알고 있었겠지만.

# 14

## 희생양

    내가 하늘같은 아버지와 닥터 개부슨에게 처음이자 마지막으로 크게 대든 일이 벌어진 것도 바로 그 무렵이었다. 그건 집에서 기르던 새끼 양 한 마리 때문에 벌어진 사건이었다.

    당시 시골에서는 자아낸 산양을 기르는 집이 더러 있었다. 나라에서 건강 증진과 부업 창출을 위해 적극 장려한 덕분이었다. 억척스런 우리 어머니가 그냥 있을 리 없었다. 어머니는 집안일과 텃밭 일을 하는 틈틈이 돼지도 키우고, 어미 양 한 마리를 길렀다.

    어미 양은 체구에 비해 젖통이 큰 편이어서 젖이 잘 나왔다. 어머니는 저녁마다 젖을 짜서 사이다 병에 담아 시내 몇 군데 배달을 하고, 남는 것은 식구들이 먹었다. 양젖은 누린내가 좀 나기는 했지만, 소금을 약간 치면 우유보다 더 고소하고 맛있었다. 영양가도 훨씬 좋다고 했다. 특히 풀 냄새가 향긋하게 배어 있어서 마실 때마다 기분이 좋았다.

나는 시간이 나는 대로 양을 돌보았다. 집 근처 풀밭에다 매어 놓았다가 저녁 무렵에 끌고 오는 일도 나의 몫이었다. 오가는 길에 또래 여학생들을 만나면 약간 창피하기도 했지만, 마치 대단한 양치기 목동이라도 된 듯 으쓱한 기분이 들기도 했다. 자아낸 산양은 머나먼 알프스가 원산지라고 했다. 나는 하얀 털을 가진 양을 돌보면서 알프스 소녀 하이디 생각을 하기도 했다.

산양은 털이 짧고 수염이 난 게 염소에 가까웠다. 그리고 순하게 생긴 외모와는 달리 성미가 고약해서 조금이라도 자극을 받으면 머리로 들이받기 일쑤였다. 고집도 세서 기분이 상하면 네 발로 땅을 꽉 집고 버티는 바람에 억지로 끌고 오기가 힘들었다. 특이한 것은 담배를 좋아해서, 길가에 떨어진 담배꽁초만 보면 환장을 하고 먹어치웠다.

어미 양은 우리 집에 온 지 얼마 지나지 않아서 눈이 부실 정도로 새하얗고 솜처럼 보드라운 털을 가진 새끼를 한 마리 낳았다. 새끼 양은 하늘에 사는 천사가 변신을 하고 내려온 게 아닌가 싶은 생각이 들 만큼 너무나 예쁘고 앙증맞았다. 그래서 형제들도 틈만 나면 서로 갖고 놀려고 다투곤 했다. 나는 동생들과 함께 정성껏 새끼를 돌보았다. 새끼 양도 어미한테 달려가서 젖을 빨아 먹을 때만 빼고는 방안 여기저기를 천방지축으로 뛰어다니며 우리를 잘 따랐다.

그렇게 몇 개월이 지나자 새끼 양은 살도 토실토실 오르고 울음

소리도 제법 우렁찬 것이 숫양의 모습을 조금씩 갖추기 시작했다. 나도 수시로 먹이를 갖다 주고 털을 빗겨주는 등 더욱 정성을 기울였다. 그러다가 나도 모르게 정이 듬뿍 들고 말았다. 우리 집은 본디 개를 기르지 않았기 때문에 난생 처음 길러보는 동물인 셈이었다. 비록 개나 고양이 같은 애완동물은 아니었지만, 나에게는 그런 거나 다름이 없었다. 아침에 눈을 뜨면 가장 먼저 달려가 살펴보았고, 학교에서 돌아와서도 마찬가지였다.

"하이고, 늬 에미 애비를 그리 보살피믄, 천하에 둘도 없는 효자라고 온 나라 안에 소문이 자자하것다, 야!"

어머니는 못마땅한 얼굴로 이렇게 자주 핀잔을 주었다.

그럴 즈음, 우리 지역에 세계적인 유명인사의 방문이 예고되었다.

닥터 개부슨이 속한 종교단체의 가장 높은 우두머리가 우리나라를 찾아와서 크게 화제가 되었는데, 개부슨 병원도 방문하기로 예정돼 있었던 것이다. 비록 교황과 견줄 정도는 아니라 해도 세계적인 유명 인사의 방문인지라, 우리 지역에서도 여기저기 대형 플래카드도 내걸고, 그 밖의 여러 가지 환영 행사 준비를 하였다.

병원 측에서도 최고의 귀빈인 만큼 최선을 다해서 접대 준비를 했다. 그리고 마침내 방문 날짜가 며칠 앞으로 다가왔다. 하지만 한 가지 커다란 고민이 있었다. 다름이 아니라 종교단체의 최고 우두머리가 새끼 양 요리를 좋아해서 하루에 한 끼는 꼭 그걸 먹어야 하는데, 시골이라 구하기가 쉽지 않았던 것이다.

"태어난 지 3,4개월 된 새끼 양을 반드시 구해 오시오!"

드디어 병원 직원들에게 특명이 떨어졌다.

"이거야 원, 생전 들도 보도 못한 양 새끼를 우리가 어떻게 구하냐구유!"

"금메 말여."

"아닌 밤중에 홍두깨라드니, 참말로 환장하것네!"

"근디 그 대장인가 뭔가 하는 냥반, 식성 한번 되게 별나구먼유."

"누가 아니랴, 하필이면 양 새끼 괴기를 그리 즐겨 먹는댜?"

"아, 우리도 돈 있는 냥반들은 소보다 송아지 괴기를 더 좋아한다잖여."

"그런가유? 그나저나 양 새끼를 어디 가서 구한대유?"

직원들은 모이기만 하면 이렇게 걱정을 하면서 쑥덕거렸다. 그리고 백방으로 수소문을 했지만 별 뾰족한 수가 없었다. 그런 와중에, 늦게사 얘기를 전해 들은 아버지가 직원들이 모인 회의실 문을 박차고 들어가면서 의기양양하게 소리쳤다.

"걱정들 마시우! 우리 집에 양 새끼가 한 마리 있으께!"

"뭐유? 그기 참말이유?"

다들 눈이 휘둥그레졌다.

"그럼유. 집에서 키우는 양이 몇 달 전에 새끼를 한 마리 낳았단 말이유!"

"허허! 등잔 밑이 어둡다더니, 참말로 잘 됐수, 잘 됐어!"

"구세주가 따로 없네, 그려!"

"암만, 암만!"

직원들은 모두 손뼉을 치며 기뻐하였다.

"까짓 거 내 기꺼이 희사하리다!"

아버지는 내친 김에 흔쾌히 새끼 양을 바치기로 약속하였다. 그리고 병원에서 값을 후하게 쳐주겠다는 데도 극구 사양하였다.

"딱터 개부슨 선상님이 그렇게 귀한 손님을 대접한다는디, 어찌 그 돈을 받을 수가 있겠수? 오히려 내가 영광이니께, 그리 알고 지발 좀 그냥 받아 주시우!"

"알았소, 정 원하면 그리 하시오."

이렇게 해서 내가 그토록 애지중지하며 키우던 새끼 양이 그야말로 희생양이 되고 말았다.


며칠 후, 그런 사실을 까마득히 모르고 있던 나는 학교에서 오자마자 새끼 양한테로 갔다. 하지만 우리는 텅 비어 있었다.

"어머이, 새끼 양 어디 갔어유?"

나는 이상한 생각이 들어서 부엌에서 저녁밥을 짓고 있는 어머니를 찾았다.

"글쎄… 아부지가 바람 좀 쐬이려고 끌고 나간 거 같은디…."

어머니가 말꼬리를 흐렸다.

"그래유? 어디로유?"

"밥이 거진 다 됐으니께, 해찰하지 말고 어여 들어가서 밥이나 먹어라."

"……."

"마침 늬가 좋아하는 고등어자반을 좀 혔다, 야!"

어머니는 딴청을 피우며 억지로 내 등을 떠밀었다.

나는 동생들과 둘러앉아서 저녁을 먹었다. 하지만 신경이 곤두 서서 그런지 그토록 좋아하는 고등어자반 구이도 맛이 없었다. 그리고 저녁밥을 다 먹고 한참이 지나도 아버지는 새끼 양을 데리고 돌아오지 않았다. 문득 불길한 생각이 든 나는 방에서 슬그머니 빠져나와, 나도 모르게 병원으로 발걸음을 향했다.

날이 벌써 어두워 주위가 어두컴컴했다. 초조한 마음으로 병원에 도착하니, 온통 불을 환하게 밝힌 가운데 내일 올 귀빈 맞을 채비로 분주하였다. 그리고 잘 아는 아저씨로부터 자세한 얘기를 들었다. 조금 전에 닥터 개부슨의 사택에서 아버지가 새끼 양을 잡는 것도 봤다고 했다.

'아아, 이럴 수가!'

순간 가슴이 철렁하면서 눈앞이 캄캄하였다. 그리고 두 다리에 맥이 빠져 그 자리에 주저앉고 말았다. 곧이어 지금껏 전혀 경험해 보지 못한 엄청난 분노가 가슴 밑바닥에서 치밀어 올라왔다.

나는 두 주먹을 불끈 쥐고 벌떡 일어섰다. 이미 제 정신이 아니었다. 이성은 완전히 마비되고, 내 안에 분노만 가득했다. 두 눈에서 뜨거운 분노의 눈물이 흘러내렸다. 이제 아버지고 닥터 개부슨이고 전혀 안중에 없었다. 주위의 모든 어른들이 너무나 추악하고 혐오스러워 견딜 수가 없었다.

나는 닥터 개부슨의 사택 주변을 맴돌며 고래고래 소리를 질렀다.

"야, 이 나쁜 놈들아!"

"내 새끼 양 내놔라!"

"그렇게 어린 새끼를 잡아먹는 것들이 인간이냐!"

"어글리 맨!"

"어글리 개부슨!"

"어글리 아메리칸!"

그러나 아무리 고함을 질러도, 누구 하나 내다보거나 대꾸를 하지 않고 철저하게 침묵으로 대응했다.

나는 그렇게 한 시간 가량을 미친 듯이 울부짖었다. 그리고도 화를 참지 못해 밤늦게까지 동네 여기저기를 정신없이 맴돌다 집으로 돌아와서, 맞아 죽을 각오로 두 눈을 부릅뜬 채 아버지를 정면으로 쏘아보았다. 하지만 아버지는 아무 말 없이 돌아앉아서 담배만 태웠다.

나는 윗방에서 서럽게 흐느껴 울다가 잠이 들었다. 그리고 잠결에 아랫방에서 어머니와 아버지가 나누는 얘기를 어렴풋이 들었다.

"쟈가 저리 날뛰는 거 첨 봐유. …괜찮을까유?"

"허허, 참! 그깟 노무 양 새끼 한 마리 가지고 뭘 저리 유난을 떠는 지, 원!"

"그래도 쟈가 그리 이뻐했는디, 맘이 많이 아프것지유."

"쯧쯧, 사내놈이 저리 용해 빠져서 어따 써 먹을랑가 모르것네!"

"어른들한티 욕하고 대들었다고 너무 나무라지는 말어유."

"괘씸하긴 하지만, 홧김에 그런 거니 워쩌것어. …그리고 시간이 좀 지나면 괜찮을 테니께, 걱정 말어. 다 그러다 마는 겨!"

하지만 그렇지가 않았다. 그때의 분노와 배신감과 허탈감은 아주 오랫동안 가슴 속에 남아서 나를 괴롭혔다.

♦♦♦

그때 우리의 어니스트 존은 무얼 하고 있었을까?

아마도 그 또한 자기 입맛에 맞는 희생양을 계속 만들어 내고 있었을 것이다. 그런데 대단한 대식가이자 미식가로 소문난 어니스트 존은 혹시 희생양을 마다하거나 싫어한 적은 없었을까? 아니다. 그는 언제나 왕성하고도 지칠 줄 모르는 식욕을 자랑하며 주어진 임무를 완수하였을 것이다. 바람만이 알고 있었겠지만.

# 15

# 사령관의 최후

사령관이 이끄는 거지촌은 겉으로 보기에는 조용하고 평화로웠다. 거지촌 식구들은 지역사회로부터 인정을 받기 위해 열심히 일했다. 하지만 아무리 노력해도 주민들은 단지 눈엣가시처럼 여길 뿐, 정상적인 집단으로 봐 주지 않았다. 경찰도 언제 난동을 부릴지 몰라 감시를 게을리하지 않았다. 특히 사령관이 중요 수배자를 숨겨준 사건 뒤로는 더욱 그랬다.

더 걱정스러운 것은 당시 대대적으로 벌어지고 있던 새마을운동이었다. 이제 새마을운동은 신성한 국가적 행사여서, 그 누구도 감히 거역할 엄두를 내지 못했다. 누군가는 술자리에서 무심코 북한의 천리마운동과 비슷하다고 말했다가 빨갱이로 몰려, 정보부에 끌려가서 죽도록 맞았다는 소문도 있었다.

전국 각지에서는 경쟁적으로 초가지붕을 슬레이트로 뜯어고치고, 길을 넓혀서 포장하고, 흙 담장을 허물고 시멘트 블록으로 새로 쌓고, 수시로 골목이나 개천 청소를 하는 등 난리 법석을 떨었다. 그리고 아침, 저녁으로 대통령이 직접 작사 작곡했다는 새마을 노래가 싸구려 스피커를 통해 요란하게 들려왔다. 그 노래에서는 왠지 일본 군국주의 시절의 군가나 행진곡 냄새가 강하게 풍긴다는 견해도 있었지만, 당시에는 그런 사실을 입도 뻥끗 할 수 없었다.

이런 분위기에 휩쓸려서 자칫 잘못했다가는 거지촌도 희생양이 되기 십상이었다. 궁리 끝에 사령관은 고물상 사업을 병행하기로 결심했다. 당시는 고물상이 제법 호황을 누리던 시절이었다. 고물상들은 넝마주이들이 주어온 고물을 헐값에 사들인 뒤, 큰 고물상에게 되팔아서 배를 채웠다. 워낙 못살던 때인지라 주변에는 넝마주이들이 아주 많았다. 그들은 등에 커다란 망태를 짊어지고, 손에는 집게를 들고 다니며 버려진 물건들을 주웠다. 집이 없는 넝마주이들은 다리 밑 같은 곳에 움막을 짓고, 집단을 이루고 살았다. 그래서 사령관은 그들을 최대한 받아주고, 함께 살려고 애를 썼다.

고물상 사업은 무엇보다도 거지촌 식구들에게 딱 맞는 일거리였다. 이제 그들은 골목골목 누비고 다니며 동냥을 하면서 빈병이나 헌 옷가지, 고철, 폐지 등 고물을 주워 왔다. 대부분 자질구레한 것들이었지만, 간혹 커다란 탄피나 놋대야 같은 값나가는 것도 있었다. 그것들을 모아서 파는 재미가 제법 쏠쏠했다.

거지촌 앞마당에는 각종 고물 더미들이 나날이 쌓여 갔다. 고물상 사업은 거지촌이 자립도 하고, 합법적으로 인정도 받을 수 있는 절호의 기회였다. 무엇보다도 구성원들이 비로소 사는 재미를 느끼고, 앞날에 대한 희망을 품게 되었다. 자기가 주워온 것은 자기 몫으로 인정을 받았기 때문에, 그들은 아주 열성적으로 고물 수집을 했다. 가끔 남의 집에 들어가 물건을 훔쳐오는 경우도 있었지만.

고물상 사업을 하면서 사령관은 더욱 바빠졌다. 그리고 위상도 높아졌다. 하지만 그를 경계하거나 시기하는 무리들은 더욱 의혹의 눈초리를 강하게 보내며, 그를 무너뜨릴 기회가 오기만을 호시탐탐 노렸다. 특히 시내에서 고물상을 크게 하는 업자 몇몇이 뒤에서 소문을 퍼뜨리며 그런 일을 주도적으로 꾸몄다.

"힘없고 불쌍한 거지들의 피를 빨아서 혼자 호의호식을 한다더라!"

"봐라, 드디어 빨갱이 거지 대장의 본색이 드러났다!"

"거지와 넝마주이들 등쳐먹는 놈이 사령관은 무슨 사령관이냐!"

고물상이 번창할수록 사령관에 대한 악의적인 소문이 시내에 끊임없이 나돌았다. 그를 잠재적인 경쟁상대로 여긴 탓이었다. 그리고 그런 소문은 점차 거지촌 존재 자체에 대한 거부감과 혐오감을 부추기는 방향으로 나아갔다.

"지금 전국적으로 새마을운동이 한창 벌어지고 있는데, 저런 거지촌을 그냥 놔두어서는 절대 안 된다!"

"시한폭탄처럼 위험한 거지촌이 있는 한, 주민들은 불안해서 살 수가 없다! 사회 질서와 주민들의 안전을 위해서 하루 빨리 거지촌을 없애야 한다!"

하지만 주민들 대부분은 그들을 눈엣가시처럼 여기면서도, 일말의 연민과 동정을 보내며 크게 신경 쓰지 않았다. 사령관도 이런저런 소문에 크게 개의치 않고, 묵묵히 거지촌을 이끌었다. 지역 유지들과 관계를 더욱 돈독하게 유지하려고 노력하였고, 새마을 운동 지도자들과도 자주 접촉하면서 친해지려고 나름대로 심혈을 기울였다.

거지촌은 사회에 적응하지 못하고 뒤처진 인간들의 집합소였다.

오갈 데 없는 불쌍한 전쟁고아, 가족으로부터 버림받은 불구자, 이런저런 죄를 짓고 도망 다니는 사람, 도박으로 전 재산을 날리고 알거지가 된 사람에서부터 사지가 멀쩡하면서도 나약하고 무능해서 빌어먹고 사는 사람까지, 별의별 사람들이 다 모여 살았다. 그만큼 사연도 많고, 탈도 많았다. 모진 환경 탓에 거칠긴 했지만, 그래도 마음만은 순박하고 따뜻했다.

그렇게 별난 사람들 중에서도 특히 이상한 사람이 하나 있었다. 그는 머리가 하얗게 센 노인이었는데, 정확한 나이와 이름은 아무도 몰랐다. 노인은 키도 작고 몸도 왜소한 데다 늘 조용하고 말이 없었다. 그리고 자신에 대한 얘기를 한 번도 한 적이 없었기 때문에, 사람들은 그가 누구며 무슨 사연을 지니고 살아왔는지 아무것도 몰랐다. 그래서 그저 박 노인으로만 불렸다.

박 노인은 비록 행색이 초라하고 볼품은 없었지만, 말이며 행동거지에 기품이 있었고, 얼굴빛이 유난히 맑고 환해서 어딘지 모르게 범상치 않아 보였다. 성격도 온순하고 언제나 잔잔히 웃는 얼굴이어서 어른 아이 할 것 없이 다들 좋아했다. 그리고 시간만 나면 무슨 이상한 주문 같은 것을 중얼중얼 외우고 다녔다.

사령관은 박 노인을 깍듯이 대우하고, 식사는 제대로 하는지, 몸이 아프지는 않은지 유심히 살폈다. 일거리도 식구들이 주워온 고물을 잡기장에 자세하게 적거나, 닭 모이를 주는 일 등 편한 것만 골라서 시켰다.

"노인장, 뭘 그리 열심히 외우고 다니시오?"

언젠가 사령관이 진지하게 물어본 적이 있었다.

"뭐, 별 거 아니유…."

박 노인은 겸연쩍게 웃으며 고개를 가로저었다.

"그러지 말고 말씀 좀 해 주시오."

사령관이 여러 차례 조르자 박 노인은 마지못해 털어놓았다.

"앞으로 새로운 세상이 오는데, 그때를 대비해서 외우는 주문이우."

"새로운 세상이 온다구요?"

"그렇다우."

"언제요?"

"그건 아무도 모른다우. 낼 올지, 모레 올지, 아니면 십년 후에 올지, 이십년 후에 지….."

"너무 막연한 얘기구만요."

"그렇수. 하지만 꼭 그렇지만은 않다우."

"어째서요?"

"언제 오느냐가 중요한 게 아니라, 그걸 믿는 게 중요하니까유."

"그런 거 잘못 믿다가 패가망신한 사람들 많다고 들었소. 노인장도 조심하시오."

"흘흘흘! 내가 더 이상 패가망신할 게 뭐 있겠수?"

박 노인은 이가 거의 다 빠진 입을 오물거리며 웃었다.

"하긴 그렇구만유."

사령관도 따라 웃은 뒤 캐물었다.

"근디 주문을 열심히 외우면 무슨 이득이 있답디까?"

"새로운 세상이 올 때 역병이 돌거나 천재지변이 일어나서 많은 사람이 죽어 나가는데, 그때 안 죽게 방비를 해준다고 하우."

"진짜 그렇다면 대단한 일이오만….."

"그뿐만이 아니우. 더 중요한 사실이 있수."

"그게 뭐요?"

"나중에 새 세상이 오면, 높은 자리도 하나 준다고 하우."

이 말을 하면서 박 노인은 얼굴을 붉혔다.

"그렇소? 제발 그런 날이 하루 빨리 왔으면 좋겠소. 그래야 나도 노인장이 출세하는 걸 볼 게 아니오?"

"그러게 말이우, 흘흘흘!"

"근디 누구나 주문을 외우기만 하면 그리 된다고 하오?"

"그렇수. 내가 가르쳐 드릴 테니까, 사령관님도 이 주문을 꼭 외우시우."

"어디 나도 주문을 열심히 외워서, 출세 좀 한번 해 볼까요? 허허허!"

"내 말을 허투루 듣지 말고, 꼭 명심하시우."

비록 이상한 민간신앙에 빠져 있기는 했지만, 박 노인은 아는 것도 많고 나름대로 지식수준도 높은 편이어서 사령관은 많은 흥미를 느꼈다. 어떤 기구한 사연으로 여기까지 흘러들어 왔는지는 모르겠으나, 많은 식구들 중에서 가장 얘기가 잘 통했다. 사령관은 박 노인으로부터 모르던 얘기를 많이 들었다.


"사령관님, 명치유신이라고 들어본 적이 있수?"

10월 유신이 전격적으로 발표되고 나서 얼마 지나지 않은 어느 날, 박 노인이 평소 볼 수 없었던 심각한 표정으로 사령관을 찾아와 물었다.

"못 들어 봤소. 그게 뭐요?"

"일본이 근대화 과정에서 그동안 권력을 잡고 있던 도쿠가와 막

부를 무너뜨리고, 왕정으로 복귀한 아주 유명한 사건이우.”

“……. ”

“명치왕 때 일어났다고 해서 명치유신이라 부르는데, 일본말로 메이지유신이라고도 하지유. 아무튼 그때부터 일본은 천황 중심의 통일국가가 되어 서양을 따라잡기 위해 엄청난 노력을 하고, 머지않아 서구 열강들과 어깨를 나란히 할 정도로 발전하게 되지유. 그 바람에 우리는 저 빌어먹을 일본 제국주의의 먹이가 되어, 36년 동안 치욕스런 식민통치를 받으며 죽을 고생을 했지만 말이우.”

“그렇소? 노인장은 일본 역사에 대해 어찌 그리 잘 알고 있소?”

사령관은 진심으로 놀라며 말했다.

“내가 뭘 알겠수. 일제 때 사범학교도 다니고 책도 많이 본 큰아들한테 들어서 조금 알고 있는 정도지, 흘흘흘!”

박 노인은 별 것 아니라는 표정으로 웃었다.

“그래도 참 대단하시오. 근데 같은 유신이라는 말이 들어 있는 걸 보면, 지금 나라에서 발표한 10월 유신과 무슨 연관이라도 있는 것이오?”

사령관이 문득 짚이는 데가 있어서 물었다.

“바로 그 얘길 하려고 명치유신에 대해 얘길 꺼냈수….”

박 노인은 다시 표정이 어둡고 엄숙해졌다.

“그렇소? 무슨 연관이 있는지 자세히 얘기 좀 해 주시오.”

“휴…!”

박 노인은 한숨부터 길게 내쉬었다. 그리고는 주위를 두리번거리며 속삭이듯 조그만 목소리로 말했다.

"박정희 대통령이 일본군 장교 출신이고, 일제가 세운 만주군관학교를 수석으로 졸업하고, 그 특전으로 일본 육사를 들어가서, 일본인보다 더 일본인 같다는 칭찬을 받으며 우수한 성적으로 졸업한 건 알고 있지유?"

"대충 들어서 알고는 있소만…."

"일본 이름으로는 다카키 마사오. 그는 비록 조선인이었지만, 머리부터 발끝까지 철저한 일본 군인이었수. 오죽하면 일본 천황에게 목숨을 바쳐 충성을 하겠노라고 맹세하는 혈서까지 썼겠수. 그리고 관동군 소속의 간도특무대에서 조선 독립군 토벌을 열성적으로 하다가, 해방이 되자 감쪽같이 독립군으로 위장해서 광복군의 틈에 끼어 귀국하였수. 그 후 막 창설된 군에 입대해서는 이승만이 친일파와 손잡고 만주군관학교 출신들을 대거 기용하는 바람에 고급장교가 되었수."

"그랬소?"

"그리고 군부 내에서도 좌익 세력의 수장이 되어 암약하다 발각되자 동료들을 배신하고 혼자 살아남았고, 전쟁 덕분에 승승장구하며 높은 지위까지 올라가서 호시탐탐 기회만 엿보다가, 마침내 나라가 혼란한 틈을 타서 쿠데타를 일으켜 정권을 잡고, 대통령을 안 하겠다고 굳게 약속해 놓고 두 번이나 해먹은 뒤에 3선 개헌을 해서 계속 해먹고, 그것도 모자라서 영구집권을 하려고 다시 음모를 꾸미고 있는데, 이런 사람을 대통령으로 뽑고, 위대한 지도자라고 칭송하고 있는 나라가 세상 천지에 또 어디 있수?"

비록 목소리는 작았지만, 조근조근 따지는 박 노인의 어조는 서릿발과도 같았다.

"맞는 말이긴 하오만, 국민들이 어디 좋아서 칭송하고 그러겠소? 억지 춘향으로 그러는 거지. 그리고 이제 와서 지난 일들을 들춰서 뭣하겠소."

사령관은 내심 크게 놀라며 말했다.

"앞날이 불길해서 하는 말이우."

"뭐가 불길하다고 그러시오?"

"이번에 명치유신을 흉내 내서 10월 유신을 선포한 걸 보면, 왕이 되려고 작정한 게 틀림없수. 아니 왕이 아니라 천황이라고 해야 맞겠수!"

"급변하는 국제정세와 국가의 발전, 그리고 다가올 남북통일을 대비하기 위해서 그러는 거라고 하지 않소?"

"그 말을 곧이곧대로 믿수? 흘흘흘!"

"그게 아니란 말이오?"

"나도 몇 달 전에 남북 공동 선언인가 뭔가 발표될 때는 뛸 듯이 기뻤수. 곧 통일이 되어 꿈에도 그리던 이북의 고향 땅에 갈 수 있겠구나 하고 말이우."

"아하, 노인장도 고향이 이북이오?"

사령관은 몇 달 전에 환호작약하던 박 노인의 모습을 떠올리며
물었다.

"그렇수. 하지만 이제 살아서 고향가기는 다 틀렸수. 휴-!"

박 노인은 다시 한숨을 푹 내쉬었다.

"왜 그렇게 생각하시오?"

"이제 보니 그게 다 국민을 속이기 위한 쑈였단 말이우."

박 노인은 고개를 절레절레 내저었다.

"쑈인지 아닌지 노인장이 어찌 안단 말이오?"

"두고 보시우. 그는 나라를 완전히 손아귀에 넣고 맘대로 주무
를 거유. 그리고 지금처럼 모든 걸 일본 군국주의식대로 밀어붙이
면 우선 당장은 경제가 크게 발전하겠지만, 민족정기는 깡그리 말
살당하고 온갖 편법과 부정과 불의가 판을 치기 때문에, 나중에
가면 사회정의라든가 양심 같은 건 찾아볼래야 찾아볼 수가 없고,
온 나라가 투기꾼들의 복마전으로 변하고, 오로지 돈만 밝히고 돈
으로만 모든 걸 판단하는 세상이 올 거유….”

"정말 그럴까요?"

"그럼유. 그래서 잘 사는 놈들은 온갖 수단과 방법을 다 가리지
않고 긁어모아서 무지무지 잘 살고, 못사는 놈들은 아무리 발버둥
쳐도 가난의 굴레에서 벗어나지 못하고, 돈 때문에 자식이 부모를
죽이고, 형제가 형제를 죽이고, 젊은이들이 돈이 없어 결혼도 제

대로 못하고, 자식 하나도 마음대로 못 낳고, 사회에서 낙오된 자들이 줄줄이 자살을 하는 그런 몹쓸 나라가 되고 말 거유….”

“마치 앞일을 훤히 내다보는 것처럼 말씀하시는군요.”

“많이는 몰라도 쬐끔 볼 줄은 알지유. 일본이 대체 어떤 나라유? 총칼을 앞세워서 아시아 각국의 수많은 사람들을 학살하고, 재산을 몽땅 수탈해 간 나라가 아니우? 그런 나라를 겉모양만 그대로 베껴서 따라가면 도대체 어쩌자는 것이우? 세상만사가 다 시작을 보면 끝을 알 수 있는 벱이지유, 흘흘흘!”

“…….”

그리고 앞으로 많은 사람들이 철권통치에 대항하다가 죽거나 다칠 게 뻔하우. 당장 우리 거지촌에도 난리가 날 것 같아서 불안하기만 하우….”

“세상이 이렇게 조용하기만 한데, 난리는 무슨 난리가 난단 말이오. 그리고 우리 같은 처지에 난리가 난들 별일이야 있겠소.”

“아니우. 우리 같이 힘없고 가진 것 없는 사람들이 제일 먼저 피해를 보는 법이우. 그러니 뭔 사단이 나기 전에 사령관님은 어서 몸을 피하시우.”

“내가 가긴 어디로 간단 말이오. 그리고 설령 갈 곳이 있다 해도, 비겁하게 나 혼자 도망가지는 않을 거요.”

“다른 사람들은 몰라도, 사령관님은 여기 남아 있다간 개죽음을 당할 게 뻔하우. 그러니 부디 내 말 명심하시우. …그리고 사령관님 같은 사람은 반드시 살아남아서, 새로운 세상을 꼭 맞이해야 하우."

"그래서 높은 자리에 올라가 출세도 하고?"

"그렇수, 흘흘흘!"

"그럼 노인장은 어쩌시려오?"

"나 같은 늙은이야 이미 볼 장 다 봤는데, 여길 떠나서 또 어딜 가겠수. 그동안 여기서 거두어 준 것만 해도 과분할 따름이우."

"잘 알겠소. 근데 자세하게 얘기 좀 해 주시오."

"뭘 말이우?"

"평생 동안 어떻게 살아왔는지 말이오."

"그건 알아서 뭐하려고?"

"내가 보기에 노인장은 무슨 말 못할 사연을 가슴 깊이 간직하고 있는 것 같은데, 그렇지 않소?"

"……."

"이제 나한테 마음 편하게 다 털어놓으시오. 그렇지 않으면, 영영 어둠 속에 묻혀 버리고 말거요."

"…알았수. 내 다 얘기하리다."

박 노인은 한참이나 고개를 숙이고 있다가 어렵게 말문을 열었다. 그리고 때로는 한숨을 깊이 내쉬고, 때로는 눈물을 글썽이면서 밤이 깊도록 살아 온 얘기를 털어놓았다.

…박 노인은 북한 신의주가 고향이었다. 그곳에서 대대로 농사를 지어 온 몰락한 양반 가문 출신이었다. 그리고 특이하게도 일제 식민 치하에서 신의주 일대를 중심으로 생겨난 한 신흥종교의 교주였다. 머지않아 모두가 평등하고 잘 사는 세상을 만들기 위해 구세주가 출현을 하는데, 그 구세주를 맞이하기 위해 널리 포교도 하고 마음 수행도 하는 그런 종교였다.

박 노인이 1.4 후퇴 때 월남하여 여기까지 흘러들어 오게 된 건 순전히 큰 아들 때문이었다. 오래전부터 자신의 후계자로 점찍은 큰 아들 정화는 일제 때 사범학교까지 다닌 엘리트였다. 시국이 혼란해서 학업을 중단하고 고향에 돌아와 있던 정화는 일제 말기에 강제로 징집되어 만주에 있는 관동군으로 끌려갔다. 당시 만주에는 일제가 중국 대륙을 침략하기 위해 세운 남만주철도주식회사(만철)가 있었다. 만철을 기반으로 일제는 괴뢰정부인 만주국을 건설하였고, 관동군이 철도 경비를 담당하고 있었다. 그곳으로 배속된 정화는 일본군들에게 갖은 수모를 다 당하며 밤낮으로 격무에 시달렸다.

중무장한 일본군 병사들은 철도경비대가 경비를 서는 역을 통과해서 수시로 작전지역을 오갔다. 그중에는 조선인으로 이루어진 간도특무대도 있었다. 간도특무대의 주요 임무는 중국인, 조선인, 몽골인 항일 독립군들을 토벌하는 일이었다. 그들은 일본군들도 감당하지 못하는 힘든 토벌 작전을 성공적으로 수행해서 칭송이 자자했다. 그들이 출정해서 승전보를 전할 때마다 정화는 무척 괴롭고 가슴이 아팠다.

정화는 탈출을 하려고 호시탐탐 기회만 엿보았다. 다행히 태평양전쟁이 막바지를 향해 가고 있던 때라, 경비도 허술하고 사기도 많이 떨어져 있었다. 그리고 하루하루 일본군에게 불리한 소식이 전해져 왔다. 여러 정황을 보아하니 이제 전쟁이 끝날 날도 얼마 안 남은 것 같았다.

정화는 속으로 무척 기쁘면서도, 이대로 전쟁이 끝나면 어떤 개죽음을 당할지 몰라 불안하기만 했다. 아닌게 아니라 일본군이 패망하면 화풀이로 조선인과 중국인들을 모두 죽일 것이라는 소문이 은밀하게 나돌기도 했다. 그러기 전에 탈출을 감행해야만 했다. 마침내 기다리던 절호의 기회가 오자, 정화는 평소 의지하고 지내던 유일한 조선인 친구와 함께 부대에서 제일 성능이 좋은 기관총과 실탄을 훔쳐가지고 인근의 산으로 달아났다.

비록 언덕이나 다름없는 조그만 야산이었지만, 만주 벌판이라 사방이 훤히 내려다 보였다. 두 사람은 산꼭대기에 진지를 마련한 뒤 기관총을 거치해 놓고, 총알을 아껴가며 죽기 살기로 대치를 했다. 일본군 추격대는 계속 산 근처까지 다가와 공격을 했다. 하지만 막강한 화력 앞에서 감히 덤벼들지 못했다. 이미 사기가 떨어질 대로 떨어진 탓인지 공격 의지가 그리 적극적이지도 않았다. 밤에도 두 사람은 교대로 눈을 붙여 가면서 철저히 경계를 섰다.

배가 고프면 설익은 옥수수를 따 먹거나 감자를 캐 먹고, 쥐까지
잡아먹으며 연명을 했다.

그렇게 악착같이 버티며 보름 정도 지났을 무렵, 웬일인지 일본
군이 얼씬도 하지 않는 것이었다. 아무래도 낌새가 이상해서 살금
살금 내려가 알아보니, 일본이 패망하고 해방이 됐다고 했다. 두
사람은 얼싸안고 춤을 추며 환호성을 질렀다. 그리고 들뜬 마음으
로 고향을 향해 무작정 걸었다.

두 사람이 들판에서 먹을 것을 구해 먹고 자고 하면서 며칠을 걸
었을 때, 그들 앞에 느닷없이 소련군이 나타나 짧은 총신에 구멍
이 숭숭 뚫린 따발총을 들이밀었다. 그리고는 두 사람이 입고 있
던 옷을 보고는 일본군 패잔병으로 알고 무작정 연행해 갔다. 아
무리 손짓 발짓으로 변명을 해도 통할 리가 없었다. 만주 지역에
이미 소련군이 진주한 사실을 까맣게 몰랐던 것이다.

일본군 패잔병 수용소에 도착하니, 두 사람이 탈출했던 부대의
대원들도 모여 있었다. 그들은 이제 같은 처지가 되어 다시 멋쩍
게 조우를 하였다. 이제는 일본인과 조선인의 구분도 없었고, 상
관과 부하의 구별도 없었다. 똑같이 내일을 기약할 수 없는 불쌍
하고 가련한 포로 신세일 뿐이었다. 그처럼 목숨을 걸고 감행했던
탈출이 허사로 돌아가자, 두 사람은 너무도 허탈했다. 다들 기가
푹 죽은 채 말이 없었다. 그리고 한 치 앞도 알 수 없는 운명 앞에
서 벌벌 떨었다.

며칠 후, 소련군의 삼엄한 경비 하에 포로를 태운 열차가 수용소를 출발하였다. 은밀하게 나도는 소문에 의하면, 포로들을 시베리아 개간지로 끌고 가서 중노동을 시킨다고 했다. 혹독한 추위와 살인적인 노역 때문에 시베리아에 일단 끌려가면 살아남기가 어렵다고 했다. 그래서 기차를 타고 가는 내내 다들 탈출할 기회를 노렸지만, 워낙 감시가 엄중해서 누구 하나 감행할 수가 없었다.

그들은 화물칸에 가축처럼 갇힌 채 몇 날 며칠을 어딘지도 모르는 곳으로 끌려갔다. 시간이 한없이 더디고 고통스럽게 흘러갔다. 배고픔과 갈증과 절망감으로 다들 탈진해서 쓰러질 무렵, 그토록 지루하게 달리던 기차가 마침내 멈추어 섰다. 폭격으로 다 망가져서 그곳이 기차로 갈 수 있는 마지막 역이라고 했다.

기차에서 내리자 다들 다리가 휘청거리고 하늘이 빙빙 돌았지만, 그래도 살 것 같았다. 역 주위 건물들은 모두 폭격을 당해 부서지고, 잔해들만 을씨년스럽게 버려져 있었다. 그곳에서 한나절을 걸으니, 제법 규모가 컸을 것으로 짐작되는 포구의 선착장과 함께 눈앞에 커다란 강이 나타났다. 맞은 편 둑이 가물가물하게 보일 정도로 거대한 강이었는데, 그 너머가 시베리아가 시작되는 곳이라고 했다. 말로만 듣던 만소 국경지대였다.

강물이 몹시 탁한 데다가, 강가에는 나무나 풀도 별로 없어서 풍경이 황량하기 그지없었다. 그야말로 죽음의 강이었다. 강물을 보자 포로들이 술렁이기 시작했다. 다들 저 강을 한번 건너가면 다시 살아서 돌아오기가 어렵다는 걸 잘 알았던 것이다. 포로들을 태우고 갈 배는 저녁 무렵에 온다고 했다.

감시병들이 삼엄하게 경비를 하는 가운데, 몇 백 명이나 되는 포로들은 배가 올 때까지 땅바닥에 주저앉아서 절망적인 심정으로 대기를 했다. 이제 남은 몇 시간 동안이야말로 무언가 일을 꾸밀 수 있는 마지막 기회였다. 하지만 다들 이러지도 못하고, 저러지도 못해서 죽을 맛이었다.

그때 정화의 부대원들 사이에서 탈출 얘기가 급박하게 나돌았다. 시베리아로 끌려가서 중노동을 하다 죽으나 탈출하다 총 맞아 죽으나 어차피 마찬가지다, 그러니 배를 타기 전에 집단적으로 탈출을 감행해야 한다는 것이었다. 그리고 다들 결의에 찬 표정으로 동의하였다. 정화와 친구도 반대할 이유가 없었다.

곧 탈출 계획이 결정되었고, 러시아어를 좀 할 줄 아는 사람 하나가 리더로 뽑혔다. 그는 같은 부대원들 사이를 돌아다니면서 몰래 숨기고 있던 시계, 금반지, 만년필 등을 최대한 끌어모았다. 그리고는 그것을 가지고 남쪽 방향을 맡고 있는 감시병들에게 은밀하게 다가가서 건네고, 탈출할 때 적당히 눈감아 달라고 부탁하는 데 성공하였다.

해가 진 뒤 얼마 지나지 않아서 금방 칠흑 같은 어둠이 내렸다. 감시병들은 커다란 플래시를 들고 이리저리 비추며 감시를 더욱 철저히 하였다. 드디어 강한 서치라이트 불빛과 함께 커다란 배가 도착하였다. 그리고 앞줄부터 승선이 시작되었다. 포로들은 더욱 웅성거리고, 마치 도살장에 끌려가는 짐승들처럼 우왕좌왕했다. 정화의 부대원들은 일부러 대열의 후미에 붙어서 최대한 시간을 끌며 기회를 엿보다가, 리더의 신호와 함께 일제히 남쪽 경비망을 뚫고 달아나, 사방팔방으로 흩어져서 내달렸다.

곧이어 커다란 고함소리와 함께 따발총 소리가 콩 볶듯 들려오기 시작했다. 따발총 소리에 이어서 막강한 화력을 자랑하는 최신형 기관총 여러 대가 동시에 발사하는 소리가 밤하늘을 찢을 듯 요란하게 울려 퍼졌다.

정화는 이제 목숨을 하늘에 맡기고 친구와 함께 죽기 살기로 달렸다. 귓등으로 총알 스치는 소리가 계속 들리고, 숨이 턱까지 차올랐다. 그래도 멈추지 않고 미친 듯이 달렸다. 심장이 금방이라도 터질 것 같았다. 옆에서 같이 달리던 부대원들이 하나둘 쓰러져 갔지만, 오로지 달려야 한다는 일념 뿐, 한 순간도 돌아볼 겨를이 없었다.

그렇게 얼마를 달렸을까, 문득 정신을 차리고 보니 주위에 아무도 없고 혼자 어둠 속을 달리고 있었다. 그토록 요란하던 총소리도 멀리서 아득하게 들려왔다. 그제야 정화는 달리기를 멈추고 땅바닥에 쓰러져 한동안 숨을 가쁘게 몰아쉬었다. 팔 다리가 쥐가 나서 딱딱하게 굳어 왔지만, 그래도 이제 살았다는 안도감이 가슴 가득 밀려왔다.

구사일생으로 살아난 정화는 밤새 걷다 뛰다를 반복하며 필사적으로 위험지역을 벗어났다. 함께 탈출한 친구가 살았는지 죽었는지 무척 궁금했지만 어떻게 알아볼 도리가 없었다. 가다보니 어느새 새벽이 밝아왔다. 그는 눈앞에 끝없이 펼쳐진 지평선 위로 떠오르는 장엄한 태양을 보며 감격의 눈물을 흘렸다. 그리고 잡풀과 모래로만 이루어진 황량한 벌판을 하염없이 걷고 또 걸어서 남쪽으로 향했다.

정화는 그 후로도 죽을 고비를 여러 차례 넘겼다. 소련군에 이어 만주에 진주한 중국 국민당 군대가 도처에서 조선인들을 상대로 약탈과 방화, 살인, 강간 등을 자행하고 있었던 것이다. 그들은 조선인들이 일제의 앞잡이 노릇을 했다는 이유로 그런 만행을 저질렀지만, 사실은 포악한 비적 떼나 다름이 없었다.

천신만고 끝에 그는 다 떨어진 누더기에다 피골이 상접한 상태로 드디어 고향으로 돌아왔다. 피로와 영양실조로 쓰러지기 일보 직전이었다. 이렇게나마 살아서 돌아온 게 기적과도 같은 일이었다. 고향에 돌아와 보니 세상이 완전히 뒤바뀌어 있었다. 일제가 물러가고, 그 자리에 소련 공산당을 추종하는 사회주의 공화국이 들어선 것이었다.

몇 년 만에 보는 고향의 풍경은 몹시 낯설었다. 도시 곳곳에는 온갖 깃발과 플래카드가 무성하게 나부꼈고, 별의별 구호가 다 적혀 있었다. 거리에는 따발총을 맨 소련군 병사들이 해바라기 씨껍질을 아무데나 뱉으며 거리를 활보하고, 주민들은 일본군들이 버리고 간 군복을 아무렇지도 않게 입고 다니고 있었다. 일본군 군복 때문에 그토록 죽을 고생을 한 생각을 하니 너무 어이가 없어서 헛웃음만 나왔다.

어쨌거나 죽은 줄로만 알았던 그의 생환에 다들 꿈이야 생시야 하며 얼싸안고 덩실덩실 춤을 추었다. 특히 박 노인의 기쁨은 이루 다 말하기 어려울 정도였다. 노인은 자신이 신봉하는 구세주의 가호 때문이라고 굳게 믿고, 푸짐하게 잔치를 벌여서 이웃들과 함께 아들의 무사귀환을 축하하기도 하였다.

그가 귀향해서 한 달 정도 요양을 하며 몸을 추스르고 있을 때, 신의주 반공학생사건이 일어났다. 북한을 점령한 소련군의 위압적인 태도와 횡포, 그리고 공산당의 실정에 불만을 품고 있던 학생과 시민들이 반소와 반공을 외치며 들고 일어났던 것이다. 이에 공산당 보안대와 소련군은 탱크까지 동원해서 무자비하게 강경 진압을 했다. 그 결과 수십 명의 학생이 죽고, 수백 명이 다쳤으며, 200여 명의 사람이 시베리아로 끌려가는 비극적인 사태가 벌어지고 말았다.

몸도 마음도 쇠약해서 거동하기가 어려운 정화는 누운 채로 일련의 사태를 안타깝게 지켜보았다. 당시 대부분의 지식인들이 그랬던 것처럼, 그 역시 사회주의 사상에 깊이 빠져 있었다. 그래서 일본 제국주의가 물러가면 당연히 노동자 농민이 주인이 되는 새로운 세상이 올 것이라고 굳게 믿었다.

하지만 이번에 자행된 무력 진압을 보면서 많은 번민과 회의를 하게 되었다. 무엇보다도 자유로운 의사 표현과 주장이 용납되지 않는 사회, 혁명이라는 명분에 묻혀 개개인의 목숨을 귀하게 여기지 않는 전체주의 사회가 도래할까 봐 두려웠다. 최근 소련에서 들려오는 대대적인 숙청 소식도 불길한 마음을 가중시켰다.

그 사건 이후, 주변의 많은 사람들이 가산을 정리하여 알게 모르게 남쪽으로 떠났다. 소련과 조선 공산당이 주도할 조국의 앞날이 몹시 불안했던 것이다. 그 역시 마음이 흔들렸지만, 고향을 그리 쉽게 떠날 수는 없는 노릇이었다. 아버지가 자신을 후계자로 굳게 믿고 있는 것도 커다란 부담이 되었다. 그리고 공산주의 혁명에 대한 믿음만은 아직 변함이 없었다.

당에서는 만주국 철도경비대에서 있었던 사건을 어떻게 알았는지, 정화를 일제와 맞서 싸운 위대한 전사라고 치켜세우기 시작했다. 그래서 하루아침에 느닷없이 대단한 항일투사로 둔갑을 하고 말았다. 그는 부풀려진 사실을 바로잡고 싶었지만, 당의 지시가 워낙 강경해서 어찌해 볼 수가 없었다. 그리고 대중 집회 때마다 불려 다니면서, 만주 벌판에서 일본군과 싸웠던 얘기와 포로로 끌려가다 죽음의 탈출을 감행한 얘기, 그리고 공산당 지지 연설을 해야만 했다.

그렇게 당의 집요한 세뇌 공작이 진행되는 가운데, 자신도 모르는 사이에 영웅 심리가 자연스럽게 생겼다. 그래서 정화는 차츰 자신이 대단한 항일 투사였다고 스스로 착각하기 시작했다. 나중에는 만주 벌판에서 홀로 일본군 1개 대대와 맞서 싸워서 물리쳤다고 자랑을 하는가 하면, 독립군을 잡으러 다니던 조선인 간도특무대를 혼내줬다고 큰소리를 치기도 했다.

정화는 공화국에 대한 우려와 불신을 애써 떨쳐버리고, 자발적으로 당의 열렬한 신봉자가 되어 갔다. 그리고 그 공으로 도당 선전부에서 중책을 맡아 일을 하였다. 주로 대중 집회를 위한 연설문을 작성하거나, 각종 선전물을 만드는 작업이었다. 하지만 마음한 구석에는 뭐라고 꼬집어 말할 수 없는 답답함과 괴로움이 점점쌓여 갔다.

그렇게 몇 년 동안 당에 충성을 바쳐 일하던 중, 6.25 전쟁이 벌어졌다. 공화국에서는 위대한 조국해방전쟁이라고 불렀다. 정화는 몇 년 동안 마음에 쌓였던 체증이 일시에 뚫리는 듯한 해방감을 맛보았다. 그리고 인민군에 징집되어 종군기자로 일선을 누비며 취재를 열심히 하였다.

오래전부터 준비를 해 온 인민군대는 예상대로 잘 싸웠다. 그리고 서울을 이토록 쉽게 함락시킬 줄은 아무도 몰랐다. 정화는 그동안 당에 충성하기를 잘했다고 생각하며, 역사적 순간을 기리는 감동적인 기사를 썼다. 그리고 해방 전에 몇 번 와 본 서울 거리여기저기를 거닐며 깊은 감회에 젖기도 했다. 다들 전쟁이 곧 끝날 것이라고 생각했다. 이제 조국 해방은 시간문제였다.

하지만 그것은 오판이었다. 이승만 정부가 국민을 속이고 남쪽으로 줄행랑을 치기는 했지만, 기대를 잔뜩 했던 남한 인민들의 봉기는 전혀 일어나지 않았고, 초기에 지리멸렬했던 국방군의 반격도 점차 거세져 갔다. 그리고 예상과 달리 미군이 전격 개입함으로써 전쟁은 복잡해지기 시작했다.

인민군은 한강을 건너 계속 남하했다. 그리고 세계 최강인 미군과의 전투에 겁을 잔뜩 먹고 긴장을 했지만, 몇 번의 싸움에서 승리하자 미군도 별것 아니라는 자신감에 불탔다. 그리고 그 여세를 몰아 파죽지세로 치고 내려가 미군이 마지막 방어선으로 삼고 있던 대전마저 무너뜨렸다. 그 와중에 전선을 사수하던 미 육군 사령관 딘 소장이 행방불명되는 사태까지 발생했다.

남쪽으로 후퇴하던 미군은 충북 영동 노근리에서 피난민인 양민을 대량 학살하는 엄청난 사건을 저질렀다. 계속되는 패배와 딘 소장에 대한 야만적인 보복이었다. 정화는 즉각 이 사건을 자세하고도 신속하게 취재해서 보도했다. 미국은 사건 자체를 극구 부인했지만, 철저하게 현장을 답사하고, 특히 살아남은 몇몇 생존자들의 생생한 증언을 토대로 한 이 기사는 북한과 공산권 국가는 물론 전 세계적으로 커다란 반향을 불러일으켰다. 그리고 그 공으로 그는 인민무공훈장을 받기도 했다.

비록 계속 이기고는 있었지만, 인민군은 다급했다. 무기도 전투

병력도 부족했고, 보급품도 태부족이었다. 무엇보다도 대규모의 미군과 연합군이 도착하기 전에 하루 빨리 부산을 점령해야만 했다. 당에서는 8월 15일까지 부산을 점령하라고 연일 다그쳤다. 부산까지 도망간 이승만이 일본 오키나와인가 어딘가에 망명정부를 수립할 것이라는 소문도 들려왔다.

아무리 민족해방이라 해도 전쟁은 너무나 끔찍하였다. 정화는 그동안 전쟁의 참혹함을 누구보다도 생생하게 목격하고 몸서리쳤지만, 전쟁이 곧 끝날 것이라는 기대감과 구세주에 대한 신앙으로 하루하루를 버텼다. 그리고 인편을 통해 박 노인에게 간간이 편지를 보냈다. 그래서 박 노인은 아들의 신상은 물론이고 전투 현장의 소식까지 자세히 알 수 있었다.

하지만 전쟁의 일대 전환점이 된 낙동강 전투를 끝으로 편지가 끊겼고, 이후로는 아무 소식도 듣지 못했다. 서로 한 치도 물러설 수 없는 그 처참했던 전투에서 쌍방 간에 수많은 인명이 희생되었고, 뒤이은 맥아더의 인천상륙작전 이후 패배한 인민군이 쫓겨서 북으로 도주하고 있다는 흉흉한 소문만 들려올 뿐이었다.


박 노인은 아들의 생사를 알지 못해 애가 탔다. 신의주까지 쫓겨 온 인민군 병사들만 보면 아무나 붙잡고 물었지만, 그 누구로부터도 아들 소식을 들을 수가 없었다. 그 후 국군이 압록강까지 진격했다가 중공군에 쫓겨 내려가던 1.4 후퇴 때, 박 노인은 혼자서 무조건 남쪽으로 내려왔다. 그리고 백방으로 수소문하며 아들의 행방을 찾아다녔다. 하지만 아무리 헤매고 다녀도 소식을 알 수가 없었다.

그러다가 마지막으로 노근리 쌍굴다리를 찾아왔다. 문득 아들이 노근리 사건을 취재해서 훈장을 받은 사실이 생각났던 것이다. 마을을 찾아가 물어보았지만 그들 역시 아무것도 몰랐다. 이제 박 노인은 더 이상 갈 곳이 없었다. 그래서 이 지역을 맴돌다 거지촌까지 흘러들어 오게 된 것이었다…


"노인장, 나는 그 인민군을 똑똑하게 기억하고 있소!"

얘기를 다 듣고 난 사령관이 빙긋이 웃으며 말했다.

"…엥?"

박 노인은 이해가 가지 않는다는 듯 눈만 깜빡거렸다.

"나도 그때 그 마을에 있었으니까요."

"그, 그게 무슨 말이우?"

사령관은 지난 얘기를 자세하게 털어놓았다.

"하이구, 세상에!"

얘기를 다 듣고 난 박 노인은 눈물을 주르륵 흘리며, 마치 죽은 아들이라도 만난 것처럼 사령관의 두 손을 꼭 잡고 놓을 줄을 몰랐다.

"노인장은 지금도 구세주를 믿으시오?"

사령관이 박 노인의 앙상한 손을 맞잡으며 진지하게 물었다.

"그럼유, 믿구말구유. 구세주를 믿지 않구서, 이토록 모질고 험난한 세상을 어찌 견뎌낼 수 있단 말이우, 휴…!"

박 노인은 한숨을 길게 내쉬며 말했다.

"그런데 후계자인 큰 아들이 살았는지 죽었는지도 모르고, 이렇게 행방불명이 됐으니 참말로 안됐소."

"할 수 없지유…. 하지만 세월이 흐르면, 어디선가 또 새로운 후계자가 나오것지유, 흘흘흘!"


거지촌의 종말은 생각보다 빨리 찾아왔다.

사령관이 박 노인과 대화를 나눈 며칠 뒤, 무장한 군인들이 새벽같이 들이닥쳤다. 그리고는 공포탄을 마구 쏘아댔다. 총소리에 놀라 눈을 비비며 밖으로 나와 보니, 어둠이 채 가시지 않은 새벽 어스름 속에 철모를 쓰고 총을 든 군인들이 도열해 있었다. 다들 가슴이 철렁하였다.

"다들 잘 들어라! 우리는 사회질서를 어지럽히는 불순한 세력들이 모여 있는 이 거지촌을 소탕하라는 명령을 받고 출동한 계엄군이다!"

"……."

"지금 즉시 한 명도 빠짐없이 짐을 싸들고 밖으로 나와라! 만일 명령에 순순히 응하지 않으면 사살하겠다!"

지휘관으로 보이는 사람이 추상같이 명령했다. 그와 동시에 권

총을 쏘며 신호를 하자, 군인들이 일제히 움막집 안으로 뛰어 들어갔다.

"이 거지새끼들아, 뭘 그리 꾸물대냐!"

"집에 불 지르기 전에 빨리빨리 서둘러라!"

군인들은 개머리판으로 벽을 두드리며 다짜고짜 윽박질렀다. 아닌 밤중에 날벼락을 맞은 사람들은 어찌할 바를 몰라 우왕좌왕하다가 군홧발에 차이기도 하고, 뭐라고 항의하다 곤봉으로 얻어맞아 코피가 터지기도 했다. 대충 보따리를 챙겨 나온 식구들은 두리번거리며 사령관을 찾았지만, 사령관은 미리 급습한 군인들에게 붙잡혀 단단히 결박된 상태였다.

"불을 질러라!"

지휘관이 명령하자, 군인들이 집안에 휘발유를 듬뿍 뿌리고 불붙은 종이를 던져 넣었다. 움막집은 순식간에 활활 타오르기 시작했다. 옆에 산더미처럼 쌓여 있던 고물들도 함께 탔다. 사람들은 가슴을 치고 눈물을 흘리면서 자신들의 소중한 보금자리가 불타는 것을 지켜보았다.

그때 사람들 틈에서 말없이 지켜보던 박 노인이 갑자기 뭐라고 큰 소리로 비명을 지르더니, 불타는 움막집 안으로 뛰어 들어갔다. 사람 이름을 부른 것 같기도 했고, 무슨 주문을 외친 것 같기도 했다.

"아니, 저, 저…!"

"박 노인!"

사람들이 황급히 뛰어가 구출하려 했으나, 무장한 군인들이 즉시 에워싸는 바람에 어떻게 손을 쓸 도리가 없었다. 그저 발만 안타깝게 동동 구를 뿐이었다.

"노인장! 노인장!"

밧줄로 단단히 결박당한 사령관도 멀리서 안타깝게 소리치며 몸부림을 쳤지만, 아무 소용이 없었다. 불은 계속 활활 타올랐고, 삽시간에 노인을 포함한 움막집 세 채를 깡그리 태워버리고 말았다.

"이 나쁜 놈들아! 우리가 도대체 무슨 죄가 있다고 이런 몹쓸 짓을 하는 거냐!"

"차라리 우릴 모두 다 죽여라!"

움막집이 불타는 동안, 사령관은 계속 고래고래 악을 쓰며 울부짖었다. 옆에서 지키고 있던 군인들이 곤봉으로 내리쳐도 멈추지 않았다. 그러자 둘러섰던 사람들도 하나 둘 따라서 외치기 시작했다.

"늬들만 사람이냐, 우리도 사람이다!"

"죽으나 사나 피차일반이다! 빨리 죽여라!"

"죽여라! 죽여라!"

어린 아이들을 비롯한 모든 식구들이 울분에 차서 소리치며 반항을 해 보았지만, 군인들은 공포탄을 더욱 요란하게 쏘고 곤봉을 마구 내리치며 제압을 했다. 그리고는 시커멓게 그을린 벽 몇 개만 휑뎅그렁하게 남기고 집이 다 타버리자 사령관을 트럭에 태우고 휑하니 떠나 버렸다. 이렇게 해서 거지촌 소탕 작전은 간단히 끝났다. 그리고 뒤에 남아서 우왕좌왕하며 통곡을 하던 거지촌 식구들은 각자 알아서 뿔뿔이 흩어졌다.

사령관은 당시 간첩과 빨갱이 잡는 것으로 악명 높던 대공 분실로 끌려갔다. 거기서 그는 북에서 넘어 온 간첩과 수시로 접선을 해 온 빨갱이라고 자백하라며 모진 고문을 당했다. 자백만 하면 아무 죄도 묻지 않고 즉시 풀어준다는 회유도 받았다. 하지만 그는 거짓 자백을 끝까지 거부하고 악으로 버텼다. 부모 형제의 억울한 죽음과 누명에 너무나 한이 맺혔던 그는 빨갱이라는 말이 죽음보다도 훨씬 더 두려웠던 것이다.

"나는 빨갱이가 아닙니다유! 그냥 거지일 뿐입니다유! 오갈 데 없는 불쌍한 거지들과 함께 살아온 나 같은 놈이, 어찌 빨갱이가 될 수 있단 말입니까유!"

"지발 내 말 좀 들어주십시유! 나는 미군들이 쏜 총에 부모와 형제를 다 잃었고, 나 자신도 죽다가 살아났지만, 미국을 조금도 원망하지 않습니다유! 아니, 원망하기는커녕 진심으로 존경합니다유! 대한민국 만세! 미합중국 만세!"

사령관은 필사적으로 만세를 부르며 몸부림쳤다. 하지만 수사관들은 아무도 그의 피맺힌 절규를 귀담아 들으려 하지 않았다.

"이놈들! 나를 몰라보겠느냐? 나는 맥아더 사령관이다!"

사령관은 정신이 오락가락할 때마다 큰 소리로 이렇게 호통을 쳤다.

"뭐? 맥아더 사령관?"

"그렇다! 내가 바로 그 유명한 맥아더 사령관이다!"

"허허, 늬가 맥아더 사령관이면, 나는 케네디 대통령이다!"

"어이구, 이거 그 위대하고 위대하신 맥아더 사령관님을 몰라 봬서 대단히 죄송함다, 히히힛!"

"일동 차렷! 사령관님께 엉덩이로 경례!"

수사관들은 그때마다 배를 잡고 웃으며 이렇게 놀려댔다.


결국 사령관은 초주검이 되어 풀려났다. 그리고 본디 정신이 온전치 못한 데다 이번 고문 후유증까지 겹쳐서, 완전히 미친 거렁뱅이가 되어 여기저기 홀로 떠돌아다녔다. 만일 닥터 개부슨이 있었더라면 그가 그렇게까지 망가지지는 않았을 텐데, 너무 안타까웠다.

우리 집에도 밥을 얻으려고 여러 차례 찾아온 적이 있었다. 그가 올 때마다 아버지는 아무 말 없이 한숨만 길게 내쉬었다. 어머니가 혀를 차며 밥을 깡통에다 넣어주면, 그는 초점 없는 눈으로 허공을 멍하니 응시하며 맨발로 땅바닥을 파는 흉내를 내면서 "지, 지…!" "지, 지…!"하는 뜻 모를 말을 계속 중얼거렸다. 무슨 주문 같기도 했고, 어떤 염원이 담긴 탄식 같기도 했다. 그래서 우리 형제들로부터 '지지 거지'라는 별명을 얻었다.

당시 고등학교 2학년이었던 나는 미친 거렁뱅이로 떠도는 사령관을 볼 때마다 어릴 적에 몇 번 봤던 그의 멋진 모습과, 아버지를 따라 거지촌을 방문했던 날 밤의 무서운 정경이 생각나곤 했다. 그와 함께 학교에서 최근에 배운 유신헌법이 자연스럽게 떠올랐다. 거기에는 〈한국적 민주주의〉, 〈민주주의의 토착화〉, 〈총력안보〉, 〈영도적 지도자〉, 〈총화단결〉 같은 그럴듯한 용어들이 난무하였다. 하지만 아무리 그렇게 포장을 해도, 우리 모두는 그것이 독재와 장기집권을 위한 눈속임이라는 것을 훤히 알고 있었다.

미친 사령관의 존재는 한동안 주민들에게 연민과 두려움의 대상이었다. 수세미처럼 잔뜩 엉키고 산발한 머리에다 찢어진 옷을 입은 둥 만 둥 한 그가 한쪽 다리를 절뚝이며 시내에 나타나면, 다들 속으로는 동정을 하면서도 그의 불행이 자신들에게도 옮아올까봐 본능적으로 몸을 움츠리며 침을 뱉곤 하였다.

그리고 그가 거리를 걸어갈 때면 언제나 개구쟁이 대여섯 명이 그의 뒤를 따라다니며 돌멩이를 던지거나 놀리기 일쑤였다. 개구쟁이들은 간혹 나란히 걸으면서 "하나! 둘!" "하나! 둘!"하고 장난스럽게 구령을 외치며 행진을 하기도 했다. 그러면 사령관도 활짝 웃으며 팔다리를 힘차게 놀려 진짜 사령관처럼 걷는 흉내를 내곤 했다. 그러다 어느 추운 겨울에 다리 밑에서 얼어 죽었다.

♠♠♠

그때 우리의 어니스트 존은 무얼 하고 있었을까?

아마도 그 또한 장기 주둔을 위한 계획을 비밀리에 수립하고 있었을 것이다. 그런데 열렬한 복음주의 신자로 알려진 어니스트 존은 혹시 마음이 흔들리거나 유혹에 빠진 적은 없었을까? 아니다. 그는 언제나 광적인 믿음과 투철한 신념으로 주어진 임무를 완성하였을 것이다. 바람만이 알고 있었겠지만.

# 16

# 아버지의 자리

닥터 개부슨은 부임한지 5,6년 후, 임기를 마치고 미국으로 돌아갔다.

그는 주민들과 함께 눈물을 흘리며 작별을 고했다. 아직 거지촌이 철거되기 전이라 사령관하고도 며칠 동안이나 함께 지내며 헤어지는 아쉬움을 달랬고, 가능한 미국으로 초청할 수 있도록 힘을 써 보겠노라고 다짐했다. 그리고 언젠가 꼭 다시 돌아오겠다는 약속도 했지만, 그 약속은 끝내 지켜지지 않았다. 사령관을 초청하겠다는 다짐도 사령관이 미치광이가 되어 떠돌다 죽는 바람에 물거품이 되고 말았다.

닥터 개부슨이 떠난 후 미국인 의사는 다시 오지 않았다. 병원은 계속 종교 단체에서 맡아서 운영하다가, 나중에 어느 한국인의 손으로 넘어갔다. 그리고 한동안 번창하는 듯 했으나 아쉽게도 경영난으로 문을 닫고, 오랫동안 폐건물로 흉물스럽게 방치되었다.

아버지는 '병원 불독'이라는 별명에 걸맞게 병원이 문을 닫은 뒤에도 홀로 지키며 소임을 다했다. 목수 일을 하면서 시간이 날 때마다 틈틈이 폐건물 내부를 오르내리며 순찰을 하고, 깨진 유리창을 종이로 막고, 쓰레기를 줍는 등 나름대로 부지런하게 관리를 했다. 그리고 가슴 속에 소중하게 간직한 '딱터 개부슨 선상님'과의 추억을 반추하는 게 유일한 낙이었다.

그러다 막걸리에 얼큰하게 취하면 닥터 개부슨과 사령관 사내에 대한 시시콜콜한 얘기를 고장 난 레코드처럼 되풀이했다. 나중에는 하도 들어서 귀에 못이 박힐 정도였다. 그리고 두 사람 사이에 있었던 그 모든 일들이 마치 내가 직접 겪기라도 한 것처럼 머릿속에 깊이 각인되었다.

아버지가 밥상 앞에서 그토록 웃어댔던 양코배기 이름 개부슨은 나중에 알고 보니 미국인들 성씨 중의 하나인 깁슨이었다.(할리우드의 유명배우 멜 깁슨이 대표적인 예라고 하겠다.) 워낙 영어 이름이 생소했던 시절인지라, 깁슨을 잘못 발음해서 개부슨이 된 것이었다. 서양 귀신이 나온다는 헛소문도, 당시 생소하기만 했던 할로윈데이 때 닥터 개부슨 가족과 직원들이 함께 벌인 괴상한 귀신 가면 파티와, 거지들이 대대적으로 퍼뜨린 괴담이 겹쳐져서 그리 와전된 것으로 밝혀졌다.

그리고 부산과 마산을 시작으로 전국에서 데모가 거세게 일어나는 가운데, 박정희 대통령이 심복 부하의 총에 맞아 사망하면서 유신 독재는 막을 내렸다. 영원히 계속될 것만 같던 절대 권력은 그렇게 한 순간에 허망하게 무너졌다.

그 소식을 접하는 순간, 내 귀에는 뜻밖에도 오래 전에 사라진 증기기관차의 기적 소리가 가득 들려왔다. 나는 잠시 눈을 감고 그의 명복을 빌었다. 코흘리개 어린 시절부터 그때껏 유일한 대통령으로 철통처럼 군림해 온 데다, 유신 반대 집회를 하다 많은 친구들이 붙들려 가서 혹독하게 고초를 겪었고, 나 또한 데모에 많이 참가했던 터라 감회가 없을 리 없었다.

'오만과 독선으로 질주하던 구시대의 폭주기관차여, 잘 가시오. 그리고 다시는 돌아오지 마시오….'

노인네들은 왕이 죽기라도 한 듯이 눈물을 흘리며 슬퍼했지만, 대부분의 국민들은 이제 곧 새 세상이 찾아올 거라며 환호했다. 그러나 환호가 탄식으로 바뀌는 데는 그리 오랜 시간이 걸리지 않았다. 새로 등장한 신군부 세력이 광주 시민들의 민주화 항쟁을 총칼로 무자비하게 진압하고 집권하면서, 군부독재는 한층 더 심화되어 갔다.

항쟁이 시작된 곳은 부산과 마산이었지만, 피를 본 것은 결국 광주였다. 5.18 내내 광주에서 멀리 떨어진 곳에서 시시껄렁하게 하루하루를 보내면서, 나는 몹시도 부끄러웠다. 프란츠 카프카의 표현을 빌리자면, 그 부끄러움은 죽은 뒤에까지도 계속 따라다닐 것만 같았다.

정권을 잡은 신군부는 사회를 정화한답시고 불만 세력이나 반정부 인사들을 지옥 같은 삼청교육대로 보내 인권을 말살하고 숱한 죽음을 초래했다. 그와 함께 국민들의 불만을 잠재우고 관심을 다른 곳으로 돌리기 위해 여러 가지 우민화 정책을 펼쳤고, 전국적으로 부동산 개발과 투기 열풍이 불기 시작했다.

우리 지역에도 부동산 개발 열풍이 몰아쳤다. 그 중심은 과거 산판으로 엄청난 부를 축적하고, 이제는 건설과 주택사업을 크게 하는 박 사장이었다. 박 사장은 오래전부터 병원 폐건물과 그 주변 땅에 눈독을 들이고 있었다. 군청과 은밀하게 손을 잡고 어떻게 해서든 헐값에 사서 아파트로 개발을 하려는 속셈이었다.

드디어 폐건물 주변의 개발계획이 공고되었다. 군청에서 발표하기로는 토지를 강제로 매입해서 주민들을 위한 무슨 공원인가를 조성한다고 했다. 하지만 개발에 대한 설명도 석연치 않은 데다가, 터무니없이 적은 보상금을 이유로 주민들이 완강하게 반대를 하는 바람에 시작도 못하고 난관에 봉착해 있었다. 그리고 그 배후에는 그동안 불독처럼 폐건물을 관리해 온 아버지가 있었다.

그런 어느 날 박 사장이 집으로 찾아왔다. 마침 나도 군대를 제대하고 잠시 집에 내려와 아버지를 돕고 있을 때였다.

"김 대목, 김 대목 계시오?"

그는 아버지의 비위를 한껏 맞추기 위해서 목수 중 우두머리를 일컫는 대목 칭호를 붙였다.

"아니, 박 사장님이 어쩐 일이시유?"

대충 안면이 있는 아버지가 탐탁지 않은 표정으로 박 사장을 바라보았다.

"김 대목한테 뭐 좀 긴히 상의할 일이 있어서, 내 염치불구하고 이리 찾아왔소."

"지한테 무슨 상의할 게 있다고…."

"여기서 이럴 게 아니라, 우선 나하고 어디 가서 술이나 한 잔 합시다."

"어딜 말이유?"

"가보면 알아요. 자 자, 어서 갑시다!"

박 사장이 하도 서두르는 바람에 아버지는 어리둥절한 채로 함께 차를 타고 떠났다. 그리고 도착한 곳은 박 사장의 단골 요정이었다. 박 사장은 마담에게 주문을 하며 너스레를 한참 떨고 나서, 젊은 아가씨들을 각각 옆에 앉혀 분위기를 잡고는 술을 자꾸 권했다.

"김 대목, 닥터 개부슨이 미국으로 떠난 지가 꽤 되지요?"

술이 몇 순배 돌자 박 사장이 정색을 하며 말을 꺼냈다.

"한 10년 되어 가네유."

아버지는 박 사장의 의중을 뻔히 아는지라 긴장의 끈을 놓지 않고 말했다.

"허, 벌써 그렇게 됐나…. 세월 한 번 참 빠르구만!"

"금메 말유!"

"김 대목이 그 양반을 무척 따랐다고 들었는데, 많이 보고 싶으시겠소, 허허허!"

"보고 싶긴유…."

"김 대목도 잘 알다시피, 그 양반이 있을 땐 분위기도 좋고 병원이 활기에 넘쳤는데, 그 뒤로 건물도 저렇게 문을 닫고…. 참 여러 가지로 아쉬워요."

"참말로 딱터 개부슨 선상님만큼 훌륭한 분이 없지유."

"이르다마다요. 그래서 말인데, 동방예의지국에 사는 우리가 이대로 그냥 잊어버릴 수는 없는 일 아니요?"

박 사장이 기회를 놓치지 않고 파고들었다.

"뭘 말인가유?"

"뭐는 뭐겠소. 닥터 개부슨의 은공 말이지요. 그분이 우리에게 베푼 그 크나큰 은공을 길이 기념하고, 또 우리를 그렇게 도와준 미국과의 우호를 증진하는 일을 해야 마땅하지 않겠소? 육이오 때 북한 공산군을 물리친 것만 공이 아니고, 아프고 죽어 가는 환자들을 정성껏 치료해 준 것도 그에 못지않은 큰 공덕이란 말씀이요. …그걸 모른다면 사람도 아니지, 암!"

박 사장은 눈을 가늘게 뜨고는 아버지의 표정을 살폈다.

"고마우신 말씀이지만, 그래서 뭘 어떻게 해야 하는 건가유."

아버지는 이해가 잘 안 간다는 듯이 고개를 갸웃거렸다.

"뭐 그리 어렵게 생각할 거 없어요. 옛날 개부슨 병원을 저리 흉물스럽게 방치해 두느니, 그 자리에다 기념관을 하나 번듯하게 지어가지고 자료도 전시하고 동상도 만들고 해서, 사람들이 와서 보고 구경하도록 하면 되는 거지요, 허허허!"

"말은 쉽지만 돈이 많이 들어갈 틴디, 그걸 다 누가 댄대유?"

"그래서 군청에서 나서서 주선을 하고, 민간에서도 자금을 보탠다는 거 아니요?"

"군청 공무원들 말은 기념관이 아니라 무슨 공원을 만든다고 하던디…."

"그 얘기가 바로 그 얘기요. 먼저 새마을운동을 홍보하는 공원을 만들고 나서, 그 안에다 기념관도 짓고 하자는 거요, 허허허!"

"좋아유. 그건 그렇다 치고, 아무리 좋은 취지로다 공원을 짓는다 해도 다들 먹고 살기도 힘든 판에 아무 도움도 안 되는 그런 사업을 누가 좋아하겠시유?"

"음…."

"더군다나 시세보다 훨씬 싸게 땅을 내놓으라니, 아무리 관에서 하는 일이라 해도 정신 나간 사람이 아니고서야 지 땅을 선선히 내놓을 사람이 누가 있겠슈. 그래서 주민들이 저렇게 반대를 하는 거지유."

"허허, 이렇게 세상 물정을 모르는 사람들을 봤나, 쯧쯧쯧!"

박 사장은 딱하다는 듯이 혀를 차고는 저고리 안주머니에서 두 툼한 서류 뭉치를 하나 꺼내서 펼쳐보였다.

"김 대목, 이걸 좀 보시오."

"그게 뭐유?"

"높은 곳에서 내려온 문서요."

"높은 곳이라구유?"

"그렇소. 지금 전국적으로 확산되고 있는 새마을운동을 지속적으로 홍보하고, 더욱 박차를 가하기 위해서 새마을운동을 주제로 한 공원을 만들라는 지시요."

"……."

"다 알다시피 각하의 동생이 현재 새마을운동 중앙본부 회장이잖소. 그분이 몇 달 후에 우리 고장을 공식적으로 방문하신다는 거요. 그래서 그때를 대비해서 지금부터 뭔가 일을 시작해야 한다, 그런 말이오."

"그럼 그 한 사람 때문에 사업을 벌인단 말이유?"

"그게 아니라, 나라에도 충성하고, 그분한테도 잘 보여야 새마을 예산을 비롯한 각종 지역 발전 기금도 두둑하게 내려오지, 안 그러면 국물도 없단 말이오. …그리고 만일 이 일에 협조를 하지 않으면 무슨 일이 벌어질지 장담할 수 없소."

"박 사장님, 시방 주민들을 협박하는 거유?"

아버지가 술과 분노가 뒤섞여 붉게 충혈된 눈으로 박 사장을 쏘아보았다.

"아니, 협박이 아니라, 시국이 시국이니만치 몸조심들 해야 한다, 그런 말이오."

박 사장은 황급히 손을 내저으며 농을 쳤다.

"암만 그래도 난 당췌 이해할 수가 없구만유."

"김 대목. 내 얘기를 어찌 그리도 못 알아들으시는가, 응? 참말로 섭섭하네."

"어쨌거나 공원 개발은 쉽지 않은 일이구만유. …그리고 절대로 딱터 개부슨 선상님을 이용해서 뭘 하려고 하진 마시유."

"허허, 나 이거야 원, 답답해서 미치겠구만!"

"답답하긴 피차간에 마찬가지유!"

두 사람은 밤이 이슥하도록 술을 마시며 얘기를 나누었지만 워낙 의견이 팽팽해서 좀처럼 합의를 보지 못했다. 애꿎은 술병만 자꾸 늘어 가고, 옆자리에 앉은 아가씨들도 지겹다는 듯 연신 하품을 해댔다. 두 사람도 어지간히 취해서, 눈동자가 게슴츠레하게 풀리고 혀도 약간씩 고부라지기 시작했다.

마침내 박 사장이 무언가를 결심한 듯 아가씨들을 다 나가게 한 뒤, 조금 전까지와는 달리 허리를 반듯하게 펴고 좌정을 했다. 그리고는 물을 마시고 헛기침을 하며 잠시 뜸을 들이다 정색을 하고 말했다.

"김 대목, 지금부터 내가 하는 말 똑똑히 잘 들으시오! 김 대목

큰아들이 대학 다닐 때 불순한 사상에 빠져가지고, 데모를 주동한 적이 있었다면서요?"

"그, 그게 무슨 말씀이신지유?"

"나도 처음에는 믿기지가 않았소."

"어디서 그런 새천 빠진 얘길 들으셨는지 모르겠지만⋯."

"정보과 형사들이 다 알고 있습디다. 사실이오? 아니오?"

박 사장이 날카롭게 쏘아보며 형사처럼 다그쳤다.

"그, 그런 거 같기도 하지만, 하도 오래 전 일이라 기억이 잘 안 나는구만유."

아버지는 당황해서 머리를 긁적이며 얼버무렸다.

"이거, 김 대목한테 그렇게 훌륭한 아들이 있는지는 정말 몰랐소, 흐흐흐!"

박 사장은 갑자기 결정적인 승기라도 잡은 듯 느물거렸다.

"아니, 그게 사실이라고 해도, 학생 때 철모르고 한 일을 가지 구, 이제 와서 새삼스럽게 왜 그러시는지유?"

아버지가 바짝 긴장해서 떨리는 목소리로 물었다.

"왜 그러시냐고? 다 그럴만한 이유가 있소, 흐흐흐!"

"도대체 그 이유가 뭐유? 얼릉 얘기 좀 해주시유."

"다름이 아니라, 삼청교육대에서 사람을 더 보내라고 계속 난리 를 치는데⋯. 우리 지역에도 이미 할당 인원이 떨어져서, 지금 다 들 고민 중이오."

"뭐유? 그 사람 잡는 삼청교육대 말이유?"

"그렇소, 나도 우리 지역 사회정화위원이라서 내용을 잘 알고 있소. 근데 좁은 지역에서 뻔히 다 아는 처지에 누굴 또 보내느냔 말이오. …그래서 고민 끝에 질이 나쁜 전과자나 빨갱이 데모꾼들 중에서 뽑아서 보내기로 방침을 세웠는데, 명단 작성도 이미 끝난 걸로 알고 있소, 흐흐흐!"

"그, 그럼 우리 아들도 그 명단에 들어 있다는 말씀이신가유?"

"잘은 모르지만, 아마 그런 거 같소…."

순간, 술에 취해 불그스레하던 아버지의 얼굴이 갑자기 새파랗게 질렸다. 그리고 잠시 당황해서 어찌할 바를 몰라 하다가 박 사장 앞에 정식으로 무릎을 꿇고 머리를 깊이 숙였다. 그리고는 간절하게 애원했다.

"아이구, 박 사장님! 지발 좀 봐 주십시유!"

"어허, 갑자기 왜 그러시오. 어서 일어나요."

"아닙니다유. 지가 잘못했시유! 지발 용서해 주시유!"

아버지는 머리를 연신 조아리고 두 손을 싹싹 빌며 계속 애원을 했다.

"허허, 참! 나 같은 사람한테 무슨 힘이 있다고 그러시오?"

박 사장이 눈을 가늘게 치뜨고 입가에 음흉한 미소를 지으며 말했다.

"우리 아들놈은 거기 끌려가면 죽습니다유! 한 번만 살려 주세유! 이렇게 빕니다유! 지발, 지발 그 위원회에 가서서 얘기 좀 잘

해 주십시유!"

"허허, 내 이거야 원! 김 대목이 정 그리 부탁을 한다면야, 내 얘기를 해 볼 용의는 있지만서두…. 그야 뭐 김 대목 하기에 달린 거 아니겠소? 흐흐흐!"

"무신 말씀인지 잘 알겠시유. 앞으로 박 사장님을 잘 받들어 모실 팅께 걱정마십시유!"

"그래요? 허허, 그럼 김 대목을 한번 믿어 보겠소!"


그 다음날부터 아버지는 반대하는 주민들을 열심히 설득하러 다녔다. 하루아침에 돌변한 아버지의 태도에 사람들은 의심의 눈초리를 보내기도 했지만, 워낙 오랫동안 터줏대감 노릇을 해 온 터라 얘기를 귀담아들었다. 그리고 군청 담당자로부터 입수했다는 구체적인 문서를 확인하고 나서 다들 도장을 찍었다.

"첨부터 그리 자세하게 얘길 했더라면 반대를 하지 않았을 텐디, 우린 또 군에서 땅을 거저먹으려고 하는 기 아닌가 하고 겁을 잔뜩 먹었잖아유."

"금메 말여."

"이런 일을 하다 보면 실수도 있는 뱁여. 하지만 이제라도 내막을 자세하게 알았으니께, 참말로 다행이지 뭐…."

"그나저나 땅 값은 많이 쳐준다고 했지유?"

"아 글씨, 그렇다니께. 몇 번이나 말해야 알아듣것능가?"

"그럼 난 목수 어른 말씀만 믿고 도장을 찍을 팅께, 만에 하나 일이 잘못되면 전적으로 책음지시유!"

이렇게 해서 공원 개발 사업이 시작되었다. 하지만 곧 착수할 것처럼 서두르던 공사는 웬일인지 차일피일 미뤄졌다. 들리는 말에 의하면 중앙에서 내려온 방침이 바뀌었다고도 했고, 자금이 예상보다 훨씬 더 많이 들어가기 때문에 늦어진다고도 했다. 그러다가 결국 공원 계획 자체가 흐지부지되고, 개발권은 주택사업을 하는 박 사장에게 넘어가고 말았다.

뒤늦게 사정을 알게 된 주민들이 나서서 거세게 항의를 해보기도 했지만, 상황은 이미 물 건너 간 뒤였다. 아버지한테도 몰려와 따졌지만, 뾰족한 해결책이 있을 리가 없었다. 우여곡절 끝에 폐건물은 깨끗하게 철거되고 대신 고급 아파트 몇 동이 번듯하게 들어섰다. 아파트가 별로 없던 시절인지라 우리 지역에서는 그래도 제법 잘 지었다고 소문난 아파트였다.

이제 아버지는 그 아파트의 경비원이 되어 근무를 했다. 옛날 닥터 개부슨 병원에서 일할 때와 다름없이 자부심 넘치고 당당한 태도였다. 그 자리야말로 누가 뭐라 해도 아버지의 자리였다. '김 목수가 개부슨을 팔아서 한몫 잡았다더라!'는 소문이 한동안 떠돌았지만, 아버지는 그런 헛소문에 대해 일체 대구를 하지 않고 묵묵부답으로 일관했다. 뿐만 아니라 그 이후로는 닥터 개부슨과 사령관에 대한 얘기도 일체 하지 않았다.

학교를 졸업한 뒤, 도회지로 나가서 객지를 떠돌다 어찌어찌 고향에 내려온 나도 잠시 그 아파트에 세를 들어 산 적이 있었다. 겉모습만 보면 옛날과 아주 딴판이어서 지난날의 흔적이라고는 찾아볼 수가 없었다.

하지만 아카시아 꽃이나 밤꽃 향기가 진동을 하거나, 뒷산의 참나무 숲에 비바람이 거세게 몰아치는 소리가 비명처럼 들려오는 밤이면, 이런저런 생각이 자꾸 떠올라 잠을 설치며 뒤척이곤 했다.

'함께 뛰어 놀던 친구들은 어디론가 다 흩어지고, 뒷동산의 나무들만 아직도 제자리를 지키고 있구나. 길수 어머니의 걸쩍한 욕을 다시 들어보고 싶어도, 벌써 오래전에 돌아가셨고….'

'닥터 개부슨은 어디서 무얼 하고 있을까? 아마 지금도 어디선가 열심히 환자를 돌보고 있겠지…. 매기도 이미 뚱보 아줌마가 되어 미국에서 잘 살고 있겠지. 그런데 가끔은 여기서 살았던 때를 생각할까….'

어느 날 다섯 살배기 딸이 바깥에서 놀다 들어와서 무슨 대단한 비밀이라도 되는 양 귀에 대고 속삭였다.

"아빠, 이 아파트 지을 때 모래가 부족해서 사람 뼈를 갈아서 넣었대."

"누, 누가 그런 소리를 해?"

나는 소스라치게 놀라서 물었다.

"동네 언니들한테 들었어."

딸아이는 완전히 겁먹은 표정이었다.

"그런 말 절대 믿지 마. 다 헛소문이야."

나는 옛날에 있었던 얘기를 하면서 그런 터무니없는 얘기가 나오게 된 배경을 알아듣게 설명해 주었지만, 딸아이는 이해할 수 없다는 듯 고개만 갸웃거렸다. 소문의 끈질긴 생명력이 새삼 무서울 뿐이었다.

아버지는 닥터 개부슨이 살던 낡은 사택을 헐값에 사들여 이사를 했다. 어릴 때 그토록 부러워했던 그 사택은 주변에 최신식 주택들이 많이 들어서는 바람에 이제 초라한 집으로 전락하고 말았다. 그토록 신기해 했던 청소기며 세탁기, TV, 냉장고 등도 이미 웬만한 가정에서는 다 갖춰 놓고 쓰는 물건이 되어 버렸다. 심지어는 자가용 승용차를 가진 집도 드물지 않았다. 불과 20여 년 만에 그 모든 걸 이렇게 다 따라잡다니, 실로 기적과도 같은 일이었다.

아버지는 몇 해 전에 돌아가셨다.

노환으로 인한 아버지의 죽음은 충분히 예견된 일이었지만, 그렇다고 충격이나 슬픔의 정도가 줄어든 것은 아니었다. 오히려 더욱 증폭되었다고 하는 편이 옳을 것이다. 아버지의 기대에 부응하지 못한 삶을 살아온 데 대한 부끄러움과 회한이 그만큼 컸던 탓이다.

세상살이는 결코 만만치 않았다. 도회지에 있는 조그만 회사의 샐러리맨으로 근무하다 IMF 외환 위기 때 명예퇴직이라는 그럴

듯한 말로 쫓겨난 뒤로, 사업을 한답시고 이것저것 벌였다가 퇴직금마저 다 까먹고 대출금만 잔뜩 짊어진 하우스 푸어 신세가 되고 보니, 아버지보다 훨씬 못한 삶을 살아온 내 자신이 몹시도 부끄러웠다.

아버지가 돌아가셨다는 급보를 접하는 순간에도 증기기관차의 기적 소리가 귓속 가득히 들려왔다. 그 소리는 장례식 내내 수시로 되풀이되었고, 그 어느 때보다도 목이 메고 구슬프게 들렸다. 그때마다 아버지의 인생도 슬픈 기관차 같았다는 생각이 자꾸만 들었다.

'그래, 내 생명을 이 세상으로 인도하고, 지금껏 말없이 이끌어주던 그 기차가 이제 먼 곳으로 떠났다. 다시는 돌아올 수 없는 먼 곳으로….'

장례식이 끝난 뒤, 나는 실로 오랜만에 뒷동산에 올라 어릴 적 뛰어 놀던 곳들을 찬찬히 둘러보았다. 나지막한 야산 곳곳에는 오래된 무덤들이 고즈넉하게 자리를 잡고 있고, 키 작은 참나무와 소나무들이 옛 모습 그대로 자리를 지키고 있었다. 눈에 익은 정겨운 모습을 보자 가슴이 울컥하였다.

이미 오래 전에 고향을 떠나 도회지에서 살고 있는 나에게, 아버지의 죽음은 곧 고향의 죽음을 의미했다. 그리고 고향의 죽음은 곧 뿌리와의 단절을 의미했다. 이제 특별한 일이 없는 한 고향을 찾는 일도 없을 것 같았다.

뒷동산을 내려온 나는 동네를 한 바퀴 둘러보았다. 세월이 많이 흐른 만큼 동네 모습도 크게 바뀌어 있었다. 마을 한가운데 있던 논에는 아파트 몇 채가 들어서고, 집들도 몰라보게 변해 버려서 옛날 흔적을 찾아볼 수가 없었다.

 마을을 지키고 있는 친구 한 명 말고는 아는 사람도 아무도 없었다. 그리고 그 친구와 술잔을 나누다가 나는 놀라운 소식을 듣게 되었다. 다름이 아니라 거지촌을 이끌며 지역 주민들로부터 한때 사령관이라고 불리기도 했지만 결국 비참하게 죽은 사내에게 숨겨진 딸이 있다는 얘기였다!

 "허허, 이게 어찌 된 심판이랴?"

 나는 놀라서 어안이 벙벙하였다.

 "금메 말여!"

 벌써 머리가 하얗게 센 친구도 마주 보며 허허롭게 웃었다.

 "누가 그런 소릴 하든가?"

 "왜 점방 집 형 있잖아?"

 "월남 갔다 온 외팔이 형?"

 "그려. 몇 해 전에 그 형을 우연히 만났어."

 "그 동안 어떻게 지냈다고 하든가?"

 "어디 한 곳에 정착을 못하고 여기저기 떠돌아 다니믄서 고생을 많이 한 모양여. …그래도 이젠 건강도 어느 정도 되찾고, 돌침대 사업도 하면서 그런대로 살만한 개벼. 그 형한테서 얘길 직접 들었지.”

“그래, 뭐라든가?”

“옛날에 그 형과 결혼하려다가 헤어진, 병원에 다니던 누나 알지?”

“알지. 나중에 서울인가 어디로 혼자 떠났잖아?”

“그렇지. 그때 누나는 사실 형과 결혼을 하려고 했는디, 형이 한사코 거절을 했댜. 자기하고 결혼하면 불행해질 게 뻔해서, 좋은 남자 만나서 행복하게 살라고 일부러 멀리하고 행패를 부리고 그랬다는구면.”

“허허, 참! 그런 사연이 있었던 줄은 몰랐네.”

“그래서 누나가 형과 헤어진 뒤에 어찌어찌 하다가 사령관과 가까워진 게 아닌가 하는 생각이 들어. 당시에 사령관이 병원에 자주 들렸으니께.”

“그랬지. …그럼 그때 두 사람이 같이 살지 않고서, 왜?”

“낸들 그걸 어찌 알겠나?”

“하기야 같이 살지 않은 게 잘된 건지도 모르지.”

“그건 그려. …어쨌거나 누나가 우리 동네를 떠나 도회지로 간 뒤에 사령관 딸을 낳았다는구면. 그리고 늦게나마 형이 누나를 찾아가서 화해를 하고, 그 딸하고 셋이서 함께 잘 살고 있는 모양이더구만.”

“참말로 잘 됐네, 잘 됐어!”

“금메 말여!”

"자, 자, 술이나 들어!"

나는 머리가 허옇게 센 고향 친구와 밤늦게까지 독한 술을 마셨다. 그날 밤은 바닥 모를 우물처럼 깊고도 어두웠다. 이제 고향은 더없이 외롭고 쓸쓸하고 낯선 그런 곳이 되고 말았다.

술을 마시는 내내, 오래 전에 유배 생활을 했던 섬에 다시 찾아오기라도 한 것처럼 가슴이 한없이 먹먹해져 왔다. 다가오지 않을 꿈을 헛되이 부르다 목이 잔뜩 쉰 기적 소리도 폐부 깊숙한 곳에서 간간이 들려왔다. 그리고 지난 시절의 온갖 추억과 사연들이 한꺼번에 몰려와, 태풍에 몸부림치는 거대한 숲처럼 마구 춤추며 울부짖었다.

'그래, 추억은 세월과 함께 자라는 법이다. 세월이 흐르면서 추억도 나이테가 점차 늘어나고, 사방으로 뿌리를 깊이 뻗는가 하면, 가지를 무성하게 쳐서 끊임없이 변해 간다. 우리가 온갖 슬픔과 고통을 기쁨으로 승화시킬 수 있는 것도 그 때문이고, 예전에 미처 몰랐던 생의 비의를 먼 훗날 깨달을 수 있는 것도 그 때문이다. 그래서 추억은 늘 미완성이다. 아, 추억을 완성하기 위해서는 얼마나 더 많은 세월이 흘러야 하는 것일까…?'

문득, 크게 취한 내 머릿속에 사령관과 닥터 개부슨의 환영이 영화의 한 장면처럼 선명하게 떠올랐다.


…사령관은 거지촌의 많은 식구들을 좌우에 거느리고 등장했다.

수세미 산발을 하고 누더기를 걸친 미치광이가 아니라, 진짜 맥아더 사령관처럼 멋지게 차려입고 선글라스를 낀 모습이었다. 마치 숱한 전투에서 승리하고 돌아온 개선장군 같았다.

거지촌 식구들은 고대하던 해방의 날이라도 맞이한 듯, 다들 기쁨에 겨워 깡통을 두드리며 구성지게 각설이타령을 하면서 신나게 춤을 추었다. 사령관은 길가에 도열해 있는 수많은 사람들의 열렬한 환호를 받으며 위풍당당하게 행진하였다. 햇살을 받아 빛나는 얼굴로 활짝 웃으면서, 두 손을 높이 흔들어 답례도 하였다. 그 뒤를 조무래기들이 끝없이 질서정연하게 따르며 힘차게 행진을 하였다.

닥터 개부슨도 예전 모습 그대로였다. 하얀 가운을 입고 목에 청진기를 걸친 그는 아무하고나 악수를 하며 어린애처럼 싱글벙글 웃었다. 그 옆에서 찔레꽃처럼 새하얀 원피스를 입은 매기가 연신 깔깔대면서, 이상한 나라의 엘리스에 나오는 검은 조끼 입은 토끼와 손을 잡고 빙글빙글 돌아가며 춤을 추었다. 조금 떨어진 곳에서 몰래 매기를 훔쳐보는 어리숙한 아이의 모습도 언뜻언뜻 보였다.

닥터 개부슨은 사령관과 어깨동무를 하고 환영 인파 속을 사이좋게 걸었다. 사람들이 더욱 환호하였고, 두 손을 높이 흔들어 답례를 할 때마다 손에 든 메스가 햇살에 반사되어 반짝였다. 그 뒤를 천사처럼 예쁘고 앙증맞은 하얀 새끼 양들이 줄지어 졸졸 따라갔다.

그리고 어찌 보면 소설 속의 어린 왕자 같기도 하고, 어찌 보면 여기저기 떠돌고 있는 꼬마 유령 같기도 한 이상한 아이가 맨 앞에 서서, 알 수 없는 커다란 소리로 구호를 외치며 행렬을 이끌고 있었다…

♦♦♦

그때 우리의 어니스트 존은 무얼 하고 있었을까?

아마도 그 또한 자기 자리를 지키기 위해 끝까지 애쓰고 있었을 것이다. 그런데 질투와 시기심으로 가득한 어니스트 존은 떠나지 않으려고 고집을 부리거나 술수를 쓰지는 않았을까? 아니다. 그는 자기보다 더 막강한 후임이 오자 깨끗하게 자리를 물려주고 미련 없이 떠났을 것이다. 바람만이 알고 있었겠지만.

# 17

# 슬픈 기차

"빼…액! 빼애……액!"

내 가슴 속에서는 아직도 그때 그 기적 소리가 종종 들려온다.

하지만 세월이 덧없이 흘러 어느덧 중년의 나이를 훌쩍 넘기고, 삶의 고단함과 반복되는 일상에 지칠 대로 지쳐 버린 지금, 그 소리는 더 이상 가슴 설레거나 기쁘지 않고, 생의 무거운 굴레에 대한 슬픈 절규처럼 들린다.

특히 전쟁 직후에 콩나물처럼 우글우글 태어나 학교에서고 사회에서고 이리저리 차이며, '조국 근대화'와 '민족중흥의 역사적 사명'이라는 거창한 명분하에 무거운 굴레를 짊어지고 수십 년 동안 앞만 보고 달리도록 강요받아 온 베이비붐 세대라면 누구라도 그렇게 느낄 것이다.

아니, 그들 자체가 슬픈 기차였다 해도 과언이 아니다!

아무리 열심히 달려도 약속했던 미래는 가까이 다가오지 않았고, 아무리 발버둥 쳐도 한 번 정해진 생의 궤도는 쉽사리 바뀌지 않았다. 언제나 잡힐 듯 잡히지 않는 술래잡기 놀이만 속절없이 되풀이될 뿐이었다. 그리고 이제 은퇴하여 고물차 신세가 되어버린 뒤로는, 못 다한 꿈과 회한만이 텅 빈 가슴 속에서 검은 연기로 무성하게 피어오르곤 한다.

◢◢◢

　그때 우리의 어니스트 존은 무얼 하고 있었을까?

　아마도 그 또한 은퇴한 뒤로 고물차 신세가 되어 쓸쓸히 잊혀 갔을 것이다. 그런데 누구보다도 자존심이 강했던 어니스트 존은 혹시 자책을 하거나 후회한 적은 없었을까? 아니다. 그는 일말의 후회나 회한도 없이 언제나 자신이 완수한 임무를 자랑스럽게 기억하였을 것이다. 바람만이 알고 있었겠지만.

에필로그

최근에 한 이상한 아이가 찾아왔다.

역사의 수레바퀴가 수십 년 전으로 되돌아가 도처에서 어처구니없는 일들이 벌어지고, 애써 잊고 있던 과거의 망령들이 살아나 좀비처럼 우리 주위를 배회하던 어느 날 밤에, 불현듯 그 아이가 나를 찾아왔다….

나는 오랜만에 그 아이와 재회하고 나서 깊이 깨달았다.

우리가 비록 슬픈 기차와 같은 존재였다고 해도 결코 불행하지는 않았다는 것을! 시대의 격변과 함께 불어닥친 거센 바람과 맞서 싸우느라 청춘이 다 흘러가 버렸지만, 저마다의 가슴 속에 세상 어느 꽃보다도 고귀하게 피어났던 바람장미 덕분에 조금쯤은 행복했다는 것을!

하지만 지난 시절의 숱한 잘못과 아픔과 부끄러움들이 이제는 무슨 훈장처럼 포장되어, 우리 스스로를 그럴듯하게 기만하고 있다는 것을! 그 유혹이 제아무리 달콤해도 다시는 옛날로 돌아갈 수도 없고, 또 돌아가서도 안 된다는 것을! 그리고 미완의 추억을 완성하기 위하여 아직 할 일이 많이 남아 있다는 것을!

나는 다시 한 번 거센 비바람을 헤치고 씩씩하게 앞으로 나아가기로 굳게 마음먹었다. 문득 증기기관차의 기적 소리가 귓속 가득히 들려왔다. 새벽을 일깨우는 그 우렁찬 소리를 들으면서, 나는 불면의 밤을 떨치고 일어났다.

*어니스트 존(Honest John)은 주한미군이 1958년 우리나라에 들여와서 운영했던 세계 최초의 핵탄두 장착용 로켓임. 핵탄두는 그 후 1991년까지 33년 동안이나 존재했으며, 많을 때는 950개나 있었던 것으로 알려지고 있음. 현재 북한의 4차 핵개발로 인해 격랑을 맞고 있는 한반도 핵 문제의 단초라 할 수 있음.

*바람장미(WindRose)는 한 지점을 중심으로 바람의 방향과 세기 등을 일정기간 동안 막대그래프로 그려서, 마치 한 송이 꽃처럼 보이게 표시하는 기상용어임. 이 글에서는 삶의 역정을 나타내는 상징으로 사용하였음.

*노근리 관련 내용은 정은용의 실화소설 〈그대 우리의 슬픔을 아는가〉를 참조하였음. 이제는 많이 알려졌고, 그 자리에 평화공원이 들어서서 해마

다 추모행사를 하고 있지만, 미국의 민낯을 그대로 보여준 그 사건은 언제든 재발할 수 있다는 점에서 현재진행형이라 할 수 있음.

# 여기는 충청도 노근리, 들어라 양키들아!
### - 김 혁 장편소설 『누가 울어』를 읽고

정현기(문학평론가)

## 1. 기억은 양심이다.

참 오랜만에 충청도 말투로 쓴 충청도 출신 작가 김 혁의 소설을 읽었다. 그의 소설을 읽는 내내 나는 이문구 형을 생각하였다. 이게 무슨 해괴한 연상일까? 이문구 형 생시에 나는 그를 한국이 낳은 아주 귀한 작가로 믿어왔다. 그를 나는 이 나라 한국이 지닌 위대한 문학정신이며, 한국 소설사의 거대한 산맥 위에 솟아오른, 까마득한 높이를 자랑하는 봉우리로 여겨왔다. 그래서 생시에도 그를 늘 보배로운 나의 벗으로 여겨 늘 존경하였고 또 기려왔다. 그가 쓴 『장한몽』 한 편만 가지고도 이 나라 한반도에 사는 사람들이 겪어온 기구한 역사의 치열함에 치를 떨게 된다. 이 책 한권을 품에 품고 다니며 읽고 또 읽으면서 나는 거의 1년 동안을 고심한 적이 있었다. 1년에 걸친 한국인으로서의 몸살 앓이였다. 뿐만이 아니다. 그가 1972년도에 발표한 중편소설 『해벽(海壁)』의 이야기 내용 또한 가슴을 치게 한다. 미군부대 주둔지인 사포곶 마을을 배경으로 하여 이루고지고 있던 개발론자들의 무지막지한 근대화 외침과 거기 묻어 들어와 아무런 의문도 성찰도 없었던, 미제국주의의 악랄한 한민족 도덕성 말살장면이, 눈 시리게 그려져 있다. 빙 둘러친 채 음란하게 낄낄대는 미국군병사들 가운데서 개에게 한국처녀가 수간 당하는 처참한 광경은 꼭 지독한 포르노 장면과도 같았다. 이런 이야기들을 가지고 이문구 형은 양키들에게 또 그리고 우리들에게 이렇게 물었던 것이다. '미국인들! 당신들은 도대체 누구요? 당신들은 이 나라 한국인 우리를 도와주러 온 거요? 더럽히러 온 거요? 그리고 한국 사람들 당신들은 도대체 누구요? 왜 저들에게 매달려 살려달라고 비대발괄인 거요? 부끄럽지도 않소?'

여기서 김 혁의 작품 가운데 맛깔스런 한 몫을 차지하는 미국인 개신교 선교사 개부슨의 병원개설과 주민들의 병원을 통한 편의 제공 이야기를 조금 보태야 한다. 근대 이후 이 나라 안팎에서 벌어지던 모든 부조리와 악행을 막아줄 방패막이로서의 착한 이 역할은 반드시 필요하였다. 한국 기독교 개신교 선교는 19세기 서구 제국주의 정책이 팽창했을 때 가장 집요하게 따라붙었던 달콤한 미끼였다. 하나님의 사랑을 세계에 펼친다는 핑계 뒤에는 늘 대포와 제국주의 행악 패권이 도사리고 있었다. 이것이 제국주의 역사이자 기독교 선교의 역사였다. 제국주의 폭력세력이 만만찮

게 엄청난 데다, 그 힘을 등에 진 기독교 세력 또한 누구도 대항할 수 없도록 막강하였다. 제국주의 일본 깡패였던 이등박문을 총 쏘아 죽인 의인 안중근에게 종부성사를 못 주게 막은 사람도 당시 한국에 와서 하나님 사상을 팔던 프랑스인 천주교 주교 뮈텔이었다. 그는 이등박문의 죽음에도 애도를 표하고, 안중근 추모식에도 천주교회 이름을 단 화환을 보낸 기회주의적 두 다리 패 속물에 지나지 않는 인생이었다고 나는 생각한다. 제국주의와 기독교는 어쩌면 두 날의 한 칼일지도 모른다. 김 혁은 개부슨 선교사의 병원 개업과 귀국 뒤 이 병원의 폐허를 그리면서, 그 병원의 심부름꾼으로 일관한 아버지의 신세를 현세 한국인의 처절한 상징으로 잘 그려내고 있다.

　김 혁의 장편소설을 읽으면서 나는 2016년 이 해에 이문구 형의 목소리를 다시 듣는 듯한 착각에 빠진다. 아니 어쩌면 이것은 착각이 아니라 새로운 뒷사람의 또 다른 음색의 물음일 터이다. 어느 시대 어느 나라에나 작가의 존재근거란 그 종족이 지녀온 기억을 되살려내는 이야기 텃밭에 닻을 내리고 있다. 이 나라는 아직도 민족이 분단되어 서로 총을 겨눈 채 눈을 부릅뜨고 마주 서 있다. 1950년도 6월 25일로부터 시작된 민족 전쟁의 원인은 정확히 무엇인가? 모든 사람들은 각기 그만의 기억을 지니고 산다. 이 기억에는 또 다른 역사가 들어 있다. 가해자의 유전자에는 기억을 늘 지우고 싶어 하는 인자가 숨어 있고, 피해의 유전자를 지닌 사람들은 언제나 기억을 되살려야 한다는 고정관념에 시달린다. 문제는 가해유전자를 지닌 인생들이란 언제나 가해의 습성을 버리지 못한다는 데 있다. 그래서 피해유전자를 지닌 인생들은 그런 가해유전자 조직패들에게 다시 피해를 입지 않으려는 본능적인 방어기제가 작동한다.

"미군들의 명령에 500여명이나 되는 피난민 대열을 뜨거운 땡볕 아래서 남쪽을 향해 느릿느릿 걷기 시작했다. 기철이도 아버지의 손을 잡고, 사람들 틈에 끼어서 걸으며 신경을 바짝 곤두세웠다. 옆에서는 어머니가 누이동생의 손을 꼭 잡은 채 소리 없이 흐느꼈다. 혹시 기차에 태우려는 건 아닌가 하는 생각도 들었지만, 기차는 운행을 멈춘 지 이미 오래였다. 왜 이런 곳으로 올라오라고 하는지 도무지 이유를 알 수 없었다. 하지만 뭔가 엄청난 일이 다가오고 있음이 분명했다. 입 안이 바짝바짝 타들어갔고, 숨이 막혀 질식할 것만 같았다.

'모두 정지! 그리고 짐을 풀어라!'

일행이 노근리 쌍굴다리 부근에 도달했을 때, 미군들은 정지명령을 내리고는 갑자기 주민들의 짐과 옷 속을 일일이 검사하기 시작했다. 피난민들 가운데 인민군 스파이가 다수 섞여 있다는 첩보를 입수했다는 것이었다. 빨갱이하고는 전혀 상관이 없는 사람들은 약간 안도의 한숨을 내쉬며 명령에 고분고분 따랐다. 그 자리에 주저앉아서 잠시 눈을 붙이거나 허기를 달래느라 주먹밥을 먹는 사람들도 있었다."

이렇게 노근리 근처 쌍굴다리 부근으로 몰고 간 민간인들을 미군들은 전투기로 기총소사를 하거나 굴 입구를 막고 기관총으로 쏘아 마구 죽였다. 이것이 1950년도 6.25를 전후하여 한국 충청도 땅에서, 공산당을 쳐부순다는 명분으로 이 나라에 들어온 미국 군인들이 저지른 악행이었다. 이 살육현장에서 살아남은 인물 하나를 주인공으로 삼아 쓴 소설이 바로 2016년도 판 기억의 되돌림이다. 이 장편소설『누가 울어』의 제 일 주인공은 일단 66년 전에 벌어진 이 처참한 살육현장에서 살아남은 기철이라는 인물이다. 그는 노근리에서 살아남은 몇 안 되는 사람 가운데 하나였다. 그런 참혹한 살육행위는, 그게 실수였든 의도된 실수였든 남의 나라에 와서 그들을 돕는답시고, 들어온 미군들에 의해 저질러졌다. 이런 악행은 미국 쪽이나 미국에 등에 댄 권력패들 쪽에서는 숨기고 싶은 그야말로 치욕스런 죄악임에 틀림이 없다. 죄 없이 끌려간 500 여명 민간인들 가운데 50 여명만 살아남았으니 이 살아남은 50 여명의 입은 어떤 방식으로든 막아둬야 할 가해자들의 입장이었을 터다. 미국이 이 사실에 대해 사과를 공식적으로 했는지 아닌지를 이 작품은 밝히지 않고 있다. 진정성 있는 사과가 참말 이루어졌다면 작가가 나서서 이 아픈 과거를 끄집어내지는 않을 것이다.

잘 알려졌다시피 1905년도 미국 시어도르 루즈벨트 대통령 시절 비밀리에 미국 태프트 국무장관을 보내어 왜국 가츠라 외무장관 사이에 맺은 〈가츠라-태프트 밀약〉에 대한 공식적인 미국의 사과는 아예 없었고 지금도 입을 쓱싹 씻고 있는 판이다. 추악하기가 그야말로 악의 가운데 도막(축) 국가답다. 한국 사람도 미국 사람들도 일본과 미국이 일찌감치 몰래 맺어 꾸민 정치 책략의 핵심은 잘 모르고 있는 실정이다. 요약하면 이 비밀 협약이란 '필리핀을 미국이 관리하는 대신 너희 일본은 조선을 먹어 관리하라!'는 추악한 음모였다. 도대체 이런 따위 약육강식을 노골적으로 내세워 남의 나라를 집어삼키면서 각종 죄악을 저지르면서 무슨 민주주의 국가라는 나팔을 불어낼 수 있는 것인지 생각이 조금만 있는 사람들은 금세 그 어둡고 흉측한 악행을 알아차릴 수가 있다. 그러나 이 나라 사람들은 그런 물음이 아예 원천적으로 막혀버렸다. 친미 일파 권력패들이 그들 미국의 등을 댄 채 더러운 권력을 행사해 온 역사로 이 나라가 굴러왔기 때문이다. 한국 현대사의 참혹한 현실이 아닐 수 없다.

그런데도 이 비밀스런 꿍심을 이어서 자행해 오면서, 어째서 미국은 이렇게 한국의 우방임을 전 세계에 알려 내세우며 속으로는 이리 함부로 이 한국민족에게 수치심은 말할 것도 없고 도덕성 멸살과 민족정신을 함부로 짓밟는가? 이 물음은 뜻 깊은 작가나 시인들에 의해 꾸준히 이어 물어야 하고, 또 그 잘못을 뉘우쳐 사과하도록 기록하고 외치며 주장해야 한다고 나는 믿는다. 작가됨은 바로 이 지점에서 그 진정성이나 존재 값이 판가름 난다고 나는 믿는다. 가장 가까운 이웃일수록 스스로 저지른 잘못이나 실수는 자주 묻고 따지며 엎드려 빌고 사과해야 하는 게 아닐까? 그게 사람됨의 기본적인 철학적 양심에 값하는 자세가 아닐까?

1995년도에 발표하여 세계 많은 이들의 공감을 얻었던 포르투갈 출신 작가이자 노벨문학상을 받은 주제 사라마구가 쓴『눈먼 자들의 도시』속의 각종 인물들이 눈이 먼 채 앞을 보지 못하는 상태로 공동 수용소에 갇힌 채 살아가고 있는 장면은 이 나라 현실을 볼 때마다 너무나 뚜렷하게 닮은꼴로 보여 삶 자체가 역겹게 느껴진다. 키르기스스탄 출신 작가로『하얀 배』,『백년보다 긴 하루』등을 써서 서방세계에 널리 알려진 아이트마토프는 그의 작품 쓰기의 힘줄로 '기억이란 곧 양심이다.'는 문학적 잣대를 내세웠다. 한 생애를 살면서 자기가 저지른 일을 뒷사람들이 모른다고 믿는다면, 어떤 악행도 두려워하지 않을 것이라는 아주 귀중한 문학의 잣대를 드러내었다.『하얀 배』에서도『백년보다 긴 하루』에서도 이 작가는 과거를 잃는 인간을 내세워 과거를 잃는 인간을 〈만쿠르트〉라는 이름의 백치로 불렀다. 전쟁 통에 포로로 잡힌 젊은이들을 뜨거운 사막 한 복판에 묶어 빡빡 깎은 머리통에 낙타가죽을 씌워 놓으면 사흘이 못 가서 다 굶주림과 갈증 그리고 햇볕에 말라죽는다.

　그런데 건장한 젊은이 가운데는 닷새까지도 버티는 사람이 있다고 했다. 닷새를 버티고 살아난 사람은 자라는 머리털이 밖으로 머리통 속으로 파고드는 고통에 아예 과거를 온통 잃어버리는 바보가 된다는 것이다. 기억을 완벽하게 잃어버린 인간! 그것을 만쿠르트(Mankurt)라 부른다. 그런 사람은 아무리 힘든 일을 시켜도 오직 주인 말만 듣는 아주 귀한 종이 된다. 사람을 종으로 삼아 거

느리기를 즐기는 흉악한 주인들일수록 가장 두려워하는 것이 종들의 반란이다. 과거를 잊은 사람은 자기를 낳아준 어머니나 아버지도 다 못 알아본다. 자기 존재근원인 부모에게도 활이나 총을 쏠수 있는 사람됨, 그게 누구일까? 역사를 똑바로 알려줘야 하는 것은 바로 한 모둠 살이 사람들로 하여금 과거를 아예 잃어버린 이런 만쿠르트가 되지 않도록 하려는 마음이 들어 있기 때문이다.


## 2. 이야기 틀의 독창성

김 혁의 장편소설 『누가 울어』의 짜임새를 조금 이야기해 볼 필요가 있다. 이 소설은 1950년도부터 1953년 한국 전쟁이 끝난 시절까지의 한국 역사를 섬세한 눈길로 그려낸 이야기이다. 모두 알다시피 오늘날 젊은이들은 전쟁을 직접 겪어보지 않은 세대가 한국 사회의 주류층을 이루고 있다. 2-30대는 말할 것도 없고 4-50대 심지어 60대 사람들까지도 실은 한반도 주민들이 겪어내야 하였던 동족전쟁의 참혹했던 내용을 잘 모른다. 6.25 동족 모독 전쟁의 참전세대는 아직도 살아있을 수 있다. 나의 고종 사촌 형님 두 분은 6.25전투에 참전하였다가 한 분은 오대산 지역 백적산 전투에서 전사하였고, 또 한 형님은 같은 부대에서 다리에 총탄을 맞고 크게 부상당해 제대한 이후 현재까지도 생존해 있다. 나이 여든 아홉 살이다.

문제의 핵심은 어째서 이 한반도에서 그것도 왜국으로부터 광복이 된지 불과 5년도 안 된 그 시기에 엄청난 화력을 동원한 전쟁이 동족끼리 싸우는 형태로 터졌느냐 하는 점이다. 이 문제에 대해서도 지식인들은 입을 다물고 있다. 누가 이 전쟁을 일으켰는가? 또 왜 이런 동족전쟁이 일어났는가? 미국의 양심적인 지식인들 가운데 몇 사람이 이 문제를 거론한 적은 있다. 미국 샌프란시스코에서 태어나 캘리포니아 버클리 대학교에서 공부한 더글러스 러미스라는 정치사상가는 2000년도에 영어로 된 한 책을 발표하였다. 2002년 12월에 이 책은 김종철과 이반이 한국말로 옮겨 소개하였는데, 그 책의 제목은 『경제성장이 안되면 우리는 풍요롭지 못할 것인가』이다. 이 책을 통해서 우리는 그동안 우리가 의문을 품었던 이 한반도 전쟁의 기막힌 요인의 샘을 어렴풋이나마 알게 하였었다. 정치사상가 더글러스 러미스가 발표한 말에 의하면; 2000년을 전후하여 근 반세기 동안 미국이 전 세계에서 저지른 전쟁은 열 두 차례도 넘는다. 그 전쟁 상대 국가만 해도 한국을 비롯하여 베트남, 그라나다, 파나마, 걸프 지역, 이라크, 아이티, 소말리아, 아프가니스탄, 이란, 수단, 코소보 등 그야말로 눈부신 바가 있다. 왜 이렇게 미국은 야만국가로 전락하였을까? 1986년도에 옮겨져 나온 부르스 커밍스의 『한국전쟁의 기원』 또한 우리가 품고 살아온 한국전쟁의 터무니없는 근원에 대한 성찰을 돕는다. 우리 앞을 가로막고 있는 이 문제에 대해서 우리는 반드시 깊이 따져 세상에 널리 묻고 답하는 분위기로 가야한다. 모든 전쟁 요인의 중요한 핵심은, 간략하게 줄여, 돈놀이꾼들의 탐욕과 그들과 결탁한 복합무기장사치들의 농간이라고 밝히는 정도로 이 글에서는 줄인다.

이 작품의 특징 가운데 하나는 모두 열일곱 장으로 되어 풀어가는 이야기 마디에다 마무리를 짓는 알쏭달쏭한 반복 수사를 달았다는 점이다. 그런데 그 수사에 나오는 이야기 가운데 어니스트 존이라는 이름이 나오는데 이런 식이다. 첫째 장 이야기 끝에 붙인 이 수사는 이렇다. 이런 수사야말로 이 작품을 읽게 하는 퍽 맛깔스런 마무리 장치라고 나는 읽었다.

"그때 우리의 어니스트 존은 무얼 하고 있었을까? 아마도 그 또한 미지의 땅에 비밀리에 정착한 뒤, 부푼 마음으로 새로운 꿈을 꾸고 있었을 것이다. 그런데 58년 개띠와 동갑내기인 어니스트 존은 혹시 가짜거나 헛소문은 아니었을까? 아니다. 그는 언제나 거기에 굳게 지켜 서서 주어진 임무를 완수하였을 것이다. 바람만이 알고 있었겠지만."

첫 장부터 끝장까지 이 이야기 끝 수사로 어김없이 이런 어니스트 존 이야기가 나오는데, 아랫부분 몇 마디는 약간씩 다르다. 그러므로 이 소설을 읽는 독자로서는 이 어니스트 존이 누구인지 계속 궁금할 수밖에 없다. 열일곱 차례나 이어지는 이야기 끝막음을 이런 독특한 추임새로 새겨 넣은 것에는 작가의 어떤 또 무슨 뜻이 숨어 있었을까? 이 작품을 다 읽기 전까지 그 의문은 풀리지 않는다. 그러나 이 수사가 작품을 읽어나가는 데 아주 신선한 느낌을 불러일으키는 것 또한 신기하다. 게다가 '바람만이 알고 있었겠지만.'이라는 이 해학적인 수사법이라니! 열일곱 차례나 이런 어니스트 존 이야기가 끝막음의 맨 끝 쪽을 보인다. 이 끝 부분의 이야기는 박정희 유신정권이 득세하여 사람들이 모두 다 꼼짝달싹할 수조차 없는 근대화 깃발이 나부낄 때였다. 이 작품 화자이자 주인공의 독백처럼 이어지는 마지막 이야기 장면은 이렇게 되어 있다.

> "빼—액! 빼———액!"
>
> 내 가슴 속에서는 아직도 그 때 그 기적소리가 종종 들려온다. 하지만 세월이 덧없이 흘러 어느덧 중년의 나이를 훌쩍 넘기고, 삶의 고단함과 반복되는 일상에 지칠 대로 지쳐 버린 지금, 그 소리는 더 이상 가슴 설레거나 기쁘지 않고, 생의 무거운 굴레의 슬픈 절규처럼 들린다.
>
> 특히 전쟁 직후에 콩나물처럼 우글우글 태어나 학교에서고 사회에서고 이리저리 차이며, '조국 근대화'와 '민족중흥의 역사적 사명'이라는 거창한 명분하에 무거운 굴레를 짊어지고 수 십 년 동안 앞만 보고 달리도록 강요받아 온 베이비붐 세대라면 누구라도 그렇게 느낄 것이다. 아니 그들 자체가 슬픈 기차였다 해도 과언이 아니다!"

근대화라는 구호처럼 사람을 감질나게 만든 정치 구호도 드물 것이다. 앞에서 이미 더글러스 러미스의 글을 잠시 빌어 왔듯이 '개발'이라는 관념은 세계 여러 나라가 이제껏 지켜온 전통이나 문화 관습 믿음 틀 모두를 다 파괴해 버리고, 미국이 만들어 세계에 뿌리는 탐식방향으로 만들어 가겠다는 것이었다. 최근에 한 문인이 쓴 시 한편은 이렇다.

" 호세 무히카 대통령 서양문명 똥 침주기(2362)

우루과이 인구 340만 명만 사는 나라 대통령
호세 알베르토 페페 무히카 Jose Alberto Pepe Mujica
그가 2012년 우루과이 리오 환경회의 당상에 올라 허허하하
서양문명에 말 똥 침을 먹였다.

가난뱅이란 그 뭐냐? 많이 가지고도 자꾸 배고파 고파
허기져 하는 놈덜이여, 그놈덜이 이 지구 망가뜨리는
거지라는 겨! 개발개척 개소리들 좀 그만 혀! 아
독일놈덜 자동차 지닌 것 맨크로 인도 사람들도 다들 가져봐!
이 지구는 어찌될 겨? 에엥! 10만 시간 시용해도 끄떡없을
전구 대신 1000 시간만 쓸 수 있게 전구 만들어 자꾸 팔고
팔게 하는 저 개자식들 탐욕 번들대는 꼴 좀 봐 좀!
인간이 일회용 짐승이라능 겨?
어따 대고 너희들 서양치들 먹고 또 먹고 배지를 그리
불리능겨! 에잇! 내 말은 줄여보면 개발이란 악행이라는 거라고!
알 것 같어?

아직도 이런 서양문명 똥침 먹이는 이들 있어 가끔씩 웃는다.

아주 통쾌하게 웃는다는 말이다. 하하하하 허허허허!

2016년 2월 12일 금요일 오후 4시를 넘어가는 시각이다. 서하리 글방이다. 안방에 누워 좀 쉬다가 자다가 하면서 신문에서 이 사람 이야기를 보고 인터넷에 그 연설문을 찾아보니 참 기가 막힌다. 월급의 10 퍼센트만 가지고 생활을 하였고 나머지 90 퍼센트는 어딘가 가난한 이들을 돕는 단체에 기증하였단다. 나이 80에 아직도 그 원칙을 고수하면서 자기 작은 농가에서 산단다. 자동차도 68년형 방개차를 타고 다닌다지! 성인이 따로 없더구나!(2362)"

어니스트 존의 안부에 대한 마지막 언명은 이렇다.

"그 때 우리의 어니스트 존은 무얼 하고 있었을까? 아마도 그 또한 은퇴한 뒤로 고물차 신세가 되어 쓸쓸히 잊혀져갔을 것이다. 그런데 누구보다도 자존심이 강했던 어니스트 존은 혹시 자책을 하거나 후회한 적은 없었을까? 아니다. 그는 일말의 후회나 회한도 없이 자신이 완수한 임무를 자랑스럽게 기억하였을 것이다. 바람만이 알고 있었겠지만."

작가는 마지막에 이 어니스트 존의 실체에 대해서 밝혀놓았다. 앞장에서 개띠와 동갑이라고 썼던 1958년은 바로 이 어니스트 존이라는 이름의 핵탄두 장착용 로켓이 이 나라에 들어온 해라는 거였다.

이 어니스트 존이라는 핵탄두 장착용 로켓은 1991년도까지 이

나라 한반도 어느 곳에 자리한 채 오고가고 하였는데, 어느 해에는 950개까지 존재했었다고 작가는 썼다. 요즘 북한에서 4차 핵실험을 하였다고 이 나라 정부에서 핏대를 세우며 난리 책략을 쓰는 것을 보면 국민들을 무시해도 너무 한다는 생각밖에는 들지 않는다. 이런 게 다 정치 코미디 아닌가? 개척이나 개발이라는 이념은 거창하고도 그럴듯한 시대의 한 구호였다. 영화감독 마이클 무어가 만든 다큐멘터리 〈자본주의 사랑이야기〉에서 보여주었듯, 이 개발 이념은 서구를 제외한 아시아나 아프리카를 자기들 식으로 길들여 고분고분하게 바꾸어 놓겠다는 의지의 다른 표현임에 틀림이 없다. '근대화', '세계화', '글로벌리즘' 따위 구호는 늘 이런 제국주의 책략에 따라붙는 수사법이었다. 제국주의란 자기 나라의 경제적 정치적 안정을 위해 남의 나라를 수단으로 여김으로써 그 남을 공략하는 정책의 다른 이름이다. 식민주의나 제국주의 자본주의 또는 신자본주의나 자유주의는 어쩌면 같은 말일 시 분명하다. 그 말에 사람들은 늘 어리둥절한 채 억압당한다.


## 3. 맺는 말

맺는 말은 짧게 줄일 생각이다. 앞에서 나는 작가 김 혁이 이야기하고자 했던 작가 속뜻을 대강 짚었다. 이 작품은 어쩌면 이 나라가 안고 사는 여러 역사적 현상을 조금 지나간 역사사실을 불러

내어 이야기로 풀어 보인 것이다. 작가의 작가됨이란 무엇일까?
우리는 나날이 겪는 삶의 현장에서 일상성을 만들어 나간다. 그것
이 우리들의 삶이다. 우리들이라고 막연하게 쓰지만 실은 우리들
이란 또한 누구일까?

한 때 각 대학교에서 학생들의 필독서로 소개되어 읽힌 책 가운
데 에드워드 카의 『역사란 무엇인가』라는 책이 있었다. 1997년도
에 초판으로 나와 2014년까지 40쇄를 찍어낸 〈까치 출판사〉 판본
으로 나온 이 책의 한 장에서 카는 이렇게 말하였다.

> "베리는 그의 취임강연에서 몸젠의 위대함은 『로마사』에 있는 것이 아니
> 라 그가 비문(碑文)을 집대성한 사실에 그리고 로마헌법에 대한 그의 연구
> 업적에 있다고 우겨댔는데, 나는 그런 식의 주장에 대해서는 참을 수가 없
> 다. 그것은 역사를 사료편찬의 수준으로 떨어뜨리는 것이다. 위대한 역사
> 는 현재 문제에 대한 통찰이 과거에 대한 역사가의 시야를 밝혀주는 바로
> 그 때에 쓰여 진다."(60쪽)

진정성을 고수하는 모든 문인은 어쩌면 참뜻의 역사가로 값한다
고 나는 읽을 생각이다. 자신이 발 딛고 살아야 하는 자기 현실에
대한 뚜렷한 자기 의지나 주장이 없이 살아간다는 것은 눈 먼 자의
캄캄한 삶이기 쉽다. 모든 학문 가운데 인문학이라고 이름 붙여진
학문에는 문학예술이 늘 한 몫을 한다. 인문학의 한 축은 늘 역사
를 보는 뚜렷한 눈길이다. 실제로 있었던 것들에 대한 통찰 속에

는, 그것이 어째서 그렇게 있었는지, 왜 그것은 또 없었는지에 대한 물음이 들어 있다. 수많은 행적 가운데서 눈 밝은 사람을 만나야 비로소 그 사실은 그냥 평범한 사실이 아니고 역사적 사실로 자리 잡는다. 우리들 삶은 역사적 사실의 어떤 몫에 해당할까? 이 물음이야말로 작가가 늘 찾아나서는 존재 값이다.

이 세상에 존재하는 모든 것에는 어떤 값이 매겨져야 하나? 작가 김 혁이 묻고 풀어 보인 이 장편소설『누가 울어』에는 무수한 물음들이 곳곳마다 송곳처럼 솟아 있다. 작가 스스로 찾아내어 풀어 보이는 것만을 작가는 노리지 않는다. 우리가 짊어진 삶의 무거운 짐 보따리를 누군가는 함께 짊어져 주기를 바라는 것이 작가들의 깊은 속뜻이다. 한국의 힘겨운 역사! 사방에서 노리고 누르며 뭔가 네 존재의 버리를 내놓으라고 을러대는 이웃 나라의 눈총 속에서 한국 사람들은 오랜 동안 살아왔고 그것을 견뎌 내었다. 까마득한 저 먼 시절 임진년에 당한 〈임진왜란〉에 〈병자호란〉, 거기다가 〈6·25 동족 모독 전쟁〉 등을 따지고 들면 이 나라에 살고 있는 모든 인총들은 험난하고도 고된 덫을 짊어진 운명을 타고 났다. 이 운명으로부터 자유로울 방법은 무엇일까? 그것은 아마도 끝까지 묻고 따지고 또 따지는 인문정신의 발현에만 그 답이 들어있을지 모른다. 그런 물음의 가장 앞자리에 작가나 시인들이 서 있다. 작가 김 혁의 장편소설『누가 울어』를 읽으면서 눈 시리게 다가서는 이 해답에 큰 공명을 보낸다. 귀한 작품 출간을 축하한다. 끝으로, 앞에 붙인 제목인 '~들어라 양키들아!'에 대해 한마디 덧댄다. 오래 전에 C. 라이트 밀즈는 미국의 쿠바 봉쇄로 겪는 추악한 악행에 대해서 같은 제목의 글로 미국의 정치적 책략을 질책하였다. 들어라! 이런 외침은 누구도 할 수 있고, 또 해야 할 외침이 아닐 것인지?

얼떨결에 글 쓰는 일에 발을 들여놓은 지도 어언 30여 년이 지났습니다.

그동안 바쁘다는 핑계로 별 주목받지 못한 장편 2권과 중, 단편 몇 십 편 정도를 발표했을 뿐이니, 부끄럽기 짝이 없습니다. 다 게으르고 무능력한 탓입니다. 무엇보다도 글쓰기와 삶에 대한 열정이 부족한 탓이라고 하겠습니다.

이번에 어린 시절을 되돌아보는 내용의 3번째 장편을 내면서, 앞으로 보다 열심히 그리고 충실하게 글을 쓸 것을 스스로 다짐해 봅니다.

어린 시절을 돌아보면 누구나 아련한 추억과 함께 이런저런 아픔과 안타까움이 교차하기 마련입니다. 특히 극한으로 치닫던 냉전의 한가운데서, 숨 막힐 듯한 독재정권에 시달리며 성장한 베이비붐 세대라면 더욱 그럴 것입니다.

그동안 국가 발전과 자신을 동일시하며 수십 년을 앞만 보고 열심히 달려왔지만, 이제와 돌이켜 보니 한바탕 헛된 꿈이었던 것만 같습니다. 겉으로는 모든 것이 화려하게 변했으나, 속으로는 달라진 게 별로 없고, 오히려 병만 깊이 들어 썩어 들어가고 있습니다.

획일적인 흑백논리와 개발독재 신화에 깊이 세뇌되고, 집단주의와 군대식 조직문화가 몸에 밴 우리는 스스로가 희생양이면서, 다음 세대에게 커다란 피해를 끼쳤습니다. 그리고 이제는 제대로 된 치유의 시간을 한 번도 갖지 못한 채, 각자 평생 몸 바친 직장에서 쫓겨나 쓸쓸히 길거리로 내몰리고 있습니다.

그러나 이대로 주저앉을 수는 없습니다. 이제라도 우리가 바로 서야 나라가 바로 서고, 우리가 건강해야 사회가 건강해진다는 성찰과 믿음을 새롭게 가져야 할 때라고 생각합니다. 베이비붐 세대여, 제발 나약하게 늙어가지 말고 힘내십시오! 부디 망각에 매몰되지 말고 깨어나십시오! 더 이상 세상에 끌려 다니지 말고 저항하십시오!

이 글이 슬픈 기차처럼 앞만 보고 달려 온 불쌍한 베이비붐 세대에게 조금이라도 따뜻한 위안이 된다면, 저로서는 더 이상의 바람이 없겠습니다.


끝으로 몽상가 가장을 만나서 웃기도 많이 웃었고, 울기도 많이 울었던 우리 가족 모두에게 미안함과 감사한 마음을 가득 전합니다. 언제나 변함없는 우정과 따뜻한 격려를 보내주는 글쓰기 동료 여러분에게도 깊은 고마움을 전하고 싶습니다.

그리고 부족한 글에 과분한 해설을 해 주신 평단의 원로 정현기 선생님께 머리 숙여 감사드립니다. 어려운 출판 상황에서도 책을 펴내 주신 〈책과나무〉 출판사 양옥매 대표님과 편집부 여러분께도 감사를 드립니다.